汪曾祺

汪曾祺

矮纸集

河南文艺出版社

作者，二十世纪九十年代初期

# 凡例

一、《汪曾祺集》共十种，包括小说集四种：《邂逅集》、《晚饭花集》、《菰蒲深处》、《矮纸集》；散文集六种：《晚翠文谈》、《蒲桥集》、《旅食集》、《塔上随笔》、《逝水》、《独坐小品》。

二、全书均以初版本或初刊本为底本，参校各种文集及作者部分手稿、手校本。不论所据底本为何种形式，全书统一为简体横排。

三、底本误植者，或据校本，或据上下文可明确推断所误为何，由编者径改。异体字可见作者习惯者不做改动；通假字，方言用字，象声词，及外国人名、地名译法，仍存旧貌。

四、在早期作品中，作者习惯使用或现代文学创作中尚不规范的"的"、"地"、"得"、"做"、"作"、"撩天"等特殊用法，悉仍其旧。

五、意义完全相同的同一字，及同一人、地、物名，保持局部（限于一篇）统一。

六、作者原注统一随文注于当页页脚。

七、独立引文统一使用仿宋体，另行起排，段首缩进两字。

八、作者自注的创作时间，一律在文后以中文数字标注。

# 目录

# 题记

　　小说集的编法大体不外两种。一种是以作品发表（成集）的先后为序；一种是以主题大体相近的归类。我这回想换一个编法：以作品所写到的地方背景，也就是我生活过的地方分组。编完了，发现我写的最多的还是我的故乡高邮，其次是北京，其次是昆明和张家口。我在上海住过近两年，只留下一篇《星期天》。在武汉住过一年，一篇也没有留下。作品的产生与写作的环境是分不开的。

　　这部小说集选写高邮的二十篇，写昆明的四篇，写上海的一篇，写北京的八篇，写张家口的三篇，共计三十六篇，依序编排。

　　陆放翁诗云："矮纸斜行闲作草，晴窗细乳戏分茶。"我很喜欢这两句诗，因名此集为《矮纸集》。"闲作草"、

"戏分茶"，是一种闲适的生活。有一位作家把我的作品归于"闲适类"，我不能辞其咎。但我并不总是很闲适，有时甚至是愤慨的，如《天鹅之死》。明眼人不难体会到。

关于方法，我觉得有一个现实主义、一个浪漫主义，顶多再有一个现代主义，就够了。有人提出"新写实"、"新状态"、"后现代"，花样翻新，使人眼花缭乱。我觉得写小说首先得把文章写通。文字不通，疙里疙瘩，总是使人不舒服。搞这个主义，那个主义，让人觉得是在那里蒙事，或者如北京人所说"耍花活"，不足取。

一九九五年六月记于北京

# 小姨娘

　　小姨娘章叔芳是我的继母的异母妹妹。她比我才大两岁。我们是同学，在同一所初中读书。她比我高一班。她读初三，我读初二。那年她十六岁，我十四。但是在家里我还是叫她小姨娘。

　　章家是乡下财主。他们原来在章家庄住。章家庄是一个很大的庄子。庄里有好几户靠田产致富的财主，章家在庄里是首户。后来外公在城里南门盖了一所房子，就搬到城里来了。章老头脾气很"藏"，除了几家至亲（也都是他那样的乡下财主），跟谁也不来往。他和城里的上代做过官，有功名的世家绅士不通庆吊。他说："我不巴结他们！"地方上有关公益的事情，修桥铺路、施药、开粥厂……他一毛不拔，不出一个钱。因此得了一个外号："章臭屎"。

章家的房子很朴实，没有什么亭台楼阁，但是很轩敞豁亮。砖瓦木料都是全新的。外公奉行朱柏庐治家格言："黎明即起，洒扫庭除，要内外整洁。"他虽然不亲自洒扫，但要督促佣人。他的大厅上的箩底方砖上连一根草屑也没有。桌椅只是红木的（不是"海梅"、紫檀），但是每天抹拭，定期搽核桃油，光可鉴人。榫头稍有活动，立刻雇工修理。

章家没有花园，却有一座桑园，种的都是湖桑。又不养蚕，种那么多桑树干什么？大厅前面天井里的石条上却摆了十几盆橙子。橙子在我们那不多见。橙子结得很好，下雪天还黄橙橙的挂在枝头，叶子不落，碧绿的。

章家家规很严，我从来没有见过外公笑过。他们家的都不会喝酒。老头子生日、姑奶奶归宁，逢年过节，摆席请客，给客人预备高粱酒，——其实只有我父亲一个人喝，他们自己家的人只喝糯米做的甜酒。席上没有人划拳碰杯，宴后也没有人撒酒疯。家里不许赌钱。过年准许赌五天，但也限于掷骰子赶老羊，不许打麻将，更不许推牌九。在这个家里听不到有人大声说笑，说话声音都很低，整天都是静悄悄的。

章家人都很爱干净，勤理发，勤洗澡，勤换衣裳，什么时候都是精神饱满，容光焕发。章家的人都长得很漂亮。

二舅舅、三舅舅都可称为美男子。章老头只是一张圆圆的脸，身体很健壮，外婆也不见得太好看，生的儿女却都那么出众，有点奇怪。

我们初中有两个公认为最好看的女生。一个是胡增淑，一个是章叔芳。胡增淑长得很性感，她走路爱眯着眼，扭腰，袅袅婷婷，真是"烟视媚行"。她深知自己长得好看，从镜子面前经过，反光的玻璃面前，总要放慢脚步，看看自己。章叔芳和胡增淑是两种类型。她长得很挺直，头发剪得短短的，有点像男孩子。眼睛很大，很黑，闪烁有光。她听人说话都是平视。有时眨两下眼睛，表示"哦，是这样！"或"是吗？是这样吗？"她眉宇间有一股英气，甚至流露一点野性，但不细看是看不出来的，她给人的印象还是很文静，很秀雅的。

她不知为什么会爱上了宗毓琳。

宗毓琳和他的弟弟宗毓珂都和我同班。宗家原是这个县的人，宗毓琳的父亲后来到了上海，在法租界巡捕房当了"包打听"——低级的侦探。包打听都在青红帮，否则怎么在上海混？不知道为什么宗家要把两个儿子送回家乡来读初中，可能是为了可以省一点费用。

和章叔芳同班有一个同学叫王霈。王霈的父亲是个吟诗写字的名士，他盖的房子很雅致。进门是一个大花园，有一片竹子。王霈的父亲在竹丛当中盖了一个方厅——四方的厅，像一个有门有窗的大亭子。这本是王诗人宴客听雨的地方。近年诗人老去，雅兴渐减，就把方厅锁了起来，空着。宗家经人介绍，把方厅租了下来，宗家兄弟就住在方厅里。

宗家兄弟也只是初中生，不见得有特别处。他们是在上海长大的，说话有一点上海口音，但还是本地话，因为这位包打听的家里说的还是江北话。他们的言谈举止有点上海的洋气，不像本地学生那样土。衣著倒也是布料的，但是因为是宁波裁缝做的，式样较新。颜色也不只是竹布的、蓝布的，而是糙米色的、铁灰色的。宗毓珂的乒乓球打得很好，是全校的绝对冠军。宗毓琳会写散文小说，摹仿谢冰心、朱自清、张资平、郁达夫。这在我们那个初中里倒是从来没有的。我们只会写"作文"。我们的初中有一个《初中壁报》，是学生自治会办的。每期的壁报刊头都是我画的。《壁报》是这个初中的才子的园地，大家都要看的。宗毓琳每期都在《壁报》上发表作品（抄在稿纸上，贴在一块黑板上）。宗毓琳中等身材，相貌并不太出众，有点卷发，涂了"司丹康"，显得颇为英俊。

小姨娘就为这些爱了他？

小姨娘第一次到宗毓琳住的方厅，是为了去借书，——

4

宗毓琳有不少"新文学"的书。是由小舅舅章鹤鸣陪着去的。章鹤鸣和我同班、同岁。

第二次，是去还书。这天她和宗毓琳就发生了关系。章叔芳主动，她两下就脱了浑身衣服。两人都没有任何经验。他们的那点知识都是从《西厢记·佳期》、《红楼梦·贾宝玉初试云雨情》得来的。初试云雨，紧张慌乱。宗毓琳不停地发抖，浑身出汗。倒是章叔芳因为比宗毓琳大一岁，懂事较早，使宗毓琳渐渐安定，才能成事。从此以后，章叔芳三天两头就去宗毓琳住的方厅。少男少女，情色相当，哼哼唧唧，美妙非常。他们在屋里欢会的时候，章鹤鸣和宗毓珂就在竹丛中下象棋，给他们望风。他们的事有些同学知道了。因为王霈的同学常到王霈家去玩，怎么能会看不出蛛丝马迹？同学们见章鹤鸣和宗毓珂在外面下象棋，就知道章叔芳和宗毓琳在里面"画地图"——他们做了"坏事"，总会在被单上留下斑渍的。

没有不透风的墙。小姨娘的事终于传到外公的耳朵里。王霈的未婚妻童苓湘和章叔芳同班。童苓湘是我的大舅妈的表妹。童苓湘把章叔芳的事和表姐谈了。大舅妈不敢不告诉婆婆。外婆不敢不告诉外公。外公听了，暴跳如雷。他先把小舅舅鹤鸣叫来，着着实实打了二十界方，小舅舅什么都说了。

外公把小姨娘揪着耳朵拉到大厅上，叫她罚跪。

伤风败俗，丢人现眼……！

才十六岁……！

一个"包打听"的儿子……！

章老头抓起一个祖传的霁红大胆瓶，叭嚓一下，摔得粉碎。

全家上下，鸦雀无声。大舅舅的小女儿三三也都吓得趴在大舅妈的怀里不敢动。

小姨娘直挺挺地跪在大厅里，不哭，不流一滴眼泪，眼睛很黑，很大。

跪了一个多小时。

后来是二嫂子——我的二舅妈拉她起来，扶她到她的屋里。

二舅妈是丹阳人。丹阳是介乎江南和江北之间的地方。她是在上海商业专科学校和二舅舅恋爱，结了婚到本县来的。——我的外公对儿子的前途有他的独特的设想，不叫他们上大学，二舅、三舅都是读的商专。二舅妈是一个典型的古典美人，瓜子脸、一双凤眼，肩削而腰细。她因为和二舅舅热恋，不顾一切，离乡背井，嫁到一个苏北小县的地主家庭来，真是要有一点勇气。她嫁过来已经一年多，但是全家都还把她当做新娘子，当做客人，对她很客气。但是她很寂寞。她在本县没有亲戚，没有同学，也没有朋友，而且和章家人语言上也有隔阂，没有什么可以说说话的人。丈夫——我的二舅舅在县银行工作，早出晚归。只有二舅舅回来，她才有说有笑（他们说的是掺杂了上海话、丹阳话和本地话的混合语言）。二舅舅上班，二舅妈就只有看看小说，写写小字——临《灵飞经》。她爱吹箫，但是在这个空气严肃的家庭里——整天静悄悄的，吹箫，似乎不大合适，她带来的一枝从小吹惯的玉屏洞箫，就一直挂在壁上。她是寂寞的。但是这种寂寞又似乎是她所喜欢的。有时章叔芳到她屋里来，陪她谈谈。姑嫂二人，推心置腹，无话不谈。她是自由恋爱结婚的，对小姑子的行为是同情的，理解的，虽然也觉得她太年轻，过于任性。

二嫂子为什么敢于把章叔芳拉起来，扶到自己屋里？因为她知道公爹奈何不得，他不能冲到儿媳妇的屋里去。

章老头在外面跳脚大骂：

"你给我滚出去！滚！敢回来，我打断你的腿！"

老头气得搬了一把竹椅在桑园里一个人坐着，晚饭也不吃。

章叔芳拣了几件衣裳，打了个包袱往外走。外婆塞给她一包她攒下的私房钱，二舅妈把手上戴的一对金镯子抹下来给了她。全家送她。她给妈磕了一个头，对全家大小深深地鞠了三个躬，开了大门。门外已经雇好了一辆黄包车等着，她一脚跨上车，头也不回，走了。

第二天她和宗毓琳就买了船票，回上海。

到上海后给二嫂子来过一封信，以后就再没有消息。

初中的女同学都说章叔芳很大胆，很倔强，很浪漫主义。

过了两年，章老头生病死了，——亲戚们议论，说是叫章叔芳气死的，二哥写信叫她回来看看，说妈很想她。

她回来了，抱着一个孩子。

她对着父亲的灵柩磕了三个头。没哭。

她在娘家住了三个月，住的还是她以前住的房，睡的是她以前睡的床。

我再看见她时她抱了个一岁多的孩子在大厅里打麻将。章老头死后，章家开始打麻将了。二哥、大嫂子，还有一个表婶。她胖了。人还是很漂亮。穿得很时髦，但是有点俗气。看她抱着孩子很熟练地摸牌，很灵巧地把牌打出去，完全像一个包打听人家的媳妇。她的大胆、倔强、浪漫主义全都没有一点影子了。


章家人很精明，他们在新四军快要解放我们家乡的前一年，把全部田产都卖了，全家到南洋去做了生意。因此他们人没有受罪，家产没有损失。听说在南洋很发财。——二舅舅、三舅舅都是学的商业专科学校，懂得做生意。

他们是否把章叔芳也接到南洋去了呢？没听说。

胡增淑后来在南京读了师范，嫁了一个飞行员。飞行员摔死了，她成了寡妇。有同学在重庆见到她，打扮得花枝招展，还挺媚。后来不知怎么样了。

一九九三年七月九日

# 露水

露水好大。小轮船的跳板湿了。

小轮船靠在御码头。

这条轮船航行在运河上已经有几年，是高邮到扬州的主要交通工具。单日由高邮开扬州，双日返回高邮。轮船有三层，底层有几间房舱，坐的是县政府的科长，县党部的委员，杨家、马家等几家阔人家出外就学的少爷小姐，考察河工的水利厅的工程师。房舱贵，平常坐不满。中层是统舱。坐统舱的多是生意买卖人，布店、药店、南货店的二掌柜，给学校采购图书仪器的中学教员……给茶房一点钱，可以租用一张帆布躺椅。上层叫"烟篷"，四边无遮挡，风、雨都可以吹进来。坐"烟篷"的大都自己带一块油布，或躺或坐。"烟篷"乘客，三教九流。带着锯子凿子的木匠，挑着锡匠挑子的锡匠，牵着猴子耍猴的，细批流年的江湖术士，吹糖人的，到缫丝厂去缫丝的乡下女人，甚至有"关亡"的、"圆光"的、挑牙虫的。

客人陆续上船，就来了许多卖吃食的。卖牛肉高粱酒的，卖五香茶叶蛋的，卖凉粉的，卖界首茶干的，卖"洋糖百合"的，卖炒花生的。他们从统舱到烟篷来回窜，高声叫卖。

轮船拉了一声汽笛，催送客的上岸，卖小吃的离船。不过都知道开船还有一会。做小生意的还是抓紧时间照做，不过把价钱都减下来了一些。两位喝酒的老江湖照样从从容容喝酒，把酒喝干了，才把豆绿酒碗还给卖牛肉高粱酒的。

轮船拉了第二声汽笛，这是真要开了。于是送客的上岸，做小生意的匆匆忙忙，三步两步跨过跳板。

正在快抽起跳板的时候，有两个人逆着人流，抢到船上。这是两个卖唱的，一男一女。

男的是个细高条，高鼻、长脸，微微驼背，穿一件退色的蓝布长衫，浑身带点江湖气，但不讨厌。

女的面黑微麻，穿青布衣裤。

男的是唱扬州小曲的。

他从一个蓝布小包里取出一个细磁蓝边的七寸盘，一双刮得很光滑的竹筷。他用右手持磁盘，食指中指捏着竹筷，摇动竹筷，发出清脆的、连续不断的响声；左手持另一只筷子，时时击盘边为节。他的一只磁盘，两只竹筷，奏出或紧或慢、或强或弱的繁复的碎响，真是"大珠小珠落玉盘"。

> 姐在房中头梳手，
>
> 忽听门外人咬狗。
>
> 拾起狗来打砖头，
>
> 又怕砖头咬了手。
>
> 从来不说颠倒话，
>
> 满天凉月一颗星。

"那位说了：你这都是淡话！说得不错。人生在世，不过是几句淡话罢了。等人、钓鱼、坐轮船，这是'三大慢'。不错。坐一天船，难免气闷无聊。等学生给诸位唱几段小曲，解解闷，醒醒脾，冲冲瞌睡！"

他用磁盘竹筷奏了一段更加紧凑的牌子，清了清嗓子，唱道：

> 一把扇子七寸长，
>
> 一个人扇风二人凉。
>
> 松呀，嘣呀。
>
> 呀呀子沁，

月照花墙。

手扶栏杆口叹一声，

鸳鸯枕上劝劝有情人呀。

一路鲜花休要采咄，

干哥哥，

奴是你的知心着意人哪！

这是短的，他还有比较长的，《小尼姑下山》、《妓女悲秋》。他的拿手，是《十八摸》，但是除非有人点，一般是不唱的。他有一个经折子，上列他能唱的小曲，可以由客人点唱。一唱《十八摸》，客人就兴奋起来。统舱的客人也都挤到"烟篷"里来听。

唱了七八段，托着磁盘收钱。给一个铜板、两个铜板，不等。加上点唱的钱，他能弄到五六、七八角钱。

他唱完了，女的唱：

你把那冤枉事对我来讲，

一桩桩一件件，桩桩件件对小妹细说端详。

最可叹你死在那梦里以内，

高堂哭坏二老爹娘……

这是《枪毙阎瑞生·莲英惊梦》的一段。枪毙阎瑞生是上海实事。莲英是有名的妓女，阎瑞生是她的熟客。阎瑞生把莲英骗到郊外，在麦田里勒死了她，劫去她手上戴的钻戒。案发，阎瑞生被枪毙。这案子在上海很轰动，有人编成了戏。这是时装戏。饰莲英的结拜小妹的是红极一时的女老生露兰春。这出戏唱红了，灌了唱片，由上海一直传到里下河。几乎凡有留声机的人家都有这张唱片，大人孩子都会唱"你把那冤枉事"。这个女的声音沙哑，不像露兰春那样响堂挂味。她唱的时候没有人听，唱完了也没有多少人给钱。这个女人每次都唱这一段，好像也只会这一段。

唱了一回，客人要休息，他们也随便找个旮旯蹲蹲。

到了邵伯，有些客人下船，新上一批客人，等客人把包袱行李安顿好了，他们又唱一回。

到了扬州，吃一碗虾籽酱油汤面，两个烧饼，在城外小客栈的硬板床上喂一夜臭虫，第二天清早蹚着露水，赶原班轮船回高邮，船上还是卖唱。

扬州到高邮是下水，船快，五点多钟就靠岸了。

这两个卖唱的各自回家。

他们也还有自己的家。

他们的家是"芦席棚子"。芦笆为墙，上糊湿泥。棚顶也以"钢芦柴"（一种粗如细竹、极其坚韧的芦苇）为椽，上覆茅草。这实际上是一个窝棚，必须爬着进，爬着出。但是据说除了大雪天，冬暖夏凉。御码头下边，空地很多，这样的"芦席棚子"是不少的。棚里住的是叉鱼的、照

14

蟹的、捞鸡头米的、串糖球（即北京所说的"冰糖葫芦"）的、煮牛杂碎的……

到家之后，头一件事是煮饭。女的永远是糙米饭、青菜汤。男的常煮几条小鱼（运河旁边的小鱼比青菜还便宜），炒一盘咸螺蛳，还要喝二两稗子酒。稗子酒有点苦味，上头，是最便宜的酒。不知道糟房怎么能收到那么多稗子做酒，一亩田才有多少稗子？

吃完晚饭，他们常在河堤上坐坐，看看星，看看水，看看夜渔的船上的灯，听听下雨一样的虫声，七搭八搭地闲聊天。

渐渐的，他们知道了彼此的身世。

男的原来开一个小杂货店，就在御码头下面不远，日子满过得去。他好赌，每天晚上在火神庙推牌九，把一间杂货店输得精光。老婆也跟了别人，他没脸在街里住，就用一个盘子、两根筷子上船混饭吃。

女的原是一个下河草台班子里唱戏的。草台班子无所谓头牌二牌，派什么唱什么。后来草台班子散了，唱戏的各奔东西。她无处投奔就到船上来卖唱。

"你有过丈夫没有？"

"有过。喝醉了酒栽在大河里，淹死了。"

"生过孩子没有？"

"出天花死了。"

"命苦！……你这么一个人干唱，有谁要听？你买把胡琴，自拉自唱。"

"我不会拉。"

"不会拉……这么着吧，我给你拉。"

"你会拉胡琴？"

"不会拉还到不了这个地步。泰山不是堆的。牛×不是吹的。你别把土地爷不当神仙。告诉你说，横的、竖的、吹的、拉的，我都拿得起来。十八般武艺件件精通，——件件稀松。不过给你拉'你把那冤枉事'，还是富富有余！"

"你这是真话？"

"哄你叫我掉到大河里喂王八！"

第二天，他们到扬州辕门桥乐器店买了一把胡琴。男的用手指头弹弹蛇皮，弹弹胡琴筒子、担子，拧拧轸子，撅撅弓子，说："就是它！"买胡琴的钱是男的付的。

第二天回家。男的在胡琴上滴了松香，安了琴码，定了弦，拉了一段西皮，一段二黄，说："声音不错！——来吧！"男的拉完了原板过门，女的顿开嗓子唱了一段《莲英惊梦》，引得芦席棚里邻居都来听，有人叫好。

从此，因为有胡琴伴奏，听女的唱的客人就多起来。

男的问女的："你就会这一段？"

"你真是隔着门缝看人!我还会别的。"

"都是什么?"

"《卖马》、《斩黄袍》……"

"够了!以后你轮换着唱。"

于是除了《莲英惊梦》,她还唱"店主东,带过了,黄骠马……","孤王酒醉桃花宫"。当时刘鸿声大红,里下河一带很多人爱唱《斩黄袍》。唱完了,给钱的人渐渐多起来。

男的进一步给女的出主意。

"你有小嗓没有?"

"有一点。"

"你可以一个人唱唱生旦对儿戏:《武家坡》、《汾河湾》……"

最后女的竟能一个人唱一场《二进宫》。

男的每天给她吊嗓子,她的嗓子"出来"了,高亮打远,有味。

这样女的在运河轮船上红起来了。她得的钱竟比唱扬州小曲的男的还多。

他们在一起过了一个月。

男的得了绞肠痧,折腾一夜,死了。

女的给他刨了一个坟,把男的葬了。她给他戴了孝,在坟头烧钱化纸。

她一张一张地烧纸钱。

她把剩下的纸钱全部投进火里。

火苗冒得老高。

她把那把胡琴丢进火里。

首先发出爆裂的声音的是蛇皮，接着毕卜一声炸开的是琴筒，然后是担子，最后轸子也烧着了。

女的拍着坟土，大哭起来：

"我和你是露水夫妻，原也不想一篙子扎到底。可你就这么走了！

"就这么走了！

"就这么走了！

"你走得太快了！

"太快了！

"太快了！

"你是个好人！

"你是个好人！

"你是个好人哪！"

她放开声音号啕大哭，直哭得天昏地暗，树上的乌鸦都惊飞了。


第二天，她还是在轮船上卖唱，唱"你把那冤枉事对我来讲……"

　　露水好大。


　　　　　　　　一九九三年七月三十一日

# 辜家豆腐店的女儿

豆腐店是一个"店"，怎么会有个女儿？然而螺蛳坝一带的人背后都是这么叫她。或者称做"辜家的女儿"、"豆腐店的女儿"。背后这样的提她，有一种特殊的意味。姓辜的人家很少，这个县里好像就是两三家。

螺蛳坝是"后街"，并没有一个坝，只是一片不小的空场。七月十五，这里做盂兰盆会。八九月，如果这年年成好，就有人发起，在平桥上用杉篙木板搭起台来唱戏。约的是里下河的草台戏子，京戏、梆子"两下锅"，既唱《白水滩》这样摔"壳子"的武打戏，也唱《阴阳河》这样踩跷的戏。做盂兰盆会、唱大戏，热闹几天，平常这里总是安安静静的。孩子在这里踢毽子，踢铁球，滚钱，抖空竹（本地叫"抖天嗡子"）。有时跑过来一条瘦狗，匆匆忙忙，不知道要赶到哪里去干什么。忽然又停下来,竖起耳朵,好像听见了什么。停了一会,又低了脑袋匆匆忙忙地走了。

螺蛳坝空场的北面有几户人家。有两家是打芦席的。每天看见两个中年的女人破苇子,编席。一顿饭工夫,就织出一大片。芦席是为大德生米厂打的。米厂要用很多芦席。东头一家是个"茶炉子",即卖开水的,就是上海人所说的"老虎灶"。一个像柜子似的砖砌的炉子,四角有四个很深的铁铸的"汤罐",满满四罐清水,正中是火眼,烧的是粗糠。粗糠用一个小白铁簸箕倒进火眼,"呼——",火就猛升上来,"汤罐"的水就呱呱地开了。这一带人家用开水——冲茶、烫鸡毛、拆洗被窝,都是上"茶炉子"去灌,很少人家自己烧开水,因为上"茶炉子"灌水很方便,省得费柴费火,烟熏火燎,又用不了多少。"茶炉子"卖水,不是现钱交易,而是一次卖出一堆"茶筹子"——一个一个长方形的小竹片,一面用铁模子烙出"十文"、"二十文"……灌了开水,给几根茶筹子就行了。"茶炉子"烧的粗糠是成挑的从大德生米厂趸来的。一进"茶炉子",除了几口很大的水缸,一眼看到的便是靠后墙堆得像山一样的粗糠。

螺蛳坝一带住的都是"升斗小民",称得起殷实富户的,是大德生米厂。大德生的东家姓王,街上人都称他王老板。大德生原来的底子就厚实,一盘很大的麻石碾子,喂着两头大青骡子，后面仓里的稻子堆齐二梁。后来王老板把骡子卖了，改用机器碾米，生意就更兴旺了。大德生原是一个米店，改用机器后就改称为"米厂"。这算是螺蛳坝唯一的"工厂"。每天这一带都听得到碾米的柴油机的铁烟筒里发出节奏均匀的声音：蓬——蓬——蓬……

王老板身体很好，五十多岁了，走路还飞快，留一撇乌黑的牙刷胡子，双眼有神。

他的大儿子叫王厚遨，在米厂里量米，记账。他有个外号叫"大呆鹅"，看样子也确是有点呆相。

二儿子叫王厚垫，跟一个姓刘的老先生学中医。长得眉清目秀，一表人材。

大德生东墙外住着一个姓薛的裁缝。薛裁缝是个老实人，整天只知道低头做活，穿针引线。他的老婆人称薛大娘。薛大娘跟老头子可不是一样的人，她也"穿针引线"，但引的是另外一种线，说白了，就是拉皮条。

大德生门前有一条小巷，就叫做辜家巷，因为巷子里只有一家人家。辜家的后门就开在巷子里，和大德生斜对门，两步就到了。后面是住家，前面是做豆腐的作坊，前店后家。

辜家很穷。

从螺蛳坝到草巷口，有两家豆腐店。豆腐店是发不了财的，但是干了这一行也只有一直干下去。常言说："黑夜思量千条路，清早起来依旧磨豆腐。"不过草巷口的一家生意不错。一清早卖豆浆，热气腾腾的满满一锅。卖豆腐，四大屉。压百叶，百叶很薄，很白。夏天卖凉粉皮。这凉粉皮是用莴苣汁和的绿豆，颜色是浅绿的，而且有一股莴苣香。生意好，小老板两个月前还接了亲。新媳妇坐在磨子一边，往磨眼里注水，加黄豆，头上插一朵大红剪绒小小的囍。

相比之下，辜家豆腐店就显得灰暗，残旧，一点生气也没有。每天只做两屉豆腐，有时一屉，有时一屉也没有。没本钱，买不起黄豆。辜老板老是病病歪歪的，没有一点精神。

辜老板老婆死得早，没有留下一个儿子，跟前只有一个女儿。

辜家的女儿长得有几分姿色，在螺蛳坝算是一朵花。她长得细皮嫩肉，只是面色微黄，好像是用豆腐水洗了脸似的。身上也有点淡淡的豆腥气。

一天三顿饭，几乎顿顿是炒豆腐渣，不过总得有点油滑滑锅。牵磨的"蚂蚱驴"也得扔给它一捆干草。更费钱的是她爹的病。他每天吃药。王厚堃的师父开的药又都很贵，这位刘先生爱用肉桂，而且旁注："要桂林产者"。每天辜家女儿把药渣倒在路口，对面打芦席和烧茶炉子的大娘看见辜家的女儿在门前倒药渣，就叹了一口气："难！"

大德生的王老板找到薛大娘，说是辜家的日子很难，他想帮他们家一把。

"怎么个帮法？"

"叫他女儿陪我睡睡。"

"什么？人家是黄花闺女，比你的女儿还小一岁！我不干这种缺德事！"

"你去说说看。"

媒人的嘴两张皮，辣椒能说成大鸭梨。七说八说，辜家女儿心里活动了，说："你叫他晚上来吧。"

没想到大呆鹅也找到薛大娘。

王老板是包月，按月给五块钱。

大呆鹅是现钱交易。每次事完，摸出一块现大洋，还要用两块洋钱叮叮当当敲敲，以示这不是灌了铅的"哑板"。

没有不透风的墙，螺蛳坝巴掌大的一块地方，那么多双眼睛，辜家女儿的事情谁都知道了。烧茶炉子、打芦席的大娘指指戳戳，咬耳朵，点脑袋，转眼珠子，撇嘴唇子。大德生的碾米的师傅、量米的伙计议论："两代人操一张×，这叫什么事！"——"船多不碍港，客多不碍路，一个羊也是

放，两个羊也是赶，你管他是几代人！"

辇家的女儿身体也不好，脸上总是黄白黄白的，她把王厚堃请到屋里看病。王厚堃给她号了脉，看了舌苔，开了脉案，大体说是气血两亏，天癸不调……辇家女儿问什么是"天癸不调"，王厚堃说就是月经不正常。随即写了一个方子，无非是当归、枸杞之类。

王厚堃站起身来要走，辇家女儿忽然把门闩住，一把抱住了王厚堃，把舌头吐进他的嘴里，解开上衣，把王厚堃的手按在胸前，让他摸她的奶子，含含糊糊地说："你要要我、要要我，我喜欢你，喜欢你……"

王厚堃没有想到她会这样，只好和她温存了一会，轻轻地推开了她，说：

"不行。"

"不行？"

"我不能欺负你。"

王厚堃给她掩了前襟，扣好纽子，开门走了。

王厚堃悬崖勒马，也因为他就要结婚了，他要保留一个童身。

过了两个月，王厚堃结婚了。花轿从辇家豆腐店门前过，前面吹着唢呐，放着三眼铳。螺蛳坝的人都出来看花轿，辇家的女儿也挤在人丛里看。

花轿过去了，辜家的女儿坐在一张竹椅上，发了半天呆。

忽然她奔到自己的屋里，伏在床上号啕大哭。哭的声音很大，对面烧茶炉子的和打芦席的大娘都听得见，只是听不清她哭的是什么。三位大娘听得心里也很难受，就相对着也哭了起来，哭得稀溜稀溜的。

辜家的女儿哭了一气，洗洗脸，起来泡黄豆，眼睛红红的。

一九九四年二月十五日

# 鹿井丹泉

"鹿井丹泉"是"秦邮八景"中的一景，遗址在今南石桥南。

有一少年比丘，名叫归来，住在塔院深处，平常极少见人。归来仪容俊美，面如朗月，眼似莲花，如同阿难——阿难在佛弟子中俊美第一。归来偶或出寺乞食，游春士女有见之者，无不赞叹，说："好一个漂亮和尚！"归来饮食简单，每日两粥一饭，佐以黄虀苦荬而已。

出塔院门，有一花坛，遍植栀子。花坛之外为一小小菜园。菜园外即为荆棘草丛，苍茫无际，并无人烟。花坛菜圃之间有一石栏方井，井栏洁白如玉，水深而极清。归来每天汲水浇花灌园。

当归来浇灌之时，有一母鹿，恒来饮水。久之稔熟，略无猜忌。

一日，归来将母鹿揽取，置之怀中，抱归塔院。鹿毛柔细温暖，归来不觉男根勃起，伸入母鹿腹中。归来未曾经此况味，觉得非常美妙。母鹿亦声唤嘤嘤，若不胜情。事毕之后，彼此相看，不知道他们做了一件什么事。

不久，母鹿胸胀流奶，产下一个女婴。鹿女面目姣美，略似其父，而行步跚跚，犹有鹿态，则似母亲。一家三口，极其亲爱。

事情渐为人知，嘈嘈杂杂，纷纷议论。

当浴佛日，僧众会集，有一屠户，当众大声叱骂：

"好你个和尚！你玩了母鹿，把母鹿肚子玩大了，还生下一个鹿女！鹿女已经十六岁了，你是不是也要玩她？你把鹿女借给兄弟们玩两天行不行？你把鹿女藏到哪里去啦？"

说着以手痛搋其面，直至流血。归来但垂首趺坐，不言不语。

正在众人纷闹，营营訇訇，鹿女从塔院走出，身著轻绡之衣，体被璎珞，至众人前，从容言说：

"我即鹿女。"

鹿女拭去归来脸上血迹，合十长跪。然后跚跚款款，走出塔院之门，走入栀子丛中，纵身跃入井内。

众人骇然，百计打捞，不见鹿女尸体，但闻空中仙乐飘飘，花香不散。

当夜归来汲水澡身讫，在栀子丛中累足而卧，比及众人发现，已经圆寂。


按：此故事在高邮流传甚广，故事本极美丽，但理解者不多。传述故事者用语多鄙俗，屠夫下流秽语尤为高邮人之奇耻。因此改写。


一九九五年春节

# 兽医

姚有多是本城有名的兽医（本城兽医不多），外号姚六针。他给牲口治病主要是扎针，六针见效。他不像一般兽医，要把牲口在杠子上吊起来，而只是让牲口卧着，他用手在牲口肚子上摸摸，用耳朵贴在肠胃部分听听，然后从针包里抽出一尺长的针，噌噌噌，照牲口肚子上连下三针，牲口便会放一连串响屁，拉好些屎；接着再抽出三根针，噌噌噌，又下三针，牲口顿时就浑身大汗；最后，把事先预备好的稻草灰，用笤帚在牲口身上拍一遍，不到一会儿，牲口就能挣扎着站起来，好了！

围着看的人都说："真绝！"

据姚有多说：前三针是"通"，牲口得病，大都在肠，肠梗阻、肠套结什么的，肠子通了，百病皆除。后三针是

"补"。——"扎针还能补?""能,不补则虚,虚则无力。"他有时也用药,用一个木瓢把草药给骡马灌下去,也不煎,也不煮,叫牲口干吞。好家伙,那么一瓢药,够牲口嚼的。吃完,把牲口领起来遛几圈,牲口打几个响鼻,又开始吃青草了。

姚有多每天起来很早,一起来先绕着城墙走一圈,然后到东门里王家亭子的空地上练两套拳。他说牲口一挨针扎,会踢人,兽医必须会武功。能蹿能跳,防身。

姚有多的女人前两年得病死了,没有留下孩子,他一个人过。

谁都知道姚有多不缺钱,但是他的生活很简朴。早上一壶茶,三个肉包子,本地人把这种吃法叫作"一壶三点";中午大都是在吴大和尚的饺面店里吃一碗面,两个糖酥烧饼;晚饭就更简单了,喝粥。本地很多人家每天都是"两粥一饭"。

他不喝酒,不打牌。白天在没有人来请医的时候,看看熟人;晚上到保全堂药店听一个叫张汉轩的万事通天南地北地闲聊。

一天下午,姚有多在刘春元绒线店的廊檐外,看到一个卖油条的孩子跟一位老者下象棋。老者胡子花白,孩子也就是六七岁。一盘棋下了一半,花白胡子已经招架不住,手忙脚乱，败局已定。旁观的人全都哈哈大笑。

收拾了棋盘棋子，姚有多问孩子："你是小顺子吧？"

"你怎么知道？"

"你还戴着你爹的孝呢！——长得也像。"

"你认识我爹？"

"我们从前是很好的朋友。"

"你是姚二叔。"

"你认识我？"

"谁不认识！"

"你妈还好？"

"还好。"

"小顺子，回去跟你妈说，你也不小了，不能老是卖油条。问她愿不愿让你跟我学兽医。我看你挺聪明，准能学成个好兽医！"

"欸！得罪你啦，二叔！"

顺子前年死了爹，剩下母子二人相依为命。顺子卖油条，他妈给人洗衣裳。

顺子的爹生前租下两间房，这房的特点是门外有一口青麻石井栏的井，这样用起水来非常方便。顺子妈每天大件大件地洗，洗完了晾在井边的竹竿上。顺子妈洗的被褥干净，叠的衣服整齐，来找她拆洗的人很多。

顺子妈干什么都既从容又利落，动作很快，本地人管这样的人叫"刷刮"。

顺子妈长得很脱俗，个子稍高，肩背都瘦瘦薄薄的。她只有几件布衣裳，但是可体合身。发髻一边插一朵绒线小白花，是给亡夫戴的孝。她的鞋面是银灰色的，这双银灰色的鞋，使她有一种说不出的风韵。

顺子妈和街坊处得很好，有求她裁一身衣服的，"替"一双鞋样的，绞个脸的，她无不答应——本地新娘子出嫁前要用两根白线把脸上的汗毛"绞"了，显出额头，叫作"绞脸"。但是她很少到人家串门，因为她是个"半边人"（本地称寡妇为"半边人"），怕人家忌讳。她经常走动、聊天说话的是隔壁的金大娘，开茶炉子卖开水的金大力的老婆。金大娘心善人好只是话多，爱管闲事。

一天晚上，顺子妈把晾干的衣裳已经叠好，金大娘的茶炉子来买水的人也不多了，她就过来找金大娘闲聊——她们是紧邻。

"二嫂子，"金大娘总是叫顺子妈为二嫂子，"我有句话，不知当讲不当讲。讲错了，你别生气。"

"你说。"

"你也该往前走一步了。"

本地把寡妇改嫁叫"往前走一步"。

"我不是没有想过，只是忘不了死鬼。"

"你不能守一辈子!"

"再说，也没有合适的人。我怕进来一个后老子，待顺子不好，那我这心里就如刀剜了!"

"合适的人？有!"

"谁？"

"姚有多。他前些时还想收顺子当徒弟，不会苦了孩子。"

"我想想。"

"想想!过两天给我个回话，摇头不是点头是!"

姚有多原来也没有往这件事上想过，金大娘一提，他心动了，走过来走过去，总要向井台上看看。他这才发现，顺子妈长得这样素雅，他的心怦怦直跳。

顺子妈在洗衣裳，听到姚有多的脚步声，不免也抬眼看了看。

事情就算定了。

顺子妈除了孝，把发髻边的小白花换成一朵大红剪绒的喜字，脱了银灰色的旧鞋，换了一双绣了秋海棠的新鞋，就像换了一个人。

刘春元绒线店的刘老板，保全堂药店的卢管事算是媒人。

顺子妈亲自办了两桌席谢媒。

　　把客人送走，洗了碗碟，月亮上来了。隔着房门听听，顺子已经呼呼大睡。

　　顺子妈轻轻闩上房门。姚有多已经上床。

　　顺子妈吹了灯，借着月光，背过身来，解开钮扣……

# 水蛇腰

崔兰是个水蛇腰。腰细，长，软。走起路来扭扭的。很多人爱看她走路。路上行人，尤其是那些男教员。看过来，看过去，眼睛很馋。崔兰并不知道有人看她。她只是自自然然地走。崔兰还小，才读小学五年级。虽然发育得比较快，对于许多事还只有点朦朦的感觉，并不大懂。她不知道卖弄风情，逗引男人。

崔兰结婚早。未免过早一点。高小毕业就结婚了。在这所六年级制的小学里，也许她是结婚最早的一个。嫁的是朱家。朱家的少爷。朱家是很阔的人家，开面粉厂。这个地方把面粉叫做"洋面"，这个面粉厂叫"洋面厂"。崔兰嫁的是洋面厂的小老板。崔兰怎么会嫁到朱家去的呢？

崔兰的父亲是洋面厂的账房先生，崔兰常给她父亲到洋面厂去送饭（崔兰的母亲死得早，家里许多事得她管），朱家的少爷一眼看上了崔兰，托人说媒，非崔兰不娶。崔兰的父亲自然没有意见，崔兰只说了两句话："我还小哩。……他们家太阔了！"事情就定了。

结婚三朝，正是阴历七月十五，"迎会"（赛城隍）的日子。这个地方每年七月十五"出会"。近晌午时把城隍老爷的"大驾"从庙里请出来，在主要街道上"巡"一"巡"，到"行宫"里休息，下午再"回銮"。这是一年里最隆重而热闹的日子。大锣大鼓，丝竹齐奏。踩高跷，舞狮子，舞龙，舞"大头和尚"（月明和尚度柳翠）。高跷有"火烧向大人"（向大人即清末征太平天国的名将向荣）。柳枝腔"小上坟"，贾大老爷用一个夜壶喝酒……茶担子，花担子，倾城出动，鞭花訇鸣。各种果品，各种鲜花，填街咽巷，吟叫百端……。

朱家的少爷带着新娘子去"看会"，手拉手。从挡军楼（洋面厂的所在）一直走到中市口（全城最繁华处）。新婚夫妻，在大街上，那样亲热，在那么多人面前手挽手地走，很多"老古板"看不惯。

他们的衣装打扮也是这城里的没有见过的。朱家少爷穿了一件月白香云纱长衫，上面却罩了一个掐了玫瑰红韭菜叶边的黑缎子小马甲。马甲掐边，还是玫瑰红的，男不男，女不女！

崔兰穿的是一件大红嵌金线乔其纱旗袍，脚下是一双麂皮软底便鞋，很显脚形——崔兰的脚很好看。长丝袜。新烫的头发（特为到上海烫的），鬓边插一朵小小的珍珠偏凤。脸上涂了夏士莲香粉蜜，旁氏口红，描眉画眼，风姿绰约，光彩照人。

朱家少爷和崔兰坐在王万丰（这是中市口一家大酱园）楼上靠栏杆一张小方桌前的藤椅（这是特为给上宾留的特座）上看会，喝茶，嗑瓜子。楼下的往来人议论纷纷，七嘴八舌。有男的，也有女的。有荤的也有素的。有的人说出了声（小声），有的只是自己在心里想。

——崔兰这双丝袜得多少钱？

——反正你我买不起！

——她的旗袍开气未免太高了，又坐在栏杆旁边，从下面看什么都看见了！

——她穿了裤子没有？

——她晚上上床，一定很会扭，扭得很好看。

——你怎会知道？

——想当然耳，想当然耳！

——闭上你们这些男人的臭嘴！


一夜之间，崔兰从一个毛丫头变成了一个少奶奶，不知道为什么，很多人为此很不平。一句话在很多人的嘴里和心里盘桓：

　　"这可真是糠箩跳米箩了!"

　　　　　　　　　　　一九九五年四月八日

# 小孃孃

　　来蜨园谢家是邑中书香门第，诗礼名家，几代都中过进士。谢家好治园林。乾嘉之世，是谢家鼎盛时期，盖了一座很大的园子。流觞曲水，太湖石假山，冰花小径两边的书带草，至今犹在。当花园落成时正值百花盛开，飞来很多蝴蝶，成群成阵，蔚为奇观，即名之为来蜨园。一时题咏甚多，大都离不开庄周，这也是很自然的。园中花木，后来海棠丁香，都已枯死，只有几棵很大的桂花，还很健壮，每到八月，香闻园外。原来有几个花匠，都已相继离散，只有一个老花匠一直还留了下来。他是个聋子，姓陈，大家都叫他陈聋子。他白天睡觉，夜晚守更。每天日落，他各处巡视一回（来蜨园任人游览，但除非与主人商量，不能留宿夜饮），把园门锁上，偌大一个园子便都交给

40

清风明月，听不到一点声音。

谢家人丁不旺，几代单传，又都短寿。谢普天是唯一可以继承香火的胤孙。他还有个姑妈谢淑媛，是嫡亲的，比谢普天小三岁。这地方叫姑妈为"嬢嬢"，谢普天叫谢淑媛为"嬢嬢"或"小嬢"。小嬢长得很漂亮。

谢普天相貌英俊，也很聪明。他热爱艺术，曾在上海美专学过画——国画和油画，素描功底扎实，也学过雕塑。不到毕业，就停学回乡，在中学教美术课。因为谢家接连办了好几次丧事，内囊已空，只剩下一个空大架子，他得维持这个空有流觞曲沼、湖石假山的有名的"谢家花园"（本地人只称"来蜨园"为"谢家花园"，很多人也不认识"蜨"字），供应三个人吃饭，包括陈聋子。陈聋子恋旧，不计较工钱，但饭总得让人家吃饱。停学回乡，这在谢普天是一种牺牲。

谢普天和谢淑媛都住在"祖堂屋"。"祖堂屋"是一座很大的五间大厅，正面大案上列供谢家祖先的牌位，别无陈设，显得空荡荡的。谢普天、谢淑媛各住一间卧室，房门对房门。谢普天对小嬢照顾得很体贴细致。谢家生计，虽然拮据，但谢普天不让小嬢受委屈，在衣着穿戴上不使小嬢在同学面前显得寒碜。夏天，香云纱旗袍；冬天，软缎面丝绵袄、西装呢裤、白羊绒围巾。那几年兴一种叫做"童花头"的发式（前面留出长刘海，两边遮住耳朵，后面削薄修平，因为样子像儿童，故名"童花头"），都是谢普天给她修剪，比理发店修剪得还要"登样"。谢普天是学美术的，手很巧，剪个"童花头"还在话下吗？谢淑媛皮肤细嫩，每年都要长冻疮。谢普天给小嬢用双氧水轻轻地浸润了冻疮痂巴，轻轻地脱下袜子，轻轻地用双氧水给她擦洗，拭净。"疼吗？"——"不疼。你的手真轻！"

单靠中学的薪水不够用，谢普天想出另一种生财之道——画炭精粉肖像。一个铜制高脚放大镜，镜面有经纬刻度，放在照片上；一张整张的重磅画纸上也用长米达尺绘出经纬度，用铅笔描出轮廓，然后用剪齐胶固的羊毫笔蘸了炭精粉，对照原照，反复擦蹭。谢普天解嘲自笑："这是艺术么？"但是有的人家喜欢这样的炭精粉画的肖像，因为："很像"！本地有几个画这样肖像的"画家"，而以谢普天生意最好，因为同是炭精像，谢普天能画出眼神、脸上的肌肉和衣服的质感，那年头时兴银灰色的"宁缎"，叫做"慕本缎"。

为了赶期交"货"，谢普天每天工作到很晚，在煤油灯下聚精会神地一笔一笔擦蹭。小嬢坐在旁边做针线，或看小说——无非是《红楼梦》、《花月痕》、苏曼殊的《断鸿零雁记》之类的言情小说。到十二点，小嬢才回房睡觉，临走说一声："别太晚了!"

一天夜里大雷雨,疾风暴雨,声震屋瓦。小孃神色慌张,推开普天的房门:

"我怕!"

"怕?——那你在我这儿呆会。"

"我不回去。"

"……"

"你跟我睡!"

"那使不得!"

"使得!使得!"

谢淑媛已经脱了衣裳,噗的一声把灯吹熄了。

雨还在下。一个一个蓝色的闪把屋里照亮,一切都照得很清楚。炸雷不断,好像要把天和地劈碎。

他们陷入无法解决的矛盾之中。他们在做爱时觉得很快乐,但是忽然又觉得很痛苦。他们很轻松,又很沉重。他们无法摆脱犯罪感。谢淑媛从小娇惯,做什么都很任性,她不像谢普天整天心烦意乱。她在无法排解时就说:"活该!"但有时又想:死了算了!

每年清明节谢家要上坟。谢家的祖茔在东乡,来蟒园在城西,从谢家花园到祖坟,要经过一条东大街。谢淑媛是很喜欢上坟的。街上店铺很多,可以东张西望。小风吹着，全身舒服。从去年起，她不愿走东大街了。她叫陈聋子挑了放祭品的圆笼自己从东大街先走，她和普天从来螓园后门出来，绕过大淖、泰山庙，再走河岸上向东。她不愿走东大街，因为走东大街要经过居家灯笼店。

居家姊妹三个，都是疯子。大姐好一点，有点像个正常人，她照料灯笼店，照料一家人吃饭——一日三餐，两粥一饭。糙米饭、青菜汤。疯得最厉害的是兄弟。他什么也不做，一早起来就唱，坐在柜台里，穿了靛蓝染的大襟短褂。不知道他唱的是什么，只听到沙哑沉闷的声音（本地叫这种很不悦耳的声音为"呆声绕气"）。他哪有这么多唱的，一天唱到晚！妹妹总坐在柜台的一头糊灯笼，脸上带着一种奇怪的微笑。姐妹二人都和兄弟通奸。疯兄弟每天轮流和她们睡，不跟他睡他就闹。居家灯笼店的事情街上人都知道，谢淑媛也知道。她觉得"格应"。

隔墙有耳，谢家的事外间渐有传闻。街谈巷议，觉得岂有此理。有一天大早，谢普天在来螓园后门不显眼处发现一张没头帖子：

管什么大姑妈小姑妈，

你只管花恋蝶蝶恋花，

满城风雨人闲话，

谁怕！

倒不如海走天涯，

赤条条来去无牵挂，

倒大来潇洒。

　　谢普天估计得出，这是谁写的，——本县会写散曲的再没有别人，最后两句是一种善意的规劝。

　　他和小嬢嬢商量了一下：走！离开这座县城，走得远远的！他的一个上海美专的同学顾山是云南人，他写信去说，想到云南来。顾山回信说欢迎他来，昆明气候好，物价也便宜，他会给他帮助。把一块祖传的大蕉叶白端砚，一箱字画卖给了季匋民，攒了路费，他们就上路了。计划经上海、香港，从海防坐滇越铁路火车到昆明。

　　谢淑媛没有见过海，没有坐过海船，她很兴奋，很活泼，走上甲板，靠着船舷，说说笑笑，指指点点，显得没有一点心事，说："我这辈子值得了！"

　　谢普天经顾山介绍，在武成路租了一间画室。他画了不少工笔重彩的山水、人物、花卉，有人欣赏，卖出了一些，但是最受欢迎的还是炭精肖像，供不应求。昆明果然是四季如春。鸡𩠌、干巴菌、牛肝菌、青头菌都非常好吃，谢淑媛高兴极了。他们游览了很多地方：石林、阳中海、西山、金殿、黑龙潭、大理，一直到玉龙雪山。读万卷书，行万里路，谢普天的画大有进步。他画了一些裸体人像，谢淑媛给他当模特。画完了，谢淑媛仔仔细细看了，说："这是我吗？我这么好看？"谢普天抱着小嬢周身吻了个遍，"不要让别人看!"——"当然!"

谢淑媛变得沉默起来，一天说不了几句话。谢普天问："你怎么啦？"——"我有啦!"谢普天先是一愣，接着说："也好嘛。"——"还好哩!"

谢淑媛老是做恶梦。梦见母亲打她，打她的全身，打她的脸；梦见她生了一个怪胎，样子很可怕；梦见她从玉龙雪山失足掉了下来，一直掉，半天也不到地……每次都是大叫醒来。

谢淑媛的肚子一天比一天大，已经显形了。她抚摸着膨大的小腹，说："我作的孽!我作的孽!报应!报应!"

谢淑媛死了。死于难产血崩。

谢普天把给小嬢画的裸体肖像交给顾山保存，拜托他十年后找个出版社出版。顾山看了，说："真美!"

谢普天把小嬢的骨灰装在手制的瓷瓶里带回家乡，在来蜒园选一棵桂花，把骨灰埋在桂花下面的土里，埋得很深，很深。

谢普天和陈聋子（他还活着）告别，飘然而去，不知所终。

# 名士和狐仙

    杨渔隐是个怪人。怪处之一，是不爱应酬。杨家在县里是数一数二的高门望族，功名奕世，很是显赫。杨渔隐的上一代曾经是一门三进士，实属难得。杨家人口多，共八房。杨家子弟彼此住得很近，都是深宅大院。门外有石鼓，后园有紫藤、木香。他们常来常往，遇有年节寿庆，都要相互宴请。上一顿的肴核才撤去，下一顿的席面即又铺开。照例要给杨渔隐送一回"知单"请大爷过来坐坐（杨渔隐是大房），杨渔隐抓起笔来画了一个字："谢"，意思是不去。他的堂兄堂弟知道他的脾气，也不再派人催请。杨渔隐住的地方比较偏僻，地名大淖大巷。一个小小的红漆独扇板扉，不像是大户人家的住处。这是一个侧门，想必是另有一座大门的，但是大门开在什么方向，却很少人知道。便是这扇侧门也整天关着，好像里面没有住人。只有厨子老王到大淖挑水，老花匠出来挖河泥（栽花用），女佣人小莲子上街买鱼虾菜蔬，才打开一会儿。据曾经向门里窥探过的人说：这座房子外面看起来很朴素，里面的结构装修却是很讲究的，而且种了很多花木。杨渔隐怎么会住到这么一个地方来？也许这是祖上传下来的一所别业，也许是杨渔隐自己挑中的，为了清静，可以远离官衙闹市。

杨渔隐很少出来，有时到南纸店去买一点纸墨笔砚，顺便在街上闲走一会儿，街坊邻居就可以看到"大太爷"的模样。他长得微胖，稍矮，很结实，留着一把乌黑的浓髯，双目炯炯有神。

杨渔隐不爱理人，有时和一个邻居面对面碰见了，连招呼都不打一个。因此一街人都说杨渔隐架子大，高傲。这实在也有点冤枉了杨渔隐，他根本不认识你是谁！

杨渔隐交游不广，除了几个做诗的朋友，偶然应渔隐折简相邀，到他的书斋里吟哦唱和半天，是没有人敲那扇红漆板扉的。

杨渔隐所做的一件极大的怪事，是他和女佣人小莲子结了婚。

这地方把年轻的女佣人都叫做"小莲子"。小莲子原来是伺候杨渔隐的夫人的病的。杨渔隐的夫人很喜欢她，一见面就觉得很投缘。杨渔隐的夫人得的是肺痨，小莲子伺候她很周到，给她煎药、熬燕窝、煮粥。杨夫人没有胃口，每天只能喝一点晚米稀粥，就一碟京冬菜。她在床上躺了三年，一天不如一天。她自己知道没有多少日子了，就叫小莲子坐在床前的杌凳上，跟小莲子说："我不行了。我死后，你要好好照顾老爷。这样我就走得放心了。我在地下会感激你的。"小莲子含泪点头。

杨夫人安葬之后，小莲子果然对杨渔隐伺候得很周到。每到换季，单夹皮棉，全都准备好了。冬天床上铺了厚厚的稻草，夏天换了凉席。杨渔隐爱吃鱼，小莲子很会做鱼。鳊、鲦，清蒸、氽汤，不老不嫩，火候恰到好处。

日长无事，杨渔隐就教小莲子写字（她原来跟杨夫人认了不少字），小字写《洛神赋》，教她读唐诗，还教她做诗。小莲子非常聪明，一学就会。杨渔隐把小莲子的窗课拿给他的做诗的朋友看，他们都大为惊异，连说："诗很像那么回事，小楷也很娟秀，真是有夙慧！夙慧！"

杨渔隐经过长期考虑，跟小莲子提出，要娶她。"你跟我这么久，我已经离不开你；外人也难免有些闲话。我比你大不少岁，有点委屈了你。你考虑考虑。"小莲子想起杨夫人临终的嘱咐，就低了头说："我愿意。"

把房屋裱糊了一下，请诗友写了几首催妆诗，贴在门后，就算办了事。杨渔隐请诗友们不要把诗写得太"艳"，说："我这不是扶正，更不是纳宠，是明媒正娶地续弦，小莲子的品格很高，不可亵玩！"

杨渔隐娶了小莲子，在他们亲戚本家、街坊邻居间掀起了轩然大波。他们认为这简直是岂有此理！这是杨渔隐个人的事，碍着别人什么了？然而他们愤愤不平起来，好像有人踩了他的鸡眼。这无非是身份门第间的观念作怪。如果杨渔隐不是和小莲子正式结婚，而是娶小莲子为妾，他们就觉得这可以，这没有什么，这行！杨渔隐对这些议论纷纷、沸沸扬扬，全不理睬。

杨渔隐很爱小莲子，毫不避讳。他时常挽着小莲子的手，到文游台凭栏远眺。文游台是县中古迹，苏东坡、秦少游诗酒留连的地方，西望可见运河的白帆从柳树梢头缓缓移过。这地方离大淖很近，几步就到了。若遇天气晴和，就到西湖泛舟。有人说：这哪里是杨渔隐，这是《儒林外史》里的杜少卿！

杨渔隐忽然得了急病。一只筷子掉到地上，他低头去捡，一头栽下去就没有起来。

小莲子痛不欲生，但是方寸不乱，她把杨渔隐的过继侄子请来，商量了大爷的后事。根据杨渔隐生前的遗志，桐棺薄殓，送入杨氏祖茔安葬，不在家里停灵。

送走了大爷，小莲子觉得心里空得很。她整天坐在杨渔隐的书房里，整理大爷的遗物：藏书法帖、古玩字画、蕉叶白端砚、田黄鸡血图章，特别是杨渔隐的诗稿，全都装订得整整齐齐，一首不缺。

小莲子不见了！不知道她是什么时候走的。厨子老王等了她几天，也不见她回来。老花匠也不见了。老王禀告了杨渔隐的过继侄儿，杨家来人到处看了看，什么东西都井井有条，一样不缺。书桌上留下一把泥金折扇，字是小莲子手写的。"奇怪！"杨家的本家叔侄把几扇房门用封条封了，就带着满脸的狐疑各自回家。厨子老王把泥金扇偷偷掖了起来，倒了一杯酒，反复看这把扇子，他也说："奇怪！"

老王常在晚上到保全堂药铺找人聊天。杨家出了这样的事，他一到保全堂，大家就围上他问长问短。老王把他所知道的一五一十都说了。还把那把折扇拿出来给大家看。

座客当中有一个喜欢白话的张汉轩，此人走南闯北，无所不知，是个万事通。他把小莲子写的泥金折扇拿在手里翻来覆去地看，一边摇头晃脑，说："好诗！好字！"大家问他："张老，你对杨家的事是怎么看的？"张汉轩慢条斯理地说："他们不是人。"——"不是人？"——"小莲子不是人。小莲子学做诗，学写字，时间都不长，怎么能到得如

名士和狐仙

此境界？诗有点女郎诗的味道，她读过不少秦少游的诗，本也无足怪。字，是玉版十三行，我们县能写这种字体的小楷的，没人！老花匠也不是人。他种的花别人种不出来。牡丹都起楼子，荷花是'大红十八瓣'，还都勾金边，谁见过？"

"他们都不是人，那，是什么？"

"是狐仙。——谁也不知道他们是从哪里来的，又向何处去了。飘然而来，飘然而去，不是狐仙是什么？"

"狐仙？"大家对张汉轩的高见将信将疑。

小莲子写在扇子上的诗是这样的：

三十六湖蒲荇香

侬家旧住在横塘

移舟已过琵琶闸

万点明灯影乱长

这需要做一点解释：高邮西边原有三十六口小湖，后来汇在一处，遂成巨浸，是为高邮湖。琵琶闸在南门外，是一个码头。

一九九五年十一月十五日

# 鸡毛

西南联大有一个文嫂。

她不是西南联大的人。她不属于教职员工，更不是学生。西南联大的各种名册上都没有"文嫂"这个名字。她只是在西南联大里住着，是一个住在联大里的校外的人。然而她又的的确确是"西南联大"的一个组成部分。她住在西南联大的新校舍。

西南联大有许多部分：新校舍、昆中南院、昆中北院、昆华师范、工学院……其他部分都是借用的原有的房屋，新校舍是新建的，也是联大的主要部分。图书馆、大部分教室、各系的办公室、男生宿舍……都在新校舍。

新校舍在昆明大西门外，原是一片荒地。有很多坟，几户零零落落的人家。坟多无主。有的坟主大概已经绝了后，不难处理。有一个很大的坟头，一直还留着，四面环水，如一小岛，春夏之交，开满了野玫瑰，香气袭人，成了一处风景。其余的，都平了。坟前的墓碑，有的相当高大，都搭在几条水沟上，成了小桥。碑上显考显妣的姓名分明可见，全都平躺着了。每天有许多名师大儒、莘莘学子从上面走过。住户呢，由学校出几个钱，都搬迁了。文嫂也是这里的住户。她不搬。说什么也不搬。她说她在这里住惯了。联大的当局是很讲人道主义的，人家不愿搬，不能逼人家走。可是她这两间破破烂烂的草屋，不当不间地戳在那里，实在也不成个样子。新校舍建筑虽然极其简陋，但是是经过土木工程系的名教授设计过的，房屋安排疏密有致，空间利用十分合理。那怎么办呢？主其事者跟文嫂商量，把她两间草房拆了，另外给她盖一间，质料比她原来的要好一些。她同意了，只要求再给她盖一个鸡窝。那好办。

她这间小屋，土墙草顶，有两个窗户（没有窗扇，只有一个窗洞，有几根直立着的带皮的树棍），一扇板门。紧靠西面围墙，离二十五号宿舍不远。

宿舍旁边住着这样一户人家，学生们倒也没有人觉得奇怪。学生叫她文嫂。她管这些学生叫"先生"。时间长了，也能分得出张先生、李先生、金先生、朱先生……但是，相处这些年了，竟没有一个先生知道文嫂的身世，只知道她是一个寡妇，有一个女儿。人很老实。虽然没有知识，但是洁身自好，不贪小便宜。除非你给她，她从不伸手要东西。学生丢了牙膏肥皂、小东小西，从来不会怀疑是她顺手牵羊拿了去。学生洗了衬衫，晾在外面，被风吹跑了，她必为拣了，等学生回来时交出："金先生，你的衣服。"除了下雨，她一天都是在屋外呆着。她的屋门也都是敞开着的。她的所作所为，都在天日之下，人人可以看到。

她靠给学生洗衣服、拆被窝维持生活。每天大盆大盆地洗。她在门前的两棵半大榆树之间拴了两根棕绳，拧成了麻花。洗得的衣服，夹紧在两绳之间。风把这些衣服吹得来回摆动，霍霍作响。大太阳的天气，常常看见她坐在草地上（昆明的草多丰茸齐整而极干净）做被窝，一针一针，专心致意。衣服被窝洗好做得了，为了避免嫌疑，她从不送到学生宿舍里去，只是叫女儿隔着窗户喊："张先生，来取衣服，"——"李先生，取被窝。"

她的女儿能帮上忙了，能到井边去提水，踮着脚往绳子上晾衣服，在床上把衣服抹煞平整了，叠起来。

文嫂养了二十来只鸡（也许她原是靠喂鸡过日子的）。联大到处是青草，草里有昆虫蚱蜢种种活食，这些鸡都长得极肥大，很肯下蛋。隔多半个月，文嫂就挎了半篮鸡蛋，领着女儿，上市去卖。蛋大，也红润好看，卖得很快。回来时，带了盐巴、辣子，有时还用马兰草提着一块够一个猫吃的肉。

　　每天一早，文嫂打开鸡窝门，这些鸡就急急忙忙，迫不及待地奔出来，散到草丛中去，不停地啄食。有时又抬起头来，把一个小脑袋很有节奏地转来转去，顾盼自若，——鸡转头不是一下子转过来，都是一顿一顿地那么转动。到觉得肚子里那个蛋快要坠下时，就赶紧跑回来，红着脸把一个蛋下在鸡窝里。随即得意非凡地高唱起来："郭格答！郭格答！"文嫂或她的女儿伸手到鸡窝里取出一颗热烘烘的蛋，顺手赏了母鸡一块土坷垃："去去去！先生要用功，莫吵！"这鸡婆子就只好咕咕地叫着，很不平地走到草丛里去了。到了傍晚，文嫂抓了一把碎米，一面撒着，一面"咽咽，咽咽"叫着，这些母鸡就都即即足足地回来了。它们把碎米啄尽，就鱼贯进入鸡窝。进窝时还故意把脑袋低一低，把尾巴向下夅拉一下，以示雍容文雅，很有鸡教。鸡窝门有一道小坎，这些鸡还都一定两脚并齐，站在门坎上，然后向前一跳。这种礼节，其实大可不必。进窝以后，咕咕囔囔一会，就寂然了。于是夜色就降临抗战时期最高学府之一，国立西南联合大学的新校舍了。阿门。

　　文嫂虽然生活在大学的环境里，但是大学是什么，这有什么用，为什么要办它，这些，她可一点都不知道。只知道有许多"先生"，还有许多小姐，或按昆明当时的说法，有很多"摩登"，来来去去；或在一个洋铁皮房顶的屋子（她知道那叫"教室"）里，坐在木椅子上，呆呆地听一个"老倌"讲话。这些"老倌"讲话的神气有点像耶稣堂卖福音书的教士（她见过这种教士）。但是她隐隐约约地知道，先生们将来都是要做大事，赚大钱的。

先生们现在可没有赚大钱，做大事，而且越来越穷，找文嫂洗衣服、做被子的越来越少了。大部分先生非到万不得已，不拆被子。一年也不定拆洗一回。有的先生虽然看起来衣冠齐楚，西服皮鞋，但是皮鞋底下有洞。有一位先生还为此制了一则谜语："天不知地知，你不知我知。"他们的袜子没有后跟，穿的时候就把袜尖往前拽拽，窝在脚心里，这样后跟的破洞就露不出来了。他们的衬衫穿脏了，脱下来换一件。过两天新换的又脏了，看看还是原先脱下的一件干净些，于是又换回来。有时要去参加 Party①，没有一件洁白的衬衫，灵机一动：有了！把衬衫反过来穿！打一条领带，把钮扣遮住，这样就看不出反正了。就这样，还很优美地跳着《蓝色的多瑙河》。有一些，就完全不修边

———————

① 英文:社交聚会。

幅，衣衫褴褛，囚首垢面，跟一个叫花子差不多了。他们的裤子破了，就用一根麻绳把破处系紧。文嫂看到这些先生，常常跟女儿说："可怜！"

来找文嫂洗衣的少了，她还有鸡，而且她的女儿已经大了。

女儿经人介绍，嫁了一个司机。这司机是下江人，除了他学着说云南话："为哪样"、"咋个整"，其余的话，她听不懂。但她觉得这女婿人很好。他来看过老丈母，穿了麂皮夹克，大皮鞋，头上抹了发蜡。女儿按月给妈送钱。女婿跑仰光、腊戍，也跑贵州、重庆。每趟回来，还给文嫂带点曲靖韭菜花，贵州盐酸菜，甚至宣威火腿。有一次还带了一盒遵义板桥的化风丹，她不知道这有什么用。他还带来一些奇形怪状的果子。有一种果子，香得她的头都疼。下江人女婿答应养她一辈子。

文嫂胖了。


男生宿舍全都一样，是一个窄长的大屋子，土墼墙，房顶铺着木板，木板都没有刨过，留着锯齿的痕迹，上盖稻草；两面的墙上开着一列像文嫂的窗洞一样的窗洞。每间宿舍里摆着二十张双层木床。这些床很笨重结实，一个大学生可以在上面放放心心地睡四年，一直睡到毕业，无须修

58

理。床本来都是规规矩矩地靠墙排列着的，一边十张。可是这些大学生需要自己的单独的环境，于是把它们重新调动了一下，有的两张床摆成一个曲尺形，有的三张床摆成一个凹字形，就成了一个一个小天地。按规定，每一间住四十人，实际都住不满。有人占了一个铺位，或由别人替他占了一个铺位而根本不来住；也有不是铺主却长期睡在这张铺上的；有根本不是联大学生，却在新校舍住了好几年的。这些曲尺形或凹字形的单元里，大都只有两三个人。个别的，只有一个。一间宿舍住的学生，各系的都有。有一些互相熟悉，白天一同进出，晚上联床夜话；也有些老死不相往来，连贵姓都不打听。二十五号南头一张双层床上住着一个历史系学生，一个中文系学生，一个上铺，一个下铺，两个人合住了一年，彼此连面都没有见过：因为这二位的作息时间完全不同。中文系学生是个夜猫子，每晚在系图书馆夜读，天亮才回来；而历史系学生却是个早起早睡的正常的人。因此，上铺的铺主睡觉时，下铺是空的；下铺在酣睡时，上铺没有人。

联大的人都有点怪。"正常"在联大不是一个褒词。一个人很正常，就会被其余的怪人认为"很怪"。即以二十五号宿舍而论，如果把这些先生的事情写下来，将会是一部很长的小说。如今且说一个人。

此人姓金，名昌焕，是经济系的。他独占北边的一个凹字形的单元。他不欢迎别人来住，别人也不想和他搭伙。他不知从哪里弄来一些木板，把双层床的一边都钉了木板，就成了一间屋中之屋，成了他的一统天下。凹字形的当中，摞着几个装肥皂的木箱——昆明这种木箱很多，到处有得卖，这就是他的书桌。他是相当正常的。一二年级时，按时听讲，从不缺课。联大的学生大都很狂，讥弹时事，品藻人物，语带酸咸，辞锋很锐。金先生全不这样。他不发狂论。事实上他很少跟人说话。其特异处有以下几点：一是他所有的东西都挂着，二是从不买纸，三是每天吃一块肉。他在他的床上拉了几根铁丝，什么都挂在这些铁丝上，领带、袜子、针线包、墨水瓶……他每天就睡在这些丁丁当当的东西的下面。学生离不开纸。怎么穷的学生，也得买一点纸。联大的学生时兴用一种灰绿色布制的夹子，里面夹着一叠白片艳纸，用来记笔记，做习题。金先生从不花这个钱。为什么要花钱买呢？纸有的是！联大大门两侧墙上贴了许多壁报，学术演讲的通告，寻找失物、出让衣鞋的启事，形形色色，琳琅满目。这些启事、告白总不是顶天立地满满写着字，总有一些空白的地方。金先生每天晚上就带了一把剪刀，把这些空白的地方剪下来。他还把这些纸片，按大小、纸质、颜色，分门别类，裁剪整齐，留作不同用处。他大概是相当笨的，因此每晚都开夜车。开夜车伤神，需要补一补。他按期买了猪肉，切成大小相等的方块，借了文嫂的鼎罐（他借用了鼎罐，都是洗都不洗就还给人家了），在学校茶水炉上炖熟了，密封在一个有盖的瓷坛里。每夜用完了功，就打开坛盖，用一只一头削尖了的筷子，瞅准了，扎出一块，闭目而食之。然后，躺在丁丁当当的什物之下，酣然睡去。

这样过了三年。到了四年级，他在聚兴诚银行里兼了职，当会计。其时他已经学了簿记、普通会计、成本会计、银行会计、统计……这些学问当一个银行职员，已是足用的了。至于经济思想史、经济地理……这些空空洞洞的课程，他觉得没有什么用处，只要能混上学分就行，不必苦苦攻读，可以缺课。他上午还在学校听课，下午上班。晚上仍是开夜车，搜罗纸片，吃肉。自从当了会计，他添了两样毛病。一是每天提了一把黑布阳伞进出，无论冬夏，天天如此。二是穿两件衬衫，打两条领带。穿好了衬衫，打好领带；又加一件衬衫，再打一条领带。这是干什么呢？若说是显示他有不止一件衬衫、一条领带吧，里面的衬衫和领带别人又看不见；再说这鼓鼓囊囊的，舒服吗？真是令人百思不得其解。因此，同屋的那位中文系夜游神送给他一个外号，这外号很长："二十年目睹之怪现状"。

金先生很快就要毕业了。毕业以前，他想到要做两件事。一件是加入国民党，这已经着手办了；一件是追求一个女同学，这可难。他在学校里进进出出，一向像马二先生逛西湖：他不看女人，女人也不看他。

　　谁知天缘凑巧，金昌焕先生竟有了一段风流韵事。一天，他正提着阳伞到聚兴诚去上班，前面走着两个女同学，她们交头接耳地谈着话。一个告诉另一个：这人穿两件衬衫，打两条领带，而且介绍他有一个很长的外号："二十年目睹之怪现状"。听话的那个不禁回头看了金昌焕一眼，嫣然一笑。金昌焕误会了：谁知一段姻缘却落在这里。当晚，他给这女同学写了一封情书。开头写道："××女士芳鉴，迳启者……"接着说了很多仰慕的话，最后直截了当地提出："倘蒙慧眼垂青，允订白首之约，不胜荣幸之至。随函附赠金戒指一枚，务祈笑纳为荷。"在"金戒指"三字的旁边还加了一个括弧，括弧里注明："重一钱五"。这封情书把金先生累得够呛，到他套起钢笔，吃下一块肉时，文嫂的鸡都已经即即足足地发出声音了。

　　这封情书是当面递交的。

　　这位女同学很对得起金昌焕。她把这封信公布在校长办公室外面的布告栏里，把这枚金戒指也用一枚大头针钉在布告栏的墨绿色的绒布上。于是金昌焕一下子出了大名了。

金昌焕倒不在乎。他当着很多人，把信和戒指都取下来，收回了。

你们爱谈论，谈论去吧！爱当笑话说，说去吧！于金昌焕何有哉！金昌焕已经在重庆找好了事，过两天就要离开西南联大，上任去了。


文嫂丢了三只鸡，一只笋壳鸡，一只黑母鸡，一只芦花鸡。这三只鸡不是一次丢的，而是隔一个多星期丢一只。不知怎么丢的。早上开鸡窝放鸡时还在，晚上回窝时就少了。文嫂到处找，也找不着。她又不能像王婆骂鸡那样坐在门口骂——她知道这种泼辣作法在一个大学里很不合适，只是一个人叨叨："我呐（的）鸡呢？我呐鸡呢？……"

文嫂的女儿回来了。文嫂吓了一跳：女儿戴得一头重孝。她明白出了大事了。她的女婿从重庆回来，车过贵州的十八盘，翻到山沟里了。女婿的同事带了信来。母女俩顾不上抱头痛哭，女儿还得赶紧搭便车到十八盘去收尸。

女儿走了，文嫂失魂落魄，有点傻了。但是她还得活下去，还得过日子，还得吃饭，还得每天把鸡放出去，关鸡窝。还得洗衣服，做被子。有很多先生都毕业了，要离开昆明，临走总得干净干净，来找文嫂洗衣服、拆被子的多了。

这几天文嫂常上先生们的宿舍里去。有的先生要走了，行李收拾好了，总还有一些带不了的破旧衣物，一件鱼网似的毛衣，一个压扁了的脸盆，几只配不成对的皮鞋——那有洞的鞋底至少掌鞋还有用……这些先生就把文嫂叫了来，随她自己去挑拣。挑完了，文嫂必让先生看一看，然后就替他们把曲尺形或凹字形的单元打扫一下。

因为洗衣服、拣破烂，文嫂还能岔乎岔乎，心里不至太乱。不过她明显地瘦了。

金昌焕不声不响地走了。二十五号的朱先生叫文嫂也来看看，这位"怪现状"是不是也留下一些还值得一拣的东西。

什么都没有。金先生把一根布丝都带走了。他的凹形王国里空空如也，只留下一个跟文嫂借用的鼎罐。文嫂毫无所得，然而她也照样替金先生打扫了一下。她的笤帚扫到床下，失声惊叫了起来：床底下有三堆鸡毛，一堆笋壳色的，一堆黑的，一堆芦花的！

文嫂把三堆鸡毛抱出来，一屁股坐在地下，大哭起来。

"啊呀天呐，这是我呐鸡呀！我呐笋壳鸡呀！我呐黑母鸡，我呐芦花鸡呀！……"

"我寡妇失业几十年哪，你咋个要偷我呐鸡呀！……"

"我风里来雨里去呀，我的命多苦，多艰难呀，你咋个要偷我叻鸡呀!……"

"你先生是要做大事，赚大钱的呀，你咋个要偷我叻鸡呀!……"

"我叻女婿死在贵州十八盘，连尸都还没有收呀，你咋个要偷我叻鸡呀!……"

她哭得很伤心，很悲痛。

她好像要把一辈子所受的委屈、不幸、孤单和无告全都哭了出来。

这金昌焕真是缺德，偷了文嫂的鸡，还借了文嫂的鼎罐来炖了。至于他怎么偷的鸡，怎样宰了，怎样煺的鸡毛，谁都无从想象。

林子大了，什么鸟都有。


一九八一年六月六日

# 日规

西南联大新校舍对面是"北院"。北院是理学院区。一个狭长的大院,四面有夯土版筑的围墙。当中是一片长方形的空场。南北各有一溜房屋,土墙,铁皮房顶,是物理系、化学系和生物系的办公室、教室和实验室。房前有一条土路,路边种着一排不高的尤加利树。一览无余,安静而不免枯燥。这里不像新校舍一样有大图书馆、大食堂、学生宿舍。教室里没有风度不同的教授讲授各种引人入胜的课程,墙上,也没有五花八门互相论战的壁报,也没有寻找失物或出让衣物的启事。没有操场,没有球赛。因此,除了理学院的学生,文法学院的学生很少在北院停留。不过他们每天要经过北院。由正门进,出东面的侧门,上一个斜坡,进城墙缺口。或到"昆中"、"南院"听课,或到文林街坐茶馆，到市里闲逛，看电影……理学院的学生读书多是比较扎实的，不像文法学院的学生放浪不羁，多少带点才子气。记定理、抄公式、画细胞，都要很专心。因此文法学院的学生走过北院时都不大声讲话，而且走得很快，免得打扰人家。但是他们在走尽南边的土路，将出侧门时，往往都要停一下：路边开着一大片剑兰！

这片剑兰开得真好！是美国种。别处没有见过。花很大，比普通剑兰要大出一倍。什么颜色的都有。白的、粉的、桃红的、大红的、浅黄的、淡绿的、蓝的、紫得像是黑色的。开得那样旺盛，那样水灵！可是，许看不许摸！这些花谁也不能碰一碰。这是化学系主任高崇礼种的。

高教授是个出名的严格方正、不讲情面的人。他当了多年系主任，教普通化学和有机化学。他的为人就像分子式一样，丝毫通融不得。学生考试，不及格就是不及格。哪怕是考了五十九分，照样得重新补修他教的那门课程。而且常常会像训小学生一样，把一个高年级的学生骂得面红耳赤。这人整天没有什么笑容，老是板着脸。化学系的学生都有点怕他，背地里叫他高阎王。他除了科学，没有任何娱乐嗜好。不抽烟。不喝酒。教授们有时凑在一起打打小麻将，打打桥牌，他绝不参加。他不爱串门拜客闲聊天。可是他爱种花，只种一种：剑兰。

这还是在美国留学时养成的爱好。他在麻省理工学院读化学。每年暑假，都到一家专门培植剑兰的花农的园圃里去做工，挣取一学年的生活费用，因此精通剑兰的种植技术。回国时带回了一些花种，每年还种一些。在北京时就种。学校迁到昆明，他又带了一些花种到昆明来，接着种。没想到昆明的气候土壤对剑兰特别相宜，花开得像美国那家花农的园圃里的一般大。逐年发展，越种越多，长了那样大一片！

可是没有谁会向他要一穗花，因为都知道高阎王的脾气：他的花绝不送人。而且大家知道，现在他的花更碰不得，他的花是要卖钱的！

昆明近日楼有个花市。近日楼外边，有一个水泥砌的圆池子。池子里没有水，是干的。卖花的就带了一张小板凳坐在池子里，把各种鲜花摊放在池沿上卖。晚香玉、缅桂花、康乃馨，也有剑兰。池沿上摆得满满的，色彩缤纷，老远地就闻到了花香。昆明的中产之家，有买花插瓶的习惯。主妇上街买菜，菜篮里常常一头放着鱼肉蔬菜，一头斜放着一束鲜花。花菜一篮，使人感到一片盎然的生意。高教授有一天走过近日楼，看看花市，忽然心中一动。

于是他每天一清早，就从家里走到北院，走进花圃，选择几十穗半开的各色剑兰，剪下来，交给他的夫人，拿到近日楼去卖。他的剑兰花大，颜色好，价钱也不太贵，很快就卖掉了。高太太就喜吟吟地走向菜市场。来时一篮花，归时一篮菜。这样，高教授的生活就提高了不少。他家的饭桌上常见荤腥。星期六还能炖一只母鸡。云南的玉溪鸡非常肥嫩，肉细而汤清。高太太把刚到昆明时买下的，已经弃置墙角多年的汽锅也洗出来了。剑兰是多年生草本，全年开花；昆明的气候又是四季如春，不缺雨水，于是高教授家汽锅鸡的香味时常飘入教授宿舍的左邻右舍。他的两个在读中学的儿女也有了比较整齐的鞋袜。

哪位说：教授卖花，未免欠雅。先生，您可真是站着说话不腰疼！您不知道抗日战争期间，大后方的教授，穷苦到什么程度。您不知道，一位国际知名的化学专家，同时又是对社会学、人类学具有广博知识的才华横溢而性格（在有些人看来）不免古怪的教授，穿的是一双"空前绝后"的布鞋——脚趾和脚跟部位都磨通了。中文系主任，当代散文大师的大衣破得不能再穿，他就买了一件云南赶马人穿的粗毛氆氇一口钟穿在身上御寒，样子有一点像传奇影片里的侠客，只是身材略嫌矮小。原来抽箂立克、555牌香烟的教授多改成抽烟斗，抽本地出的鹿头牌的极其辛辣的烟丝。他们的3B烟斗的接口处多是破裂的，缠着白线。有些著作等身的教授，因为家累过重，无暇治学，只能到中学去兼课。有个治古文字的学者在南纸店挂笔单为人治印。有的教授开书法展览会卖钱。教授夫人也多想法挣钱，贴补家用。有的制作童装，代织毛衣毛裤，有几位哈佛和耶鲁毕业的教授夫人，集资制作西点，在街头设摊出售。因此，高崇礼卖花，全校师生，皆无非议。

大家对这一片剑兰增加了一层新的看法，更加不敢碰这些花了。走过时只是远远地看看，不敢走近，更不敢停留。有的女同学想多看两眼，另一个就会说："快走，快走！高阎王在办公室里坐着呢！"没有谁会想起干这种恶作剧的事，半夜里去偷掐高教授的一穗花。真要是有人掐一穗，第二天早晨，高教授立刻就会发现。这花圃里有多少穗花，他都是有数的。

只有一个人可以走进高教授的花圃，蔡德惠。蔡德惠是生物系助教，坐办公室。生物系办公室和化学系办公室紧挨着、门对门。蔡德惠和高教授朝夕见面，关系很好。

蔡德惠是一个非常用功的学生。从小学到大学，各门功课都很好。他生活上很刻苦，联大四年，没有在外面兼过一天差。

联大学生的家大都在沦陷区。自从日本人占了越南，滇越铁路断了，昆明和平津沪杭不通邮汇，这些大学生就断绝了经济来源。教育部每月给大学生发一点生活费，叫做

"贷金"。"贷金"名义上是"贷"给学生的，但是谁都知道这是永远不会归还的。这实际上是救济金，不知是哪位聪明的官员想出了这样一个新颖别致的名目，大概是觉得救济金听起来有伤大学生的尊严。"贷金"数目很少，每月十四元。货币贬值，物价飞涨，这十四元一直未动。这点"贷金"只够交伙食费，所以联大大部分学生都在外面找一个职业。半工半读，对付着过日子。五花八门，干什么的都有。有的在中学兼课，有的当家庭教师。昆明有个冠生园，是卖广东饭菜点心的。这个冠生园不知道为什么要办一个职工夜校，而且办了几年，联大不少同学都去教过那些广东名厨和糕点师傅。有的到西药房或拍卖行去当会计。上午听课，下午坐在柜台里算账，见熟同学走过，就起身招呼谈话。有的租一间门面，修理钟表。有一位坐在邮局门前为人代写家信。昆明有一个古老的习惯，每到正午时要放一炮，叫做"放午炮"。据说每天放这一炮的，也是联大的一位贵同学！这大概是哪位富于想象力的联大同学造出来的谣言。不过联大学生遍布昆明的各行各业，什么都干，却是事实。像蔡德惠这样没有兼过一天差的，极少。

联大学生兼差的收入，差不多全是吃掉了。大学生的胃口都极好：都很馋。照一个出生在南洋的女同学的说法，这些人的胃口都"像刀子一样"，见什么都想吃。也难怪这些大学生那么馋，因为大食堂的伙食实在太坏了！早晨是稀饭，一碟炒蚕豆或豆腐乳。中午和晚上都是大米干饭，米极糙，颜色紫红，中杂不少沙粒石子和耗子屎，装在一个很大的木桶里。盛饭的勺子也是木制的。因此饭粒入口，总带着很重的松木和杨木的气味。四个菜，分装在浅浅的酱色的大碗里。经常吃的是煮芸豆；还有一种不知是什么原料做成的紫灰色像是鼻涕一样的东西，叫做"魔芋豆腐"。难得有一碗炒猪血（昆明叫"旺子"），几片炒回锅肉（半生不熟，极多猪毛）。这种淡而无味的东西，怎么能满足大学生们的刀子一样的食欲呢？二十多岁的人，单靠一点淀粉和碳水化合物是活不成的，他们要高蛋白，还要适量的动物脂肪！于是联大附近的小饭馆无不生意兴隆。新校舍的围墙外面出现了很多小食摊。这些食摊上的食品真是南北并陈，风味各别。最受欢迎的是一个广东老太太卖的鸡蛋饼：鸡蛋和面，入盐，加大量葱花，于平底锅上煎熟。广东老太太很舍得放猪油，饼在锅里煎得嗞嗞地响，实在是很大的诱惑。煎得之后，两面焦黄，径可一尺，卷而食之，极可解馋。有一家做一种饼，其实也没有什么稀奇，不过就是加了一点白糖的发面饼，但是是用松毛（马尾松的针叶）烤熟的，带一点清香，故有特点。联大的女同学最爱吃这种饼。昆明人把女大学生叫做"摩登"，于是这种饼就被叫成"摩登粑粑"。这些"摩登"们常把一个粑粑切开，中夹叉烧肉四两，一边走，一边吃，丝毫不觉得有什么不文雅。有一位贵州人每天挑一副担子来卖馄饨面。他卖馄饨是一边包一边下的。有时馄饨皮包完了，他就把馄饨馅一小疙瘩一小疙瘩拨在汤里下面。有人问他："你这叫什么面？"这位贵州老乡毫不犹豫地答曰："桃花面！"……

蔡德惠偶尔也被人拉到米线铺里去吃一碗焖鸡米线，但这样的时候很少。他每天只是吃食堂，吃煮芸豆和"魔芋豆腐"。四年都是这样。

蔡德惠的衣服倒是一直比较干净整齐的。

联大的学生都有点像是阴沟里的鹅——顾嘴不顾身。女同学一般都还注意外表。男同学里西服革履，每天把裤子脱下来压在枕头下以保持裤线的，也有，但是不多。大多数男大学生都是不衫不履，邋里邋遢。有人裤子破了，找一根白线，把破洞处系成一个疙瘩，只要不露肉就行。蔡德惠可不是这样。

蔡德惠四五年来没有添置过什么衣服，——除了鞋袜。他的衣服都还是来报考联大时从家里带来的。不过他穿得很仔细。他的衣服都是自己洗，而且换洗得很勤。联大新校舍有一个文嫂，专给大学生洗衣服。蔡德惠从来没有麻烦过她。不但是衣服，他连被窝都是自己拆洗，自己做。

这在男同学里是很少有的。因此，后来一些同学在回忆起蔡德惠时，首先总是想到蔡德惠在新校舍一口很大的井边洗衣裳，见熟同学走过，就抬起头来微微一笑。他还会做针线活，会裁会剪。一件衬衫的肩头穿破了，他能拆下来，把下摆移到肩头，倒个个儿，缝好了依然是一件完整的衬衫，还能再穿几年。这样的活计，大概多数女同学也干不了。

也许是性格所决定，蔡德惠在中学时就立志学生物。他对植物学尤其感兴趣。到了大学三年级，就对植物分类学着了迷。植物分类学在许多人看来是一门很枯燥的学问，单是背那么多拉丁文的学名，就是一件叫人头疼的事。可是蔡德惠觉得乐在其中。有人问他："你干嘛搞这么一门干巴巴的学问？"蔡德惠说："干巴巴的？——不，这是一门很美的科学！"他是生物系的高材生。四年级的时候，系里就决定让他留校。一毕业，他就当了助教，坐办公室。

高崇礼教授对蔡德惠很有好感。蔡德惠算是高崇礼的学生，他选读过高教授的普通化学。蔡德惠的成绩很好，高教授还记得。但是真正使高教授对蔡德惠产生较深印象，是在蔡德惠当了助教以后。蔡德惠很文静。隔着两道办公室的门，一天几乎听不到他的声音。他很少大声说话。干什么事情都是轻手轻脚的，绝不会把桌椅抽屉搞得乒乓乱响。他很勤奋。每天高教授来剪花的时候（这时大部分学生都还在高卧），发现蔡德惠已经坐在窗前低头看书，做卡片。虽然在学问上隔着行，高教授无从了解蔡德惠在植物学方面的造诣，但是他相信这个年轻人是会有出息的，这是一个真正做学问的人。高教授也听生物系主任和几位生物系的教授谈起过蔡德惠，都认为他有才能，有见解，将来可望在植物分类学方面取得很高的成就。高教授对这点深信不疑。因此每天高教授和蔡德惠点头招呼，眼睛里所流露的，就不只是亲切，甚至可以说是：敬佩。

高教授破例地邀请蔡德惠去看看他的剑兰。当有人发现高阎王和蔡德惠并肩站在这一片华丽斑斓的花圃里时，不禁失声说了一句："这真是黄河清了！"蔡德惠当然很喜欢这些异国名花。他时常担一担水来，帮高教授浇浇花；用一个小薅锄松松土；用烟叶泡了水除治剑兰的腻虫。高教授很高兴。

蔡德惠简直是钉在办公室里了，他很少出去走走。他交游不广，但是并不孤僻。有时他的杭高老同学会到他的办公室里来坐坐，——他是杭州人，杭高（杭州高中）毕业，说话一直带着杭州口音。他在新校舍同住一屋的外系同学，也有时来。他们来，除了说说话，附带来看蔡德惠采集的稀有植物标本。蔡德惠每年暑假都要到滇西、滇南去采集标本。像木蝴蝶那样的植物种子，是很好玩的。一片一片，薄薄的，完全像一个蝴蝶，而且一个荚子里密密地挤了那么多。看看这种种子，你会觉得：大自然真是神奇！有人问他要两片木蝴蝶夹在书里当书签，他会欣然奉送。这东西滇西多的是，并不难得。

在蔡德惠那里坐了一会的同学，出门时总要看一眼门外朝南院墙上的一个奇怪东西。这是一个日规。蔡德惠自己做的。所谓"做"，其实很简单，找一点石灰，跟瓦匠师傅借一个抿子，在墙上抹出一个规整的长方形，长方形的正中，垂直着钉进一根竹筷子，——院墙是土墙，是很容易钉进去的。筷子的影子落在雪白的石灰块上，随着太阳的移动而移动。这是蔡德惠的钟表。蔡德惠原来是有一只怀表的，后来坏了，他就一直没有再买，——也买不起。他只要看看筷子的影子，就知道现在是几点几分，不会差错。蔡德惠做了这样一个古朴的日规，一半是为了看时间，一半也是为了好玩，增加一点生活上的情趣。至于这是不是也表示了一种意思：寸阴必惜，那就不知道了。大概没有。蔡德惠不是那种把自己的决心公开表现给人看的人。不过凡熟悉蔡德惠的人，总不免引起一点感想，觉得这个现代古物和一个心如古井的青年学者，倒是十分相称的。人们在想起蔡德惠时，总会很自然地想起这个日规。

蔡德惠病了。不久，死了。死于肺结核。他的身体原来就比较孱弱。

生物系的教授和同学都非常惋惜。

高崇礼教授听说蔡德惠死了，心里很难受。这天是星期六。吃晚饭了，高教授一点胃口都没有。高太太把汽锅鸡端上桌，汽锅盖噗噗地响，汽锅鸡里加了宣威火腿，喷香!高崇礼忽然想起：蔡德惠要是每天喝一碗鸡汤，他也许不会死!这一天晚上的汽锅鸡他一块也没有吃。

蔡德惠死了，生物系暂时还没有新的助教递补上来，生物系主任难得到系里来看看，生物系办公室的门窗常常关锁着。

蔡德惠手制的日规上的竹筷的影子每天仍旧在慢慢地移动着。

一九八四年六月五日初稿，六月七日重写。

# 天鹅之死

"阿姨，都白天了，怎么还有月亮呀？

"阿姨，月亮是白色的，跟云的颜色一样。

"阿姨，天真蓝呀。

"蓝色的天,白色的月亮,月亮里有蓝色的云,真好看呀!"

"真好看!"

"阿姨，树叶都落光了。树是紫色的。树干是紫色的。树枝也是紫色的。树上的风也是紫色的。真好看!"

"真好看!"

"阿姨，你好看!"

"我从前好看。"

"不!你现在也好看。你的眼睛好看。你的脖子,你的肩,你的腰,你的手,都好看。你的腿好看。你的腿多长呀。阿姨，我们爱你！"

"小朋友，我也爱你们！"

"阿姨，你的腿这两天疼了吗？"

"没有。要上坡了，小朋友，小心！"

"哦！看见玉渊潭了！"

"玉渊潭的水真清呀！"

"阿姨，那是什么？雪白雪白的，像花一样的发亮，一，二，三，四。"

白蕤从心里发出一声惊呼：

"是天鹅！"

"是天鹅？"

"冬泳的叔叔，那是天鹅吗？"

"是的，小朋友。"

"它们是怎么来的？"

"它们是自己飞来的。"

"它们从哪儿飞来？"

"从很远很远的北方。"

"是吗？——欢迎你，白天鹅！"

"欢迎你到我们这儿来作客！"


天鹅在天上飞翔，

去寻找温暖的地方。

飞过了大兴安岭，

雪压的落叶松的密林里，闪动着鄂温克族狩猎队篝火的红光。

白蕤去看乌兰诺娃，去看天鹅。

大提琴的柔风托起了乌兰诺娃的双臂，钢琴的露珠从她的指尖流出。

她的柔弱的双臂伏下了。

又轻轻地挣扎着，抬起了脖颈。

钢琴流尽了最后的露滴，再也没有声音了。

天鹅死了。

白蕤像是在一个梦里。

她的眼睛里都是泪水。

她的眼泪流进了她的梦。


天鹅在天上飞翔，

去寻找温暖的地方。

飞过了呼伦贝尔草原，

草原一片白茫茫。

圈儿河依恋着家乡，

它流去又回头。

在雪白的草原上，

画出了一个又一个铁青色的圆圈。


白蕤考进了芭蕾舞校。经过刻苦的训练，她的全身都
变成了音乐。

她跳《天鹅之死》。

大提琴和钢琴的旋律吹动着她的肢体，她的手指和足
尖都在想象。


天鹅在天上飞翔，

去寻找温暖的地方。


某某去看了芭蕾。

他用猥亵的声音说：

"这他妈的小妞儿！那胸脯，那小腰，那么好看的
大腿！……"

他满嘴喷着酒气。

他做了一个淫荡的梦。


天鹅在天上飞翔，

去寻找温暖的地方。

"文化大革命"。中国的森林起了火了。

白蕤被打成了现行反革命。因为她说：

"《天鹅之死》就是美！乌兰诺娃就是美！"


天鹅在天上飞翔。

某某成了"工宣队员"。他每天晚上都想出一种折磨演员的花样。

他叫她们背着床板在大街上跑步。

他叫她们做折损骨骼的苦工。

他命令白蕤跳《天鹅之死》。

"你不是说《天鹅之死》就是美吗？你给我跳，跳一夜！"

录音机放出了音乐。音乐使她忘记了眼前的一切。她快乐。

她跳《天鹅之死》。

她看看某某，发现他的下牙突出在上牙之外。北京人管这种长相叫"地包天"。

她跳《天鹅之死》。

她羞耻。

她跳《天鹅之死》。

她愤怒。

她跳《天鹅之死》。

她摔倒了。

她跳《天鹅之死》。


天鹅在天上飞翔，

去寻找温暖的地方。

飞过太阳岛，

飞过松花江。

飞过华北平原，

越冬的麦粒在松软的泥土里睡得正香。

经过长途飞行，天鹅的体重减轻了，但是翅膀上增添了力量。


天鹅在天上飞翔，

在天上飞翔，

玉渊潭在月光下发亮。

"这儿真好呀!这儿的水不冻，这儿暖和，咱们就在这儿过冬，好吗？"

四只天鹅翩然落在玉渊潭上。

白蕤转业了。她当了保育员。她还是那样美，只是因为左腿曾经骨折，每到阴天下雨，就隐隐发痛。

自从玉渊潭来了天鹅，她隔两三天就带着孩子们去看一次。

孩子们对天鹅说：

"天鹅天鹅你真美!"

"天鹅天鹅我爱你!"

"天鹅天鹅真好看!"

"我们和你来作伴!"


甲、乙两青年，带了一枝猎枪，偷偷走近玉渊潭。

天已经黑了。

一声枪响，一只天鹅毙命。其余的三只，惊恐万状，一夜哀鸣。

被打死的天鹅的伴侣第二天一天不鸣不食。

傍晚七点钟时还看见它。

半夜里，它飞走了。

白蕤看着报纸，她的眼前浮现出一张"地包天"的脸。


"阿姨，咱们去看天鹅。"

"今天不去了，今天风大，要感冒的。"

"不嘛！去！"

天鹅还在吗？

在！

在那儿，在靠近南岸的水面上。

"天鹅天鹅你害怕吗？"

"天鹅天鹅你别怕！"

湖岸上有好多人来看天鹅。

他们在议论。

"这个家伙，这么好看的东西，你打它干什么？"

"想吃天鹅肉。"

"想吃天鹅肉。"

"都是这场'文化大革命'闹的！把一些人变坏了，变得心狠了！不知爱惜美好的东西了！"

有人说，那一只也活不成。天鹅是非常恩爱的。死了一只，那一只就寻找一片结实的冰面，从高高的空中摔下来，把自己的胸脯在坚冰上撞碎。

孩子们听着大人的议论，他们好像是懂了，又像是没有懂。他们对着湖面呼喊：

"天鹅天鹅你在哪儿？"

"天鹅天鹅你快回来！"

孩子们的眼睛里有泪。

他们的眼睛发光，像钻石。

他们的眼泪飞到天上，变成了天上的星。

一九八〇年十二月二十九日清晨

一九八七年六月七日校，泪不能禁。

# 讲用

　　郝有才一辈子没有什么露脸的事，也没有多少现眼的事。他是个极其普通的人，没有什么特点。要说特点，那就是他过日子特别仔细，爱打个小算盘。话说回来了，一个人过日子仔细一点，爱打个小算盘，这碍着别人什么了？为什么有些人总爱拿他的一些小事当笑话说呢？

　　他是三分队的。三分队是舞台工作队。一分队是演员队，二分队是乐队。管箱的，——大衣箱、二衣箱、旗包箱，梳头的，检场的……这都归三分队。郝有才没有坐过科，拜过师，是个"外行"，什么都不会，他只会装车、卸车、搬布景、挂吊杆，干一点杂活。这些活，看看就会，没有三天力巴。三分队的都是"苦哈哈"，他们的工资都比较低。不像演员里的"好角"，一月能拿二百多、三百。也不像乐队里的名琴师、打鼓佬，一月也能拿一百八九。他们每月都只有几十块钱。"开支"的时候，工资袋里薄薄的一叠，数起来很省事。他们的家累也都比较重，孩子多。因此，三分队的过日子都比较简省，郝有才是其尤甚者。

他们家的饭食很简单。不过能够吃饱。一年难得吃几次鱼，都是带鱼，熬一大盆，一家子吃一顿。他们家的孩子没有吃过虾。至于螃蟹，更不知道是什么滋味了。中午饭有什么吃什么，窝头、贴饼子、烙饼、馒头、米饭。有时也蒸几屉包子，菠菜馅的、韭菜馅的、茴香馅的，肉少菜多。这样可以变变花样，也省粮食。晚饭一般是吃面。炸酱面、麻酱面。茄子便宜的时候，茄子打卤。扁豆老了的时候，焖扁豆面，——扁豆焖熟了，把面往锅里一下，一翻个儿，得！吃面浇什么，不论，但是必须得有蒜。"吃面不就蒜，好比杀人不见血！"他吃的蒜也都是紫皮大瓣。"青皮萝卜紫皮蒜，抬头的老婆低头的汉，这是上讲的！"他的蒜都是很磁棒，很敦立的，一头是一头，上得了画，能拿到展览会上去展览。每一头都是他精心挑选过，挨着个儿用手捏过的。

不但是蒜，他们家吃的菜也都是经他精心挑选的。他每天中午、晚晌下班，顺便买菜。从剧团到他们家共有七家菜摊，经过每一个菜摊，他都要下车——他骑车，问问价，看看菜的成色。七家都考察完了，然后决定买哪一家的，再骑车翻回去选购。卖菜的约完了，他都要再复一次秤，——他的自行车后架上随时带着一杆小秤。他买菜回来，邻居见了他买的菜都羡慕："你瞧有才买的这菜，又水灵，又便宜！"郝有才骗腿下车，说："货买三家不吃亏，——您得挑！"

郝有才干了一件稀罕事。他对他们家附近的烧饼、焦圈作了一次周密的调查研究。他早点爱吃个芝麻烧饼夹焦圈。他家在西河沿。他曾骑车西至牛街，东至珠市口，把这段路上每家卖烧饼焦圈的铺子都走遍，每一家买两个烧饼、两个焦圈，回来用戥子一一约过。经过细品，得出结论：以陕西巷口大庆和的质量最高。烧饼分量足，焦圈炸得透。他把这结论公诸于众，并买了几套大庆和的烧饼焦圈，请大家品尝。大家嚼食之后，一致同意他的结论。于是纷纷托他代买。他也乐于跑这个小腿。好在西河沿离陕西巷不远，骑车十分钟就到了。他的这一番调查给大家留下深刻印象，因为别人都没有想到。

剧团外出，他不吃团里的食堂。每次都是烙了几十张烙饼，用包袱皮一包，带着。另外带了好些卤虾酱、韭菜花、臭豆腐、秦椒糊、豆儿酱、芥菜疙瘩、小酱萝卜，瓶瓶罐罐，丁零当啷。他就用这些小菜就干烙饼。一到烙饼吃完，他就想家了，想北京，想北京的"吃儿"。他说，在北京，哪怕就是虾米皮熬白菜，也比外地的香。"为什么呢？因为，——五味神在北京！""五味神"是什么神？至今尚未有人考证过，不见于载籍。

他抽烟，抽烟袋，关东。他对于烟叶，要算个行家。什么黑龙江的亚布力、吉林的交河烟、易县小叶，乃至云南烤烟，他只要看看，捏一撮闻闻，准能说出个子午卯酉。不过他一般不上烟铺买烟，他遛烟摊。这摊上的烟叶子厚不厚，口劲强不强，是不是"灰白火亮"，他老远地一眼就能瞧出来。卖烟的耍的"手彩"别想瞒过他。什么"插翎儿"、"洒药"，全都逃不过他的眼睛。"几捆烟摆在地下，你一瞧，色气好，叶儿挺厚实，拐子不多，不赖！卖烟的打一捆里，噌——抽出了一根：'尝尝！尝尝！'你揉一揉往烟袋里一摁，点火，抽！真不赖，'满口烟'，喷香！其实他这几捆里就这一根是好的，是插进去的，——卖烟的知道。你再抽抽别的叶子，不是这个味儿了！——这为'插翎'。要说，这个'侃儿'①起得挺有个意思，烟叶可不有点像鸟的翎毛么？还有一种，归'洒药'。地下一堆碎烟叶。你来了，卖烟的抢过你的烟袋：'来一袋，尝尝！试试！'给你装了一袋，一抽：真好！其实

_____

① 侃儿即行话，甚至可说是"黑话"。

90

这一袋，是他一转身的那工夫，从怀里掏出来给你装上的，——这是好烟。你就买吧！买了一包，地下的，一抽，咳！——屁烟！——'洒药'！"

他爱喝一口酒。不多，最多二两。他在家不喝。家里不预备酒，免得老想喝。在小铺里喝。不就菜，抽关东烟就酒。这有个名目，叫做"云彩酒"。

他爱逛寄卖行。他家大人孩子们的鞋、袜、手套、帽子，都是处理品。剧团外出，他爱逛商店，遛地摊，买"俏货"。他买的俏货都不是什么贵重东西。凉席、雨伞、马莲根的炊帚、铁丝笊篱……他买俏货，也有吃亏上当的时候。有一次，他从汉口买了一套套盆，——绿釉的陶盆，一个套着一个，一套五个，外面最大的可以洗被窝，里面最小的可以和面。他就像收藏家买了一张唐伯虎的画似的，高兴得不得了。费了半天劲，才把这套宝贝弄上车。不想到了北京，出了前门火车站，对面一家山货店里就有，东西和他买的一样，价钱比汉口便宜。他一气之下，恨不能把这套套盆摔碎了。——当然没有，他还是咬着嘴唇把这几十斤重的东西背回去了。"郝有才千里买套盆"落下一个"哏"，供剧团的很多人说笑了个把月。

说话，到了"文化大革命"。"文化大革命"乍一起来的时候，郝有才也懵了。这是怎么回事呢？昨天还是书记、团长，三叔、二大爷，一宵的工夫，都成了走资派、"三名三高"。大字报铺天盖地。小伙子们都像"上了法"，一个个杀气腾腾，瞧着都瘆得慌。大家都学会了嚷嚷。平日言迟语拙的人忽然都长了口才，说起话一套一套的。郝有才心想：这算哪一出呢？渐渐地他心里踏实了。他知道"革命"革不到他头上。他头一回知道：三分队的都是红五类——工人阶级。各战斗组都拉他们。三分队的队员顿时身价十倍。有的人趾高气扬，走进走出都把头抬得很高。他们原来是人下人，现在翻身了！也有老实巴交的，还跟原来一样，每天上班，抽烟喝水，低头听会。郝有才基本上属于后一类。他也参加大批判，大辩论，跟着喊口号，叫"打倒"，但是他没有动手打过人，往谁脸上啐过唾沫，给谁嘴里抹过浆糊。他心里想：干嘛呀，有朝一日，还要见面。只有一件事少不了他。造反派上谁家抄家时总得叫上他，让他蹬平板三轮，去拉抄出来的"四旧"。他翻翻抄出来的东西，不免生一点感慨：真有好东西呀！

没多久，派来了军、工宣队，搞大联合，成立了革命委员会。

又没多久，这个团被指定为样板团。

样板团有什么好处？——好处多了！

样板团吃样板饭。炊事班每天变着样给大伙做好吃的。番茄焖牛肉、香酥鸡、糖醋鱼、包饺子、炸油饼……郝有才觉得天天过年。肚子里油水足，他胖了。

样板团发样板服。每年两套的确良制服，一套深灰，一套浅灰。穿得仔细一点，一年可以不用添置衣裳。——三分队还有工作服。到了冬天，还发一件棉军大衣。领大衣时，郝有才闹了一点小笑话。

棉大衣共有三个号：一号、二号、三号——大、中、小。一般身材，穿二号。矮小一点的，三号就行了。能穿一号的，全团没有几个。三分队的队长拿了一张表格，叫大家报自己的大衣号，好汇总了报上去。到了郝有才，他要求登记一件一号的。队长愣了："你多高？"——"一米六二。"——"那你要一号的？你穿三号的！——你穿上一号的像什么样子，那不成了道袍啦？"——"一号的，一号的！您给我登一件一号的！劳您驾！劳您驾！"队长纳了闷了，问他："你这是什么意思？"他说了实话："我拿回去，改改。下摆铰下来，能缝一副手套。"——"吓！什么人呐！全团有你这样的吗？领一件大衣，还饶一副手套！亏你想得出来！"队长把这事汇报了上去，军代表把他叫去训了一通。到底还是给他登记了一件三号的。

郝有才干了一件不大露脸的事，拿了人家五个羊蹄。他到一家回民食堂挑了五个羊蹄，趁着人多，售货员没注意，拿了就走，——没给钱。不想售货员早注意上他了，一把拽住："你给钱了吗？"——"给啦！"——"给了多少？我还没约呐，你就给了钱啦？"——"我现在给！"——"现在给？——晚啦！"旁边围了一圈人，都说："真不像话！""还是样板团的哪！"（他穿着样板服哪）。售货员非把他拉到公安局去不可。公安局的人一看，就五个羊蹄，事不大，就说："你写个检查吧！"——"写不了！我不认字。"公安局给剧团打了个电话，让剧团把他领回去。

军、工宣队研究了一下，觉得问题不大，影响不好，决定开一个小会，在队里批评批评他。

会上发言很热烈，每个人都说了。有人念了好几段毛主席语录。有一位能看"三列国"①的管箱的师傅掏出一本《雷锋日记》，念了好几篇，说："你瞧人家雷锋，风格多高。你瞧你，什么风格！——你简直的没有格！你好好找找差距吧！拿人家五个羊蹄。五个羊蹄，能值多少钱！你这么大的人了！小孩子也干不出这种事来！哎哟哎哟，你叫我说你什么好噢！我都替你寒碜。"军代表参加了这次会，看大家发言差不多了，就说："郝有才，你也说说。"

---

① 《三国演义》及《东周列国志》，合称"三列国"。凡能读"三列国"的，在戏班里即为有学问的圣人。

94

"说说。我这叫'爱小'，贪小便宜。贪小便宜吃大亏呀！我怎么会贪小便宜？我打小就穷。我爸死得早，我妈是换取灯的①……"

军代表不知道什么是"换取灯的"，旁边有人给他解释半天，军代表明白了，"哦"。

"我打小什么都干过。拣煤核，打执事②……"

什么是打执事，军代表也不懂，又得给他解释半天。

"哦。"

"后来，我拉排子车，——拉小绊，我力气小，驾不了辕，只能拉小绊。

"有一回，大夏天，我发了痧，死过去了。也不知是哪位好心的，把我搭在前门门洞里。我醒过来了，瞅着甏券上的城砖：'我这是在哪儿呐？'……"

三分队的出身都比较苦，类似的经历，他们也都有过，听了心里都有点难受，有人眼圈都红了。

"后来，我拉了两年洋车。

"后来，给陈××拉包月。"陈××是个名演员，唱老生

---

①　取灯即早先的火柴。换取灯的即收破烂的。收得破烂，或以取灯偿值，也有给钱的。

②　执事是出殡和迎亲的仪仗，金瓜钺斧朝天凳，旗锣伞扇……出殡则有幡、雪柳。打执事的都是穷人家的孩子。打一回执事，所得够一顿饭钱。

的。

"拉包月，倒不累。除了拉大爷上馆子——"

"上馆子？陈××爱吃馆子？"军代表不明白。

又得给他解释："上馆子就是上剧场。"

"除了拉大爷上馆子，就是拉大奶奶上东安市场买买东西。"

军代表听到"大爷、大奶奶"，觉得很不舒服，就打断了他："不要说'大爷'、'大奶奶'。"

"对！他是老板，我是拉车的。我跟他是两路人。除了，……咳，陈××爱吃红菜汤，他老让我到大地餐厅去给他端红菜汤。放在车上给他拉回来。我拉车、拉人，还拉红菜汤，你说这叫什么事！"

军代表听着，不知道他要说到哪里去，就又打断了他："不要扯得太远，不要离题，说说你对自己的错误的认识。"

"对，说认识。我这就要回到本题上来了。好容易，解放了，我参加了剧团。剧团改国营，我每月有了准收入，冻不着，饿不死了。这都亏了共产党呀！——中国共产党万岁！"

他抽不冷子来了这么一句，大伙不能不举起手来跟着他喊：

"中国共产党万岁！"

"这以后，剧团归为样板团，咱们是一步登天哪！'板儿饭'，'板儿服'，真是没的说！可我居然干出这种丢人现眼的事，我给样板团抹了黑。我对得起谁？你们说：我对得起谁？嗯？……"

他问得理直气壮，简直有点咄咄逼人。

军代表觉得他再也说不出什么了，就做了简短的结论：

"郝有才同志的检查不够深刻。不过态度还是好的，也有沉痛感，一个人犯了错误，不要紧，只要改正了就好。对于犯错误的同志，我们不应该歧视他，轻视他，而是要热情地帮助他。"接着又说："对于任何人，都要一分为二。比如郝有才同志，他有缺点，爱打个小算盘。他也有优点嘛！比如，他每天给大家打开水，这就是优点。这也是为人民服务嘛！希望他今后能发扬优点，克服缺点，做一名无愧于样板团称号的文艺战士！"

会就开到了这里。

过了没多久，郝有才可干了一件十分露脸的事。他早起上班打开水，上楼梯的时候绊了一下，暖壶碰在栏干上，"砰！"把一个暖壶胆瓾了①。暖壶胆瓾了，照例是可以拿到总务科去领一个的。郝有才不知怎么一想，他没去总务科

---

① 瓾，北京土话，打碎了的意思。

去领，自己掏钱，到菜市口配了一个。——而且没有告诉任何人。不过人们还是知道了，大家传开了："有才这回干了一件漂亮事！"——"他这样的人，干出这样的事，尤其难得！"见了他，都说："有才！好样儿的！"——"有才！你这进步可是不小哇！——我简直都不敢相信。"郝有才觉得美不滋儿的。

军、工宣队知道了，也都认为这是他们的思想工作的成果。事情不大，意义不小，于是决定让他在全团大会上作一次讲用。

要他讲用，可是有点困难。他不认字，不能写讲稿。让别人替他写讲稿也不成，他念不下来。只好凭他用口讲。军代表把他叫去，启发了半天，让他讲讲自己的活思想，——当时是怎么想的，怎样让公字占领了自己的思想，克服了私心，最好能引用两段毛主席语录。军代表心想，他虽不识字，可是大家整天念语录，他听也应该听会几段了。

那天讲用一共三个人。前面两个，都讲得不错，博得全场掌声。第三个是郝有才。郝有才上了台，向毛主席像行了一个礼，然后转过身来，大声地说：

"毛主席教导我们说：甄了就甄了！"

大家先是一愣，接着都忍不住哈哈大笑起来。主持会议的军代表原来还绷着，终于憋不住，随着大家一同哈哈大笑。他一边大笑，一边挥手："散会!"

# 虐猫

　　李小斌、顾小勤、张小涌、徐小进都住在九号楼七门。他们从小一块长大，在一个幼儿园，又读一个小学，都是三年级。李小斌的爸爸是走资派。顾小勤、张小涌、徐小进家里大人都是造反派。顾小勤、张小涌、徐小进不管这些，还是跟李小斌一块玩。

　　没有人管他们了，他们就瞎玩。捞蛤蟆骨朵，粘知了。砸学校的窗户玻璃，用弹弓打老师的后脑勺。看大辩论，看武斗，看斗走资派，看走资派戴高帽子游街。李小斌的爸爸游街，他们也跟着看了好长一段路。

　　后来，他们玩猫。他们玩过很多猫：黑猫、白猫、狸猫、狮子玳瑁猫（身上有黄白黑三种颜色）、乌云盖雪（黑背白肚）、铁棒打三桃（白身子，黑尾巴，脑袋顶上有三块黑）……李小斌的姥姥从前爱养猫。这些猫的名堂是姥姥告诉他的。

他们捉住一只猫，玩死了拉倒。

李小斌起初不同意他们把猫弄死。他说：一只猫，七条命，姥姥告诉他的。

"去你一边去！什么'一只猫七条命'！一个人才一条命！"

后来李小斌也不反对了，跟他们一块到处逮猫，一块玩。

他们把猫的胡子剪了。猫就不停地打喷嚏。

他们给猫尾巴上拴一挂鞭炮，点着了。猫就没命地乱跑。

他们想出了一种很新鲜的玩法：找了四个药瓶子的盖，用乳胶把猫爪子粘在瓶盖子里。猫一走，一滑；一走，一滑。猫难受，他们高兴极了。

后来，他们想出了一种很简单的玩法：把猫从六楼的阳台上扔下来。猫在空中惨叫。他们拍手，大笑。猫摔到地下，死了。

他们又抓住一只大花猫，用绳子拴着往家里拖。他们又要从六楼扔猫了。

出了什么事？九楼七门前面围了一圈人：李小斌的爸

爸从六楼上跳下来了。

来了一辆救护车，把李小斌的爸爸拉走了。

李小斌、顾小勤、张小涌、徐小进没有把大花猫从六楼上往下扔，他们把猫放了。

# 八月骄阳

　　张百顺年轻时拉过洋车，后来卖了多年烤白薯。德胜门豁口内外没有吃过张百顺的烤白薯的人不多。后来取缔了小商小贩，许多做小买卖的都改了行，张百顺托人谋了个事由儿，到太平湖公园来看门。一晃，十来年了。

　　太平湖公园应名儿也叫做公园，实在什么都没有。既没有亭台楼阁，也没有游船茶座，就是一片野水，好些大柳树。前湖有几张长椅子，后湖都是荒草。灰菜、马苋菜都长得很肥。牵牛花，野茉莉。飞着好些粉蝶儿，还有北京人叫做"老道"的黄蝴蝶。一到晚不晌，往后湖一走，都瘆得慌。平常是不大有人去的。孩子们来掏蛐蛐。遛鸟的爱来，给画眉抓点活食：油葫芦、蚂蚱，还有一种叫做"马蜥儿"的小四脚蛇。看门，看什么呢？这个公园不卖门票。谁来，啥时候来，都行。除非怕有人把柳树锯倒了扛回去。不过这种事还从来没有发生过。因此张百顺非常闲在。他没事时就到湖里捞点鱼虫、苲草，卖给养鱼的主。进项不大。但是够他抽关东烟的。"文化大革命"一起来，很多养鱼的都把鱼"处理"了，鱼虫、苲草没人买，他就到湖边摸点螺蛳，淘洗干净了，加点盐，搁两个大料瓣，煮咸螺蛳卖。

后湖边上住着两户打鱼的。他们这打鱼，真是三天打鱼，两天晒网，有一搭无一搭。打得的鱼随时就在湖边卖了。

每天到园子里来遛早的，都是熟人。他们进园子，都有准钟点。

来得最早的是刘宝利。他是个唱戏的。坐科学的是武生。因为个头矬点，扮相也欠英俊，缺少大将风度，来不了"当间儿的"。不过他会的多，给好几位名角打过"下串"，"傍"得挺严实。他粗通文字，爱抄本儿。他家里有两箱子本子，其中不少是已经失传了的。他还爱收藏剧照，有的很名贵。杨老板《青石山》的关平、尚和玉的《四平山》、路玉珊的《醉酒》、梅兰芳的《红线盗盒》、金少山的《李七长亭》、余叔岩的《盗宗卷》……有人出过高价，想买他的本子和剧照，他回绝了："对不起，我留着殉葬。"剧团演开了革命现代戏，台上没有他的活儿，领导上动员他提前退休，——他还不到退休年龄。他一想：早退，晚退，早晚得退，退！退了休，他买了两只画眉，每天天一亮就到太平湖遛鸟。

他戏瘾还挺大。把鸟笼子挂了，还拉拉山膀，起两个云手，踢踢腿，耗耗腿。有时还念念戏词。他老念的是《挑滑车》的《闹帐》：

"且慢!"

"高王爷为何阻令？"

"末将有一事不明，愿在元帅台前领教。"

"高王爷有话请讲，何言领教二字。"

"岳元帅!想俺高宠，既已将身许国，理当报效皇家。今逢大敌，满营将官，俱有差遣，单单把俺高宠，一字不提，是何理也？"

…………

"吓、吓、吓吓吓吓……岳元帅!大丈夫临阵交锋，不死而带伤，生而何欢，死而何惧!"

跟他差不多时候进园子遛弯的顾止庵曾经劝过他：

"爷们!您这戏词，可不要再念了哇!"

"怎么啦？"

"如今晚儿演了革命现代戏，您念老戏词——韵白!再说，您这不是借题发挥吗？'满营将官，俱有差遣，单单把俺高宠，一字不提，是何理也？'这是什么意思？这不是说台上不用您，把您刷了吗？这要有人听出来，您这是'对党不满'呀！这是什么时候啊，爷们！"

"这么一大早，不是没人听见吗！"

"隔墙有耳！——小心无大错。"

顾止庵，八十岁了。花白胡须，精神很好。他早年在豁口外设帐授徒，——教私塾。后来学生都改了上学堂了，他的私塾停了，他就给人抄书，抄稿子。他的字写得不错，欧底赵面。抄书、抄稿子有点委屈了这笔字。后来找他抄书、抄稿子的也少了，他就在邮局门外树荫底下摆一张小桌子，代写家信。解放后，又添了一项业务：代写检讨。"老爷子，求您代写一份检讨。"——"写检讨？这检讨还能由别人代写呀？"——"劳您驾！我写不了。您写完了，我摁个手印，一样！"——"什么事儿？"因为他的检讨写得清楚，也深刻，比较容易通过，来求的越来越多，业务挺兴旺。

后来他的孩子都成家立业，混得不错，就跟老爷子说："我们几个养活得起您。您一枝笔挣了不少杂和面儿，该清闲几年了。"顾止庵于是搁了笔。每天就是遛遛弯儿，找几个年岁跟他相仿佛的老友一块堆儿坐坐、聊聊、下下棋。他爱瞧报，——站在阅报栏前一句一句地瞧。早晚听"匣子"。因此他知道的事多，成了豁口内外的"伏地圣人"①。

这天他进了太平湖，刘宝利已经练了一遍功，正把一条腿压在树上耗着。

"老爷子今儿早!"

"宝利!今儿好像没听您念《闹帐》?"

"不能再念啦!"

"怎么啦?"

"呆会儿跟您说。"

顾止庵向四边的树上看看：

"您的鸟呢?"

"放啦!"

"放啦?"

"您先慢慢往外溜达着。今儿我带着一包高末。百顺大哥那儿有开水，叶子已经闷上了。我耗耗腿。一会儿就来。咱们爷儿仨喝一壶，聊聊。"

顾止庵遛到门口，张百顺正在湖边淘洗螺蛳。

"顾先生!椅子上坐。茶正好出味儿了，来一碗。"

--------

① 伏地，北京土话。本地生产的叫"伏地"，如"伏地小米"、"伏地蒜苗"。

"来一碗！"

"顾先生！您说这'文化大革命'，它是怎么回子事？"

"您问我？——有人知道。"

"这红卫兵，又是怎么回子事。呼啦——全起来了。它也不用登记，不用批准，也没有个手续，自己个儿就拉起来了。我真没见过。一戴上红袖箍，就变人性。想怎么着就怎么着，想揪谁就揪谁。他们怎么有这么大的权？谁给他们的权？"

"头几天，八·一八，不是刚刚接见了吗？"

"当大官的，原来都是坐小汽车的主，都挺威风，一个一个全都头朝了下了。您说，他们心里是怎么想的？"

"他们怎么想，我哪儿知道。反正这心里不大那么好受。"

"还有个章程没有？我可是当了一辈子安善良民，从来奉公守法。这会儿，全乱了。我这眼面前就跟'下黄土'似的，简直的，分不清东西南北了。"

"您多余操这份儿心。粮店还卖不卖棒子面？"

"卖！"

"还是的。有棒子面就行。咱们都不在单位，都这岁数了。咱们不会去揪谁，斗谁，红卫兵大概也斗不到咱们头上。过一天，算一日。这太平湖眼下不还挺太平不是？"

"那是！那是！"

刘宝利来了。

"宝利，您说要告诉我什么事？"

"昨儿，我可瞧了一场热闹！"

"什么热闹？"

"烧行头。我到交道口一个师哥家串门子，听说成贤街孔庙要烧行头——烧戏装。我跟师哥说：咱们瞜瞜去！嗬！堆成一座小山哪！大红官衣、青褶子，这没什么！'帅盔'、'八面威'、'相貂'、'驸马套'……这也没有什么！大蟒大靠，苏绣平金，都是新的，太可惜了！点翠'头面'，水钻'头面'，这值多少钱哪！一把火，全烧啦！火苗儿蹿起老高。烧糊了的碎绸子片飞得哪儿哪儿都是。"

"唉！"

"火边上还围了一圈人，都是文艺界的头头脑脑。有跪着的，有撅着的。有的挂着牌子，有的脊背贴了一张大纸，写着字。都是满头大汗。您想想：这么热的天，又烤着大火，能不出汗吗？一群红卫兵，攥着宽皮带，挨着个抽他们。披头盖脸！有的，一皮带下去，登时，脑袋就开了，血就下来了。——皮带上带着大铜头子哪！哎呀，我长这么大，没见过这么打人的。哪能这么打呢？您要我这么打，我还真不会！这帮孩子，从哪儿学来的呢？有的还是小妞儿。他们怎么能下得去这么狠的手呢？"

"唉！"

"回来，我一捉摸，把两箱子剧本、剧照，捆巴捆巴，借了一辆平板三轮，我就都送到街道办事处去了。他们爱怎么处理怎么处理，我不能自己烧。留着，招事！"

"唉！"

"那两只画眉，'口'多全！今儿一早起来，我也放了。——开笼放鸟！'提笼架鸟'，这也是个事儿！"

"唉！"

这功夫，园门口进来一个人。六十七八岁，戴着眼镜，一身干干净净的藏青制服，礼服呢千层底布鞋，挂着一根角把棕竹手杖，一看是个有身份的人。这人见了顾止庵，略略点了点头，往后面走去了。这人眼神有点直勾勾的，脸上气色也不大好。不过这年头，两眼发直的人多的是。这人走到靠近后湖的一张长椅旁边，坐下来，望着湖水。

顾止庵说："茶也喝透了，咱们也该散了。"

张百顺说："我把这点螺蛳送回去，叫他们煮煮。回见！"

"回见！"

"回见！"

张百顺把螺蛳送回家。回来，那个人还在长椅上坐着，望着湖水。

柳树上知了叫得非常欢势。天越热，它们叫得越欢。赛着叫。整个太平湖全归了它们了。

张百顺回家吃了中午饭。回来，那个人还在椅子上坐着，望着湖水。

粉蝶儿、黄蝴蝶乱飞。忽上，忽下。忽起，忽落。黄蝴蝶，白蝴蝶。白蝴蝶，黄蝴蝶……

天黑了。张百顺要回家了。那人还在椅子上坐着，望着湖水。

蛐蛐、油葫芦叫成一片。还有金铃子。野茉莉散发着一阵一阵的清香。一条大鱼跃出了水面，欻的一声，又没到水里。星星出来了。

第二天天一亮，刘宝利到太平湖练功。走到后湖：湖里一团黑乎乎的，什么？哟，是个人！这是他的后脑勺！有人投湖啦！

刘宝利叫了两个打鱼的人，把尸首捞了上来，放在湖边草地上。这功夫，顾止庵也来了。张百顺也赶了过来。

顾止庵对打鱼的说："您二位到派出所报案。我们仨在这儿看着。"

"您受累！"

顾止庵四下里看看，说：

"这人想死的心是下铁了的。要不，怎么会找到这么个荒凉偏僻的地方来呢？他投湖的时候，神智很清醒，不是迷迷糊糊一头扎下去的。你们看，他的上衣还整整齐齐地搭在椅背上，手杖也好好地靠在一边。咱们掏掏他的兜儿，看看有什么，好知道死者是谁呀。"

顾止庵从死者的上衣兜里掏出一个工作证，是北京市文联发的：

姓名：舒舍予

职务：主席

顾止庵看看工作证上的相片，又看看死者的脸，拍了拍工作证：

"这人，我认得！"

"您认得？"

"怪不得昨儿他进园子的时候，好像跟我招呼了一下。他原先叫舒庆春。这话有小五十年了！那会儿我教私塾，他是劝学员，正管着德胜门这一片的私塾。他住在华严寺。我还上他那儿聊过几次。人挺好，有学问！他对德胜门这一带挺熟，知道太平湖这么个地方！您怎么走南闯北，又转回来啦？这可真是：树高千丈，叶落归根哪！"

"您等等！他到底是谁呀？"

"他后来出了大名，是个作家，他，就是老舍呀！"

张百顺问："老舍是谁？"

刘宝利："老舍您都不知道？瞧过《骆驼祥子》没有？"

"匣子里听过。好！是写拉洋车的。祥子，我认识。——'骆驼祥子'嘛！"

"您认识？不能吧！这是把好些拉洋车的搁一块堆儿，抟巴抟巴，捏出来的。"

"唔！不对！祥子，拉车的谁不知道！他和虎妞结婚，我还随了份子。"

"您八成是做梦了吧？"

"做梦？——许是。岁数大了，真事、梦景，常往一块掺和。——他还写过什么？"

"《龙须沟》哇！"

"《龙须沟》，瞧过，瞧过！电影！程疯子、娘子、二妞……这不是金鱼池，这就是咱这德胜门豁口！太真了！太真了，就叫人掉泪。"

"您还没瞧过《茶馆》哪！太棒了！王利发！'硬硬朗朗

的，我硬硬朗朗地干什么？'我心里这酸呀！"

"合着这位老舍他净写卖力气的、耍手艺的、做小买卖的苦哈哈、命穷人？"

"那没错！"

"那他是个好人！"

"没错！"

刘宝利说："这么个人，我看他本心是想说共产党好啊！"

"没错！"

刘宝利看着死者：

"我认出来啦！在孔庙挨打的，就有他！您瞧，脑袋上还有伤，身上净是血嘎巴！——我真不明白。这么个人，旧社会能容得他，怎么咱这新社会倒容不得他呢？"

顾止庵说："'我本将心托明月，谁知明月照沟渠'，这大概就是他想不通的地方。"

张百顺挽了两根柳条，在老舍的脸上摇晃着，怕有苍蝇。

"他从昨儿早起就坐在这张椅子上，心里来回来去，不知道想了多少事哪！"

"'千古艰难唯一死'呀！"

张百顺问："这市文联主席够个什么爵位？"

“要在前清，这相当个翰林院大学士。”

“那干吗要走了这条路呢？忍过一阵肚子疼！这秋老虎虽毒，它不也有凉快的时候不？”

顾止庵环顾左右，沉沉地叹了一口气：“‘士可杀，而不可辱’啊！”

刘宝利说：“我去找张席，给您盖上点儿！”

一九八六年六月二十二日　二稿

# 安乐居

安乐居是一家小饭馆，挨着安乐林。

安乐林围墙上开了个月亮门，门头砖额上刻着三个经石峪体的大字，像那么回事。走进去，只有巴掌大的一块地方，有几十棵杨树。当中种了两棵丁香花，一棵白丁香，一棵紫丁香，这就是仅有的观赏植物了。这个林是没有什么逛头的，在林子里走一圈，五分钟就够了。附近一带养鸟的爱到这里来挂鸟。他们养的都是小鸟，红子居多，也有黄雀。大个的鸟，画眉、百灵是极少的。他们不像那些以养鸟为生活中第一大事的行家，照他们的说法是"瞎玩儿"。他们不养大鸟，觉得那太费事，"是它玩我，还是我玩它呀？"把鸟一挂，他们就蹲在地下说话儿，——也有自己带个马札儿来坐着的。

这么一片小树林子，名声却不小，附近几条胡同都是依此命名的。安乐林头条、安乐林二条……这个小饭馆叫做安乐居，挺合适。

安乐居不卖米饭炒菜。主食是包子、花卷。每天卖得不少，一半是附近的居民买回去的。这家饭馆其实叫个小酒铺更合适些。到这儿来的喝酒比吃饭的多。这家的酒只有一毛三分一两的。北京人喝酒，大致可以分为几个层次：喝一毛三的是一个层次，喝二锅头的是一个层次，喝红粮大曲、华灯大曲乃至衡水老白干的是一个层次，喝八大名酒是高层次，喝茅台的是最高层次。安乐居的"酒座"大都是属于一毛三层次，即最低层次的。他们有时也喝二锅头，但对二锅头颇有意见，觉得还不如一毛三的。一毛三，他们喝"服"了，觉得喝起来"顺"。他们有人甚至觉得大曲的味道不能容忍。安乐居天热的时候也卖散啤酒。

酒菜不少。煮花生豆、炸花生豆。暴腌鸡子。拌粉皮。猪头肉，——单要耳朵也成，都是熟人了！猪蹄，偶有猪尾巴，一忽的功夫就卖完了。也有时卖烧鸡、酱鸭，切块。最受欢迎的是兔头。一个酱兔头，三四毛钱，至大也就是五毛多钱，喝二两酒，够了。——这还是一年多以前的事，现在如果还有兔头，也该涨价了。这些酒客们吃兔头是有一定章法的，先掰哪儿，后掰哪儿，最后磕开脑绷骨，把兔脑掏出来吃掉。没有抓起来乱啃的。吃得非常干净，连一丝肉都不剩。安乐居每年卖出的兔头真不老少。这个小饭馆大可另挂一块招牌："兔头酒家"。

酒客进门，都有准时候。

头一个进来的总是老吕。安乐居十点半开门。一开门，老吕就进来。他总是坐在靠窗户一张桌子的东头的座位。一年三百六十五天，天天如此。这成了他的专座。他不是像一般人似的"垂足而坐"，而是一条腿盘着，一条腿曲着，像老太太坐炕似的踞坐在一张方凳上，——脱了鞋。他不喝安乐居的一毛三，总是自己带了酒来，用一个扁长的瓶子，一瓶子装三两。酒杯也是自备的。他是喝慢酒的，三两酒从十点半一直喝到十二点差一刻："我喝不来急酒。有人结婚，他们闹酒，我就一口也不喝，——回家自己再喝！"一边喝酒，吃兔头，一边不住地抽关东烟。他的烟袋如果丢了，有人捡到，一定会送还给他的。谁都认得：这是老吕的。白铜锅儿，白铜嘴儿，紫铜杆儿。他抽烟也抽得慢条斯理的，从不大口猛吸。这人整个儿是个慢性子。说话也慢。他也爱说话，但是他说一个什么事都只是客观地叙述，不大参加自己的意见，不动感情。一块喝酒的买了兔头，常要发一点感慨："那会儿，兔头，五分钱一个，还带俩耳朵！"老吕说："那是多会儿？——说那个，没用！有兔头，就不错。"西头有一家姓屠的，一家子都很浑愣，爱打架。屠老头儿到永春饭馆去喝酒，和服务员吵起来了，伸手就揪人家脖领子。服务员一胳臂把他搡开了。他憋了一肚子气。回去跟儿子一说。他儿子二话没说，捡了块砖头，到了永春，一砖头就把服务员脑袋开了！结果：儿子抓进去了，屠老头还得负责人家的医药费。这件事老吕亲眼目睹。一块喝酒的问起，他详详细细叙述了全过程。坐在他对面的老聂听了，说：

"该!"

坐在里面犄角的老王说：

"这是什么买卖!"

老吕只是很平静地说："这回大概得老实两天。"

老吕在小红门一家木材厂下夜看门。每天骑车去，路上得走四十分钟。他想往近处挪挪，没有合适的地方，他说："算了!远就远点吧。"

他在木材厂喂了一条狗。他每天来喝酒，都带了一个塑料口袋，安乐居的顾客有吃剩的包子皮，碎骨头，他都捡起来，给狗带去。

头几天，有人要给他说一个后老伴，——他原先的老伴死了有二年多了。这事他的酒友都知道，知道他已经考虑了几天了，问起他："成了吗？"老吕说："——不说了。"

他说的时候神情很轻松，好像解决了一个什么难题。他的酒友也替他感到轻松。他们几乎异口同声地说：

"不说了？——不说了好！添乱！"

老吕于是慢慢地喝酒，慢慢地抽烟。

比老吕稍晚进店的是老聂。老聂总是坐在老吕的对面。老聂有个小毛病，说话爱眨巴眼。凡是说话爱眨眼的人，脾气都比较急。他喝酒也快，不像老吕一口一口地抿。老聂每次喝一两半酒，多一口也不喝。有人强往他酒碗里倒一点，他拿起酒碗就倒在地下。他来了，搁下一个小提包，转身骑车就去"奔"酒菜去了。他"奔"来的酒菜大都是羊肝、沙肝。这是为他的猫"奔"的，——他当然也吃点。他喂着一只小猫。"这猫可仁义！我一回去，它就在你身上蹭——蹭！"他爱吃豆制品。熏干、鸡腿、麻辣丝……小葱下来的时候，他常常用铝饭盒装来一些小葱拌豆腐。有一回他装来整整两饭盒腌香椿。"来吧！"他招呼全店酒友。"你哪来这么多香椿？——这得不少钱！"——"没花钱！乡下的亲家带来的。我们家没人爱吃。"于是酒友们一人抓了一撮。剩下的，他都给了老吕。"吃完了，给我把饭盒带来！"一口把余酒喝净，退了杯，"回见！"出门上车，吱溜——没影儿了。

老聂原是做小买卖的。他在天津三不管卖过相当长时期炒肝。现在退休在家。电话局看中他家所在的"点"，想在他家安公用电话。他嫌钱少，麻烦。挨着他家的汽水厂工会愿意每月贴给他三十块钱，把厂里职工的电话包了。他还在犹豫。酒友们给他参谋："行了！电话局每月给钱，汽水厂三十，加上传电话、送电话，不少！坐在家里拿钱，哪儿找这么好的事去！"他一想：也是！

老聂的日子比过去"滋润"了，但是他每顿还是只喝一两半酒，多一口也不喝。

画家来了。画家风度翩翩，梳着长长的背发，永远一丝不乱。衣着入时而且合体。春秋天人造革猎服，冬天羽绒服。——他从来不戴帽子。这样的一表人材，安乐居少见。他在文化馆工作，算个知识分子，但对人很客气，彬彬有礼。他这喝酒真是别具一格：二两酒，一扬脖子，一口气，下去了。这种喝法，叫做"大车酒"，过去赶大车的这么喝。西直门外还管这叫"骆驼酒"，赶骆驼的这么喝。文墨人，这样喝法的，少有。他和老王过去是街坊。喝了酒，总要走过去说几句话。"我给您添点儿？"老王摆摆手，画家直起身来，向在座的酒友又都点了点头，走了。

我问过老王和老聂："他的画怎么样？"

"没见过。"

上海老头来了。上海老头久住北京，但是口音未变。他的话很特别，在地道的上海话里往往掺杂一些北京语汇：

"没门儿!""敢情!"甚至用一些北京的歇后语:"那末好!武大郎盘杠子——上下够不着!"他把这些北京语汇、歇后语一律上海话化了,北京字眼,上海语音,挺绝。上海老头家里挺不错,但是他爱在外面逛,在小酒馆喝酒。

"外面吃酒,——香!"

他从提包里摸出一个小饭盒,里面有一双截短了的筷子、多半块熏鱼、几只油爆虾、两块豆腐干。要了一两酒,用手纸擦擦筷子,吸了一口酒。

"您大概又是在别处已经喝了吧?"

"啊!我们吃酒格人,好比天上飞格一只鸟(读如'屌'),格小酒馆,好比地上一棵树。鸟飞在天上,看到树,总要落一落格。"

如此妙喻,我未之前闻,真是长了见识!

这只鸟喝完酒,收好筷子,盖好小饭盒,拎起提包,要飞了:

"晏歇会!——明儿见!"

他走了,老王问我:"他说什么?喝酒的都是屌?"

安乐居喝酒的都很有节制,很少有人喝过量的。也喝得很斯文,没有喝了酒胡咧咧的。只有一个人例外。这人是个瘸子,左腿短一截,走路时左脚跟着不了地,一晃一晃的。他自己说他原来是"勤行"——厨子,煎炒烹炸,南甜北咸，东辣西酸。说他能用两个鸡蛋打三碗汤，鸡蛋都得成片儿！但我没有再听到他还有什么特别的手艺，好像他的绝技只是两个鸡蛋打三碗汤。以这样的手艺自豪，至多也只能是一个"二荤铺"的"二把刀"。——"二荤铺"不卖鸡鸭鱼，什么菜都只是"肉上找"，——炒肉丝、熘肉片、扒肉条……。他现在在汽水厂当杂工，每天蹬平板三轮出去送汽水。这辆平板归他用，他就半公半私地拉一点生意。口袋里一有钱，就喝。外边喝了，回家还喝；家里喝了，外面还喝。有一回喝醉了，摔在黄土坑胡同口，脑袋碰在一块石头上，流了好些血。过两天，又来喝了。我问他："听说你摔了？"他把后脑勺伸过来，挺大一个口子。"唔！唔！"他不觉得这有什么丢脸，好像还挺光彩。他老婆早上在马路上扫街，挺好看的。有两个金牙，白天穿得挺讲究，色儿都是时兴的，走起路来扭腰拧胯，咳，挺是样儿。安乐居的熟人都替她惋惜："怎么嫁了这么个主儿！——她对瘸子还挺好！"有一回瘸子刚要了一两酒，他媳妇赶到安乐居来了，夺过他的酒碗，顺手就泼在了地上："走！"拽住瘸子就往外走，回头向喝酒的熟人解释："他在家里喝了三两了，出来又喝！"瘸子也不生气，也不发作，也不觉有什么难堪，乖乖地一摇一晃地家去了。

　　瘸子喝酒爱说。老是那一套，没人听他的。他一个人说。前言不搭后语，当中夹杂了很多"唔唔唔"：

"……宝三，宝善林，唔唔唔，知道吗？宝三摔跤，唔唔唔。宝三的跤场在哪儿？知道吗？唔唔唔。大金牙、小金牙，唔唔唔。侯宝林。侯宝林是云里飞的徒弟，唔唔唔。《逍遥津》，'欺寡人'——'七挂人'，唔唔唔。干嘛老是'七挂人'？'七挂人'唔唔唔。天津人讲话：'嘛事你啦？'唔唔唔。二娃子，你可不咋着！唔唔唔……"

喝酒的对他这一套已经听惯了，他爱说让他说去吧！只有老聂有时给他两句：

"老是那一套，你贫不贫？有新鲜的没有？你对天桥熟，天桥四大名山，你知道吗？"

瘸子爱管闲事。有一回，在李村胡同里，一个市容检查员要罚一个卖花盆的款，他插进去了："你干嘛罚他？他一个卖花盆的，又不脏，又没有气味，'污染'，他'污染'什么啦？罚了款，你们好多拿奖金？你想钱想疯了！卖花盆的，大老远地推一车花盆，不容易！"他对卖花盆的说："你走！有什么话叫他朝我说！"很奇怪，他跟人辩理的时候话说得很明快，也没有那么多"唔唔唔"。

第二天，有人问起，他又把这档事从头至尾学说了一遍，有声有色。

老聂说："瘸子，你这回算办了件人事！"

"我净办人事!"

喝了几口酒,又来了他那一套:

"宝三,宝善林,知道吗?唔唔唔……"

老吕、老聂都说:"又来了!这人,不经夸!"

"四大名山"? 我问老王:

"天桥哪儿有个四大名山?"

"咳!四块石头。永定门外头过去有那么一座小桥,——后来拆了。桥头一边有两块石头,这就叫'四大名山'。你要问老人们,这永定门一带景致多哩!这会儿都没有人知道了。"

老王养鸟,红子。他每天沿天坛根遛早,一手提一只鸟笼,有时还架着一只。他把架棍插在后脖领里。吃完早点,把鸟挂在安乐林,聊会天,大约十点三刻,到安乐居。他总是坐在把角靠墙的座位。把鸟笼放好,架棍插在老地方,打酒。除了有兔头,他一般不吃荤菜,或带一条黄瓜,或一个西红柿、一个橘子、一个苹果。老王话不多,但是有时打开话匣子,也能聊一气。

我跟他聊了几回,知道:

他原先是扛包的。

"我们这一行,不在三百六十行之内。三百六十行,没这一行!"

"你们这一行没有祖师爷？"

"没有！"

"有没有传授？"

"没有！不像给人搬家的，躺箱、立柜、八仙桌、桌子上还常带着茶壶茶碗自鸣钟，扛起来就走，不带磕着碰着一点的，那叫技术！我们这一行，有力气就行！"

"都扛什么？"

"什么都扛，主要是粮食。顶不好扛的是盐包，——包硬，支支楞楞的，硌。不随体。扛起来不得劲儿。扛包，扛个几天就会了。要说窍门，也有。一包粮食，一百多斤，搁在肩膀上，先得颤两下。一颤，哎，包跟人就合了槽了，合适了！扛熟了的，也能换换样儿。跟递包的一说：'您跟我立一个！'哎，立一个！"

"竖着扛？"

"竖着扛。您给我'搭'一个！"

"斜搭着？"

"斜搭着。"

"你们那会拿工资？计件？"

"不拿工资，也不是计件。有把头——"

"把头？把头不是都是坏人吗？封建把头嘛！"

"也不是！他自己也扛，扛得少点。把头接了一批活：'哥几个!就这一堆活,多会扛完了多会算。'每天晚半晌,先生结账,该多少多少钱。都一样。有临时有点事的,觉得身上不大合适的,半路地儿要走,您走!这一天没您的钱。"

"能混饱了?"

"能!那会吃得多!早晨起来,半斤猪头肉,一斤烙饼。中午,一样。每天每。晚半晌吃得少点。半斤饼,喝点稀的,喝一口酒。齐啦。——就怕下雨。赶上连阴天,惨啰:没活儿。怎么办呢,拿着面口袋,到一家熟粮店去:'掌柜的!''来啦!几斤?'告诉他几斤几斤,'接着!'没的说。赶天好了,拿了钱,赶紧给人家送回去。为人在世,讲信用:家里揭不开锅的时候,少!……

"……三年自然灾害,可把我饿惨了。浑身都膀了。两条腿,棉花条。别说一百多斤,十来多斤,我也扛不动。我们家还有一辆自行车,凤凰牌,九成新。我妈跟我爸说:'卖了吧,给孩子来一顿!'丰泽园!我叫了三个扒肉条,喝了半斤酒,开了十五个馒头,——馒头二两一个,三斤!我妈直害怕:'别把杂种操的撑死了哇! '……"

"您现在每天还能吃……?"

"一斤粮食。"

"退休了?"

"早退了!——后来我们归了集体。干我们这行的,四十五就退休，没有过四十五的。现在扛包的也没有了，都改了传送带。"

老王现在每天夜晚在一个幼儿园看门。

"没事儿！扫扫院子，归置归置，下水道不通了，——通通！活动活动。老呆着干嘛呀，又没病！"

老王走道低着脑袋，上身微微往前倾，两腿又得很开，步子慢而稳，还看得出有当年扛包的痕迹。

这天，安乐居来了三个小伙子：长头发、小胡子，大花衬衫、苹果牌牛仔裤、尖头高跟大盖鞋，变色眼镜。进门一看："嗨，有兔头！"——他们是冲着兔头来了。这三位要了十个兔头、三个猪蹄、一只鸭子、三盘包子，自己带来八瓶青岛啤酒，一边抽着"万宝路"，一边吃喝起来。安乐林喝酒的老酒座都瞟了他们一眼。三位吃喝了一阵，把筷子一摔，走了。都骑的是雅马哈。嘟嘟嘟……桌子上一堆碎骨头、咬了一口的包子皮，还有一盘没动过的包子。

老王看着那盘包子，撇了撇嘴：

"这是什么买卖！"

这是老王的口头语。凡是他不以为然的事，就说"这是什么买卖！"

老王有两个鸟友，也是酒友。都是老街坊，原先在一个院里住。这二位现在都够万元户。

128

一个是佟秀轩，是裱字画的。按时下的价目，裱一个单条：14—16元。他每天总可以裱个五六幅。这二年，家家都又愿意挂两条字画了。尤其是退休老干部。他们收藏"时贤"字画，自己也爱写、爱画。写了、画了，还自己掏钱裱了送人。因此，佟秀轩应接不暇。他收了两个徒弟。托纸、上板、揭画，都是徒弟的事。他就管管配绫子，装轴。他每天早上遛鸟。遛完了，如果活儿忙，就把鸟挂在安乐林，请熟人看着，回家刷两刷子。到了十一点多钟，到安乐林摘了鸟笼子，到安乐居。他来了，往往要带一点家制的酒菜：炖吊子、烩鸭血、拌肚丝儿……。佟秀轩穿得很整洁，尤其是脚下的两只鞋。他总是穿礼服呢花旗底的单鞋，圆口的，或是双脸皮梁靸鞋。这种鞋只有右安门一家高台阶的个体户能做。这个个体户原来是内联陞的师傅。

另一个是白薯大爷。他姓白，卖烤白薯。卖白薯的总有些邋遢，煤呀火呀的。白薯大爷出奇的干净。他个头很高大，两只圆圆的大眼睛，顾盼有神。他腰板绷直，甚至微微有点后仰，精神！蓝上衣，白套袖，腰系一条黑人造革的围裙，往白薯炉子后面一站，嘿！有个样儿！就说他的精神劲儿，让人相信他烤出来的白薯必定是栗子味儿的。白薯大爷卖烤白薯只卖一上午。天一亮，把白薯车子推出来，把鸟——红子，往安乐林一挂，自有熟人看着，他去卖他的白薯。到了十二点，收摊。想要吃白薯，明儿见啦您哪! 摘了鸟笼，往安乐居。他喝酒不多。吃菜! 他没有一颗牙了，上下牙床子光光的，但是什么都能吃，——除了铁蚕豆，吃什么都香。"烧鸡烂不烂?"——"烂!""来一只!"他买了一只鸡，撕巴撕巴，给老王来一块脯子，给酒友们让让: "您来块?"别人都谢了，他一人把一只烧鸡一会的功夫全开了。"不赖，烂!"把鸡架子包起来，带回去熬白菜。"回见!"

这天，老王来了，坐着，桌上搁一瓶五星牌二锅头，看样子在等人。一会儿，佟秀轩来了，提着一瓶汾酒。

"走啊!"

"走!"

我问他们: "不在这儿喝了?"

"白薯大爷请我们上他家去，来一顿!"

第二天，老王来了，我问:

"昨儿白薯大爷请你们吃什么好的了?"

"荞面条!——自己家里擀的。青椒! 蒜!"

老吕、老聂一听:

"嘿!"


安乐居已经没有了。房子翻盖过了。现在那儿是一个

130

什么贸易中心。

　　　　　　　　一九八六年七月五日晨写完

# 小芳

小芳在我们家当过一个时期保姆，看我的孙女卉卉。从卉卉三个月一直看她到两岁零八个月进幼儿园日托。

她是安徽无为人。无为木田镇程家湾。无为是个穷县，地少人多。地势低，种水稻油菜。平常年月，打的粮食勉强够吃。地方常闹水灾。往往油菜正在开花，满地金黄，一场大水，全都完了。因此无为人出外谋生的很多。年轻女孩子多出来当保姆。北京人所说的"安徽小保姆"，多一半是无为人。她们大都沾点亲。即或是不沾亲带故，一说起是无为哪里哪里的，很快就熟了。亲不亲，故乡人。她们互通声气，互相照应，常有来往。有时十个八个，约齐了同一天休息（保姆一般两星期休息一次），结伴去逛北海，逛颐和园；逛大栅栏，逛百货大楼。她们很快就学会了说北京话，但在一起时都还是说无为话，叽叽呱呱，非常热闹。小芳到北京，是来找她的妹妹的。妹妹小华头年先到的北京。

小芳离家仓促，也没有和妹妹打个电报。妹妹接到她托别人写来的信，知道她要来，但不知道是哪一天，不知道车次、时间，没法去接她。小芳拿着妹妹的地址，一点办法没有。问人，人不知道。北京那么大，上哪儿找去？小芳在北京站住了一夜。后来是一个解放军战士把她带到妹妹所在那家的胡同。小华正出来倒垃圾，一看姐姐的样子，抱着姐姐就哭了。小华的"主家"人很好，说："叫你姐姐先洗洗，吃点东西。"

小芳先在一家呆了三个月，伺候一个瘫痪的老太太。老太太倒是很喜欢她。有一次小芳把碱面当成白糖放进牛奶里，老太太也并未生气。小芳不愿意伺候病人，经过辗转介绍，就由她妹妹带到了我们家，一呆就呆了下来。这么长的时间，关系一直很好。

小芳长得相当好看，高个儿，长腿，眉眼都不粗俗。她曾经在木田的照相馆照过一张相，照相馆放大了，陈列在橱窗里。她父亲看见了，大为生气："我的女儿怎么可以放在这里让大家看！"经过严重的交涉，照相馆终于同意把照片取了下来。

小芳很聪明，她的耳音特别的好，记性也好，不论什么歌、戏，她听一两遍就能唱下来，而且唱得很准，不走调。这真是难得的天赋。她会唱庐剧。庐剧是无为一带流行的地方戏。我问过小华："你姐姐是怎么学会庐剧的？"——"村里的广播喇叭每天在报告新闻之后，总要放几段庐剧唱片，她听听，就会了。"木田镇有个庐剧团，小芳去考过。团长看她身材、长相、嗓音都好，可惜没有文化——小芳一共只念过四年书，也不识谱，但想进了团可以补习，就录取了她。小芳还在庐剧团唱过几出戏。她父亲知道了，坚决不同意，硬逼着小芳回了家。木田的庐剧团后来改成了县剧团，小芳的父亲有点后悔，因为到了县剧团就可以由农村户口转为城市户口，吃商品粮。小芳如果进了县剧团，她一生的命运就会有很大的不同，她是很可能唱红了的。庐剧的曲调曲折婉转，如泣如诉。她在老太太家时，有时一个人小声地唱，老太太家里人问她："小芳，你哭啦？"——"我没哭，我在唱。"

　　小芳在我们家干的活不算重。做饭，洗大件的衣裳，这些都不要她管。她的任务就是看卉卉。小芳看卉卉很精心。卉卉的妈读研究生，住校，一个星期才回来一次，卉卉就全交给小芳了。城市育儿的一套，小芳都掌握了。按时给卉卉喝牛奶，吃水果，洗澡，换衣裳。每天上午，抱卉

134

卉到楼下去玩。卉卉小时候长得很好玩，很结实，胖乎乎的，头发很浓，皮肤白嫩，两只大眼睛，谁见了都喜欢，都想抱抱。小芳于是很骄傲，小芳老是褒贬别人家的孩子："难看死了！"好像天底下就是她的卉卉最好。卉卉稍大一点，就带她到附近一个工地去玩沙土，摘喇叭花、狗尾巴草。每天还一定带卉卉到隔壁一个小学的操场上去拉一泡屎。拉完了，抱起卉卉就跑，怕被学校老师看见。上了楼，一进门："喝水！洗手！"卉卉洗手，洗她的小手绢，小芳就给卉卉做饭：蒸鸡蛋羹、青菜剁碎了加肝泥或肉末煮麦片、西红柿面条。小芳还爱给卉卉包饺子，一点点大的小饺子。

下午，卉卉睡一个很长的午觉，小芳就在一边整理卉卉的衣裳，缀缀线头松动的扣子，在绽开的衣缝上缝两针，一面轻轻地哼着庐剧。到后来为自己的歌声所催眠，她也困了，就靠在枕头上睡着了。

晚上，抱着卉卉看电视。小芳爱看电视连续剧、电影、地方戏。卉卉看动画片，看广告。卉卉看到电视里有什么新鲜东西，童装、玩具、巧克力，就说："我还没有这个呢！"她认为凡是她还没有的东西，她都应该有。有一次电视里有一盘大苹果，她要吃。小芳跟她解释："这拿不出来"，卉卉于是大哭。

卉卉有很多衣裳——她小姑、我的二女儿，就爱给她买衣裳，很多玩具。小芳有时给她收拾衣服、玩具，会发出感慨："卉卉的命好——我的命不好。"

小芳教卉卉唱了很多歌：

　　大海呀大海，

　　是我生长的地方……


　　没有花香，没有树高，

　　我是一棵无人知道的小草……

小芳唱这些歌，都带有一点忧郁的味道。

她还教卉卉念了不少歌谣。这些歌谣大概是她小时候念过的，不过她把无为字音都改成了北京字音。

　　老奶奶，真古怪，

　　躺在牙床不起来。

　　儿子给她买点儿肉，

　　媳妇给她打点儿酒，

　　摸不着鞋，摸不着裤，

　　套——狗——头！


　　老头子，

　　上山抓猴子，

猴子一蹦，

老头没用！

我有时跟卉卉起哄，就说："猴子没蹦，老头有用！"卉卉大叫："老头没用！"我只好承认："好好好，老头没用！"

我的大女儿有一次带了她的女儿芃芃来，她一般都是两个星期来一次。天热，孩子要洗澡，卉卉和芃芃一起洗。澡盆里放了水，让她们自己在水里先玩一会。芃芃把卉卉咬了三口，卉卉大哭。咬得很重，三个通红的牙印。芃芃小，小芳不好说她什么，我的大女儿在一边，小芳也不好说她什么，就对卉卉的妈大发脾气："就是你！你干嘛不好好看着她！"卉卉的妈只好苦笑。她在心里很感激小芳，卉卉被咬成这样，小芳心疼。

有一次，小芳在厨房里洗衣裳，卉卉一个人在屋里玩。她不知怎么把门划上了，自己不会开，出不来，就在屋里大哭。小芳进不去，在门外也大哭，一面说："卉卉！卉卉！别怕！别怕！"后来是一个搞建筑的邻居，拿了斧子凿子，在门上凿了一个洞。小芳把手从洞里伸进去，卉卉一把拽住不放。门开了，卉卉扑在小芳怀里。小芳身上的肉还在跳。门上的这个圆洞，现在还在。

卉卉跟阿姨很亲，有时很懂事。小芳有经痛病，每个月总要有两天躺着，卉卉就一个人在小床里玩洋娃娃，玩积木，不要阿姨抱，也不吵着要下楼。小华每个月要给小芳送益母草膏、当归丸。卉卉都记住了。小华一来，卉卉就问她："你是给小芳阿姨送益母草膏来了吗？"她的洋娃娃病了，她就说："吃一点益母草膏吧！吃一点当归丸吧！"但卉卉有时乱发脾气，无理取闹。她叫小芳："站到窗户台上去！"

小芳看看窗户台："窗户台这么窄，我站不上去呀！"

"站到床栏杆上去！"

"这怎么站呀！"

"坐到暖气上去！"

"烫！"

"到厨房呆着去！"

小芳于是委委屈屈地到厨房里去站着。

过了一会，卉卉又非常亲热地喊："阿姨！小芳阿姨！"小芳于是高高兴兴地回到她们俩所住的屋里。

一个两岁的孩子为什么会有这种古怪的恶作剧的念头呢？这在幼儿心理学上怎么解释？

小芳送卉卉上幼儿园。她拿脚顶着教室的门，不让老师关，她要看卉卉。卉卉全不理会，头也不回，噜噜噜噜，走近她自己的小板凳，坐下了。小芳一个人回来。她的心里空了一块。

小芳的命是不好。她才六个月，就由奶奶做主，许给了她的姨表哥李德树。她从小就不喜欢李德树，越大越不喜欢。李德树相貌委琐。他生过痢疾，头顶上有一块很大的秃疤，亮光光的，小芳看见他就讨厌。李德树的家境原来比小芳家要好些，但是他好赌，程家湾、木田的赌场只要开了，总会有他。赌得只剩下三间土房。他不务正业，田里的草长得老高。这人是个二流子，常常做出丢脸的事。

小芳十五岁的时候就常一个人到山上去哭。天黑了，她妈妈在山下叫她，她不答应。她告诉我们，她那时什么也不怕，狼也不怕。她自杀过一次，喝农药，被发现了，送到木田医院里救活了。中国农村妇女自杀，过去多是投河、上吊，自从有了农药，喝农药的多，这比较省事。乡镇医院对急救农药中毒大都很有经验了。她后来在枕头下面藏了两小瓶敌敌畏，小华知道。小华和姐姐睡一床，随时监视着她。有一次，小芳到村外大河去投水，她妹妹拼命地追上了她，抱着她的腿。小芳揪住妹妹头发，往石头上碰，叫她撒手。小华的头被磕破了，满脸是血，就是不撒手："姐！我不能让你去死！你嫁过去，好赖也是活着，死了就什么也没有了！"

小芳到底还是和李德树结婚了。领结婚证那天，小芳自己都没去，是她父亲代办的。表兄妹是不能结婚的，近亲结婚是法律不允许的。这个道理，小芳的奶奶当然不知道，她认为这是亲上做亲。小芳的父亲也不知道。小芳自己是到了我们家之后，我的老伴告诉她，她才知道的。办理结婚登记手续的村干部应该知道，何况本人并未到场，怎么可以就把结婚证发给他们呢？

李德树跟邻居借了几件家具，把三间土房布置一下，就算办了事。小芳和李德树并未同房。李德树知道她身上揣着敌敌畏，也不敢对她怎么样。

小芳一天也过不下去，就天天回家哭。哭得父亲心也软了。小华后来对我们说："究竟是亲骨肉呀。"父亲说："那你走吧。不要从家里走。李德树要来要人。"小芳乘李德树出去赌钱，收拾了一点东西，从木田坐汽车到合肥，又从合肥坐火车到了北京。她实际上是逃出来的。

小芳在我们家呆了一些时，家乡有人来，告诉小芳，李德树被抓起来了。他和另外四个痞子合伙偷了人家一头牛，杀了吃了，人家告到公安局，公安局把他抓进去了。小芳很高兴，她希望他永远不要放出来。这怎么可能呢？偷牛，判不了无期。

李德树到北京来了！他要小芳跟他回去。他先找到小华，小华打了个电话给小芳。李德树有我们家的地址，他找到了，不敢上来，就在楼下转。小芳下了楼，对他说："你来干什么？我不能跟你回去！"楼下有几个小保姆，知道小芳的事，就围住李德树，把他骂了一顿："你还想娶小芳！瞧你那德行！""你快走吧！一会公安局就来人抓你！"李德树竟然叫她们哄走了。

过些日子，小芳的父亲来信，叫小芳快回来，李德树扬言，要烧他们家的房子，杀她的弟弟，她妈带着她弟弟躲进了山里。小芳于是下决心回去一趟。小芳这回有了主见了，她在北京就给木田法院写了一封信，请求离婚，并寄去离婚诉讼所需费用。

小芳在合肥要下火车，车进站时，她发现李德树在站上等着她。小芳穿了一件玫瑰红人造革的短大衣，半高跟皮鞋，戴起墨镜，大摇大摆从李德树面前走过，李德树竟没认出来！

小芳坐上往木田的汽车一直回到家里。

李德树伙同几个朋友，就是和他一同偷牛的几个痞子，半夜里把小芳抢了出来。小芳两手抱着一棵树，大声喊叫："卉卉！卉卉！"——喊卉卉干什么？卉卉能救你么？

李德树让他的嫂子看着小芳。嫂子很同情小芳。小芳对嫂子说："我想到木田去洗个澡。"嫂子说："去吧。"小芳到了木田，跑到法院去吵了一顿："你们收了我的钱，为什么不给我办离婚？"法院不理她。小芳就从木田到合肥坐火车到北京来了。

我们有个亲戚在安徽，和省妇联的一个负责干部很熟。我们把小芳的情况给那亲戚写了一封信，那位亲戚和妇联的同志反映了一下，恰好这位同志要到无为视察工作，向木田法院问及小芳的问题。法院只好受理小芳的案子，判离，但要小芳付给李德树九百块钱。

小芳的父亲拿出一点钱，小芳拿出她的全部积蓄，小华又帮她借了一点钱，陆续偿给了李德树，小芳自由了。

李德树拿了九百块钱，很快就输光了。

小芳离开我们家后，到一家个体户的糖果糕点厂去做糖果，在丰台。糕点厂有个小胡，是小芳的同乡，每天蹬平板三轮到市里给各家送货。小芳有一天去看妹妹，带了小胡一起去。小华心里想：你怎么把一个男的带到我这里来了！是不是他们好了？看姐姐的眼睛，就是的，悄悄地问："你们是不是好了？"姐姐笑了。小华拿眼看了看小胡，说："太矮了！"小芳说："矮一点有什么关系，要那么高干什么！"据小华说："我姐喜欢他有文化。小胡读过初中。她自己没有文化，特别喜欢有文化的人。"

还得小胡回去托人到小芳家说媒。私订终身是不兴的。小胡先走两天，小芳接着也回了家。

到了家，她妈对她说："你明天去看看三舅妈，你好久没看见她了，她想你。"小芳想，也是，就提了一包糕点厂的点心去了。

去了，才知道，哪是三舅妈想她呀，是叫她去让人相亲。程家湾出了个万元户。这人是靠倒卖衣裳发财的。从福建石狮贩了衣服，拆掉原来的商标，换上假名牌。一百元买进，三百元卖出。这位倒爷对小芳很中意，说小芳嫁给他，小芳家的生活他包了，还可供她弟弟上学。小芳说："他就是亿万富翁，我也不嫁给他！"她妈说："小胡家穷，只有三间土房。"小芳说："穷就穷点，只要人好！"

小芳和小胡结了婚，一年后生了个女儿，取名也叫卉卉。

我们的卉卉有很多穿过的衣裳，留着也没有用，卉卉的妈就给小芳寄去，寄了不止一次。小芳让她的卉卉穿了寄去的衣裳照了一张相寄了来。小芳的卉卉像小芳。

家里过不下去，小芳两口子还得上北京来，那家糖果糕点厂还愿意要他们。

小芳带了小胡上我们家来。小胡是矮了一点。其实也不算太矮，只是因为小芳高，显得他矮了。小胡的样子很清秀，人很文静，像个知识分子。小芳可是又黑又瘦，瘦得颧骨都凸出来了，神情很憔悴。卉卉已经上幼儿园大班，不怎么记得小芳了，问小芳："你就是带过我的那个阿姨吗？"小芳一把把她抱了起来，卉卉就粘在小芳身上不下来。

不到一年，小芳又回去了，她想她的女儿。

过不久，小胡也回去了，家里的责任田得有人种。

小芳小产了两次。医生警告她："你不能再生了，再生就有危险！"小芳从小身体就不好。小芳说："我一定要给他们家留一条根！"小芳终于生了一个儿子。小华说："这孩子是他们家的一条龙！"

小芳一直很想卉卉。她来信要卉卉的照片，卉卉的妈不断给她寄去。她要卉卉的录音，卉卉的妈给她录了一盘卉卉唱歌讲故事的磁带。卉卉的妈叫卉卉跟小芳说几句话。卉卉扭扭捏捏地说："说什么呀？"——"随便！随便说几句！"卉卉想了想，说：

"小芳阿姨，你好吗？我很想你，我记得你很多事。"

听小华说，小芳现在生活很苦，有时连盐都没有。没盐了，小胡就拿了网，打一二斤鱼，到木田卖了，买点盐。

我问小华："小芳现在就是一心只想把两个孩子拉扯大了？"

小华说："就是。"

小芳现在还唱庐剧吗？

可能还会唱，在她哄孩子睡觉的时候。

一九九一年五月二十八日

# 窥浴

　　岑明是吹黑管的，吹得很好。在音乐学院附中学习的时候，教黑管的老师虞芳就很欣赏他，认为他聪明，有乐感，吹奏有感情。在虞芳教过的几班学生中，她认为只有岑明可以达到独奏水平。音乐是需要天才的。

　　附中毕业后，岑明被分配到样板团。自从排练样板戏以后，各团都成立了洋乐队。黑管在仍以"四大件"为主的乐队里是必不可少的装饰，一晚上吹不了几个旋律。岑明一天很清闲。他爱看小说。看《红与黑》，看 D.H.劳伦斯。

　　岑明是个高个儿，瘦瘦的，卷发。

　　他不爱说话，不爱和剧团演员、剧场职员说一些很无聊的荤素笑话。演员、职员都不喜欢他，认为他高傲。他觉得很寂寞。

俱乐部练功厅上有一个平台，堆放着纸箱、木板等等杂物。从一个角度，可以下窥女浴室，岑明不知道怎么发现了这个角落。他爬到平台上去看女同志洗澡。已经不止一次。他的行动叫一个电工和一个剧场的领票员发现了，他们对剧场的建筑结构很熟悉。电工和领票员揪住岑明的衣领，把他拉到练功厅下面，打他。

一群人围过来，问：

"为什么打他？"

"他偷看女同志洗澡！"

"偷看女同志洗澡？——打！"

七八个好事的武戏演员一齐打岑明。

恰好虞芳从这里经过。

虞芳看到，也听到了。

虞芳在乐团吹黑管，兼在附中教黑管。她有时到乐团练乐，或到几个剧团去辅导她原来的学生，常从俱乐部前经过，她行步端庄，很有风度。演员和俱乐部职工都认识她。

这些演员、职员为什么要打岑明呢？说不清楚。

他们觉得岑明的行为不道德？

他们是无所谓道德的观念的。

他们觉得自己受到了侵犯，甚至是污辱（他们的家属是常到女浴室洗澡的）。

或者只是因为他们讨厌岑明，痛恨他的高傲，他的落落寡合，他的自以为有文化，有修养的劲儿。这些人都有一种潜藏的，严重的自卑心理，因为他们自己也知道，他们是庸俗的，没有文化的，没有才华的，被人看不起的。他们打岑明，是为了报复，对音乐的，对艺术的报复。

虞芳走过去，很平静地说：

"你们不要打他了。"

她的平静的声音产生了一种震慑的力量。

因为她的平静，或者还因为她的端庄，她的风度，使这群野蛮人撒开了手，悻悻然地散开了。

虞芳把岑明带到自己的家里。

虞芳没有结过婚，她有过两次恋爱，都失败了，她一直过着单身的生活。音乐学院附中分配给她一个一间居室的宿舍，就在俱乐部附近。

"打坏了没有？有没有哪儿伤着？"

"没事。"

虞芳看看他的肩背，给他做了热敷，给他倒了一杯马蒂尼酒。

"他们为什么打你？"

岑明不语。

"你为什么要爬到那么个地方去看女人洗澡？"

岑明不语。

"有好看的么？"

岑明摇摇头。

"她们身上有没有音乐？"

岑明坚决地摇了摇头："没有！"

"你想看女人，来看我吧。我让你看。"

她乳房隆起，还很年轻。双腿修长。脚很美。

岑明一直很爱看虞老师的脚。特别是夏天，虞芳穿了平底的凉鞋，不穿袜子。

虞芳也感觉到他爱看她的脚。

她把他的手放在自己的胸上。

他有点晕眩。

他发抖。

她使他渐渐镇定了下来。

（肖邦的小夜曲，乐声低缓，温柔如梦……）

# 唐门三杰

《淮南子·泰族训》:"故智过万人者谓之英,千人者谓之俊,百人者谓之豪,十人者谓之杰。"《诗·周颂·载芟》:"有厌其杰。"孔颖达疏:"厌者苗茂盛之貌。杰,谓其中特美者。"

唐老大、唐老二、唐老三。唐杰秀、唐杰芬、唐杰球。他们是"门里出身",坐科时学的就是场面。他们的老爷子就是场面。他们学艺的时候,老爷子认为他们还是吃场面饭。要嗓子没嗓子,要扮相没扮相,想将来台上唱一出,当角儿,没门!还是傍角儿,干场面。来钱少,稳当!有他在,同行有个照应,不会给他们使绊子,给小鞋穿。出了科,哥仨在一个剧团做活。老大打鼓,老二打大锣,老三打小锣。

我认识唐老大时他还在天坛拔草。是怎么回事呢？同性恋。他去女的。他是个高个子，块头不小，却愿意让人弄其后庭，有这口累。有人向人事科反映了他的问题。怎么处理呢？没什么文件可以参考。人事科开了个小会，决定给予行政处分，让他去拔草，这也算是在劳动中改造。拔了半个月草，又把他调回来了，因为剧团需要他打鼓。他打鼓当然比不了杭子和、白登云，但也打得四平八稳，不大出错。他在剧团算是一号司鼓。这几年剧团的职务名称雅化了。拉胡琴的原来就叫"拉胡琴的"，或者简称"胡琴"，现在改成了"操琴"。打鼓的原来叫做"打鼓佬"，现在叫"司鼓"。有些角儿愿意叫他司鼓，有几出名角合作的大戏更得找他，这样角儿唱起来心里才踏实。唐老大在梨园行"有那么一号"。

他回剧团跟大家招呼招呼，就到练功厅排戏，抽出鼓箭子，聚精会神，若无其事。这种"男男关系"在梨园行不算什么大不了的事。只有在和谁意见不和，吵起来了（这种时候很少），对方才揭他的短："到你的天坛，拔你的草去吧！"唐杰秀"不以为然"（剧团的话很多不通，"不以为然"的意思不是说对事物持不同看法，而是不当一回事；这种不通的话在京剧界全国通行），只是说："你管得着吗！"

唐杰秀是剧团第一批发展的党员，是个老党员了。怎么会把他发展成党员？他并不关心群众。群众（几个党员都爱称未入党的人为"群众"，这意味着他们在政治上比群众要高一头）有病，他不去看看。群众生活上有困难，他"管不着"。他开会积极，但只是不停地在一个笔记本上记录领导讲话。他到底记了些什么？不知道。他真只是听会。极少发言。偶尔重复领导意见，但说不出一句整话。他有点齉鼻儿，说起话来呜噜呜噜的，简直不知道说什么。为什么发展他，找不到原因。也许因为他不停地记笔记？也许因为他说不出一句整话？

　　他很注意穿着。内联陞礼服呢圆口便鞋，白单丝袜。到剧团、回家，进门就抄起布掸子，浑身上下抽一通，擦干掸净。夏天，穿了直罗长裤。直罗做外裤，只有梨园界时兴这种穿法。

　　他自奉不薄，吃喝上比较讲究，左不过也只是芝麻酱拌面、炸酱面。但是芝麻酱面得炸一点花椒油，顶花带刺的黄瓜。炸酱面要菜码齐全：青蒜、萝卜缨、苣荬菜、青豆嘴、白菜心、掐菜……。他爱吃天福的酱肘子。下班回家，常带一包酱肘子，挂在无名指上，回去烙两张荷叶饼一卷，来一碗棒楂粥，没治！酱肘子只他一个人吃，孩子们，干瞧着。他觉得心安理得，一家子就指着他一个人挣钱！

说话，"文化大革命"。"文化大革命"是大倒退、大破坏、大自私。最大自私是当革命派，最大的怯懦是怕当当权派，当反动派。简单地说，为了利己大家狠毒地损人。

唐杰芬外号"二喷子"，是说他满口乱喷，胡说八道。他曾随剧团到香港演出，看到过夏梦，说："这他妈的小妞儿！让她跟我睡一夜，油炸了我都干！""油炸"、"干煸"，这在后来没有什么，在二喷子说这样话的当时却颇为悲壮。

唐杰秀也"革命"，他参加了一个战斗组，也跟着喊"万岁"，喊"打倒"，"大辩论"也说话，还是呜哩呜噜，不知道说了些什么。他还是记笔记，现在又加了一项，抄大字报。不知道抄些什么。大家都知道，他的字写得很慢，只有"最新指示"下来时，他可以出一回风头。每次有"最新指示"都要上街游行。乐队前导，敲锣打鼓。剧团乐队的锣鼓比起副食店、百货店的自然要像样得多。唐杰秀把大堂鼓搬出来，两个武行小伙子背着，他擂动鼓槌，迟疾顿挫，打出许多花点子，神采飞扬，路人驻足，都说："还是剧团的锣鼓！"唐杰秀犹如吃了半斤天福酱肘子，——"文革"期间，天福酱肘子已经停产，因为这是"资产阶级生活方式"。

唐杰球，剧团都叫他"唐混球"。这家伙是个"闹儿"，最爱起哄架秧子，一点点小事，就："噢哦！噢哦！给他一大哄噢!"他文化程度不高,比不了几个"刀笔",可以连篇累牍地写大字报,他是"浆子手"(戏台上有"刽子手")。专门给人刷浆子,贴大字报。"刀笔"写好了大字报,一声令下:"得,浆子手!"他答应一声:"在!——嘚!"就挟了一卷大字报,一桶浆糊,找地方实贴起来。他爱给走资派推阴阳头,勾上花脸,扎了靠,戴上一只翎子的"反王盔",让他们在院子里游行。不游行,不贴大字报的时候,就在"战斗组"用一卷旧报纸练字。他生活得很快活,希望永远这么热热闹闹下去。

赶上唐山地震,好几天余震未停。一有震感,在二楼三楼的就蜂拥下楼,在一楼大食堂或当街站着。唐杰芬也混在人群里跟着下楼。忽然有个洋乐队吹小号的一回头:"咳!你怎么这样就下来了!"二喷子没有穿衣服,光着身子,那东西当郎着。他这才醒悟过来,两手捂着往回走。也奇怪,从此他不"喷"了,变得老实了。

谁都可以"揪"人,也随时有可能被"揪"。"×××,出来!"这个人就被揪出组——离开战斗组。谁都可以审查人,命令该人交待问题,这叫"群众专政"。揪过来,审过去,完全乱了套,"杀乱了"。唐杰球对揪人最热心,没有想到他也被揪出来了。

前已说过,在没有什么热闹时,唐混球就用一沓旧报纸在战斗组练字。他练的字总是那几个："毛主席万岁"。练完了，还要反复看看，自我欣赏一番。有一天写了一条"毛主席万岁"标语，自己很不满意："毛主席"的"席"字写得太长，而且写歪了。他拿起笔来用私塾"判仿"的办法在"席"字的"巾"字下面打了一个叉。打完叉就随手丢在一边，没当回事。不想和唐杰球同一战斗组的一个人叫大俞潮，趁唐杰球不注意时把这张标语叠起来藏在自己的箱底。事情早过去了，在清队（清理阶级队伍）时大俞潮把唐杰球写的标语找出来交给了军代表。全团大哗，揪出了一桩特大反革命案件！"清队"本来有点沉闷，这一下可好了，大家全都动员起来，忙忙碌碌，异常兴奋。

首先让他"出组"，参加被清查对象的大组学习，交待问题。

让他交待什么呢？他是唐混球。

好不容易写了一篇交待，他请大组的同志给他看看，这样行不行，倒是都看了一遍，都没有说什么。只有一个女演员说："你这样准通不过！你得上纲，你说说你为什么对毛主席有仇恨，为什么要在'席'字的最后一笔打了叉。要写得沉痛，你要深挖，总可以挖出一些别人不知道的思想，要不怕疼，要刺刀见红！"于是，他就挖起来。他说："我本来想打锣。毛主席搞革命现代戏，我打不成锣了，所以我恨他。"我看过他的交待，在楼梯拐角处小声对唐老大说："叫你们老三交待要实事求是，不要瞎说。"唐老大含含糊糊。我跟唐老二也说过同样的话，老二说："管不着！"过了几天，公安局来了人，把他铐走了。

大俞潮这样做真可谓处心积虑，存心害人。为什么呢？他和唐杰球往日无冤，近日无仇。他是洋乐队拉大提琴的，唐混球是打小锣的，业务上井水不犯河水，他干嘛给他来这么一手？他自己也没有得什么好处，军代表并没有表扬他。他落得一个结果：谁也不敢理他。见面也点点头，但是"卖羊头肉的回家，不过细盐（言）"，因为捉摸不透这人心里想什么，他为什么把唐老三的标语藏了那么多日子，又为什么选择一个节骨眼交出来。大俞潮弄得自己非常孤立。不多日子，他就请调到别的单位去了，很少看到他。

唐杰球到公安局，先是被臭揍了一顿，然后过了几次堂，叫他交待问题。他实在交待不出什么问题。他本来没有什么问题，屎盆子是他自己扣在头上的。在公安局拘留审查了一阵，发到团河劳改农场劳动。一去几年，没有人再过问他的事。他先是度日如年，猫爪抓心，不知道他的问题是个什么结果。到后来"过一天算一日"，一早干活，傍晚吃饭，什么也不想了。

唐杰球关在团河农场劳动的漫长岁月，他的两个哥哥，唐老大、唐老二没有去探视过一次。

　　他们还算是弟兄吗？

　　一直到"文化大革命"结束，唐杰球放回来了。他还是打小锣，人变傻了。见人龇牙笑一笑，连话都不说。有人问他前前后后是怎么回事，他不回答，只是一龇牙。

　　唐老大添了一宗毛病：他把头发染黑了，而且烫了。有人问他："你染了发？烫了？"他瓮声瓮气地说："谁教咱们有那个条件呢！"条件，是头发好，不秃。他皮色好，白里透红，——只是细看就看出脸上有密密的细皱纹。他五十几了，挺高的个儿。一头烫得蓬蓬松松的黑头发。看了他的黑发、白脸，叫人感到恶心。

　　然而，"你管得着吗？"

# 可有可无的人

## ——当代野人

谁都是可有可无的。

戏曲界多数演员学戏、唱戏，实在是一场误会，根本不够条件，要嗓子没嗓子，要扮相没扮相，要个头没个头。只是因为几代都是唱戏的，一出娘胎就注定是唱戏的命，别无选择。孩子到了岁数，托托人，就往科班里一送。科班是管吃住的。孩子坐了科，家里就少一张嘴。出了科，能来个活，开个戏份，且比拉洋车、捡破烂强。唱红，是没有指望的。庹世荣就是这样一块料。蹲了八年大狱①，只能当

---

① 科班一般是八年毕业，生活很苦，规矩很严，学戏的都说这是八年大狱。

个底包，来个边边沿沿的角，"淅淅零碎"。后台管事在派角时，总是先考虑别人，剩下的，才在牙笏上写上他凑数。他学的是架子花，至多来个"曹八将"、"反王"。他唱"点将"，有字无音，只在最后一句"要把，狼烟扫"随着别人吼一嗓子①。他的"玩艺儿"从来没有得过"好"，只有一次在一个小评剧团赶了一"包"，把评剧管彩匣子的"镇"了一下。评剧原来没有武打，没有勾脸的架子花，为了吸引观众，有时也穿插一两场武戏。武打演员都是从京剧班子里约的。没有"总讲"，更没有"单提"，演员连自己演的人物姓什么叫什么，都不知道，只要记住谁是"正的"，谁是"反的"，上去打一个"小五套"，"漫头"，"鼻子"，"正的"打"反的"一个抢背，"反的"捣耳瞪眼，作惊恐状，"四记头"亮住，"反的"拖枪急下，"正的"大笑三声："啊哈，啊哈，啊喝哈哈……——追！""枪下场"或"刀下场"，这一场就算完了。庞世荣勾了脸，管彩匣子的连声赞叹："还是人家京剧班的，这脸勾得多干净！"这件事庞世荣屡屡提起，正如他的名字，是一世之荣。就算他的脸勾得不错，

_____

① "点将"本是唢呐曲牌《点绛唇》，因多用于元帅升帐、豪客排山，故通称"点将"。"点将"的通用"大字"是："将士英豪，儿郎虎豹，军威耀，地动山摇，要把狼烟扫。"但"大字"常不唱，只在最后齐唱："——狼烟扫。"庞世荣亦依常例，不能算错。

这又有什么了不起呢?

解放后他参加了国营剧团。国营剧团定员、定工资,庹世荣有了固定收入,每月月初拿戳子到会计室领钱,再不用一晚上四处赶包,生活安定了。吃食上也好多了,除了熬白菜、炒麻豆腐,间长不短的来一顿炖肉。他爱吃猪下水、肠子、肚子、猪心、肺头,吃起来没个够。大夫跟他说:"这不是什么好东西,高胆固醇。"——"管那个呢!"照吃不误。他有时一晚上没有活,也不用说戏排戏,进门应个卯,得机会就出去满世界遛弯,买点俏货,到南横街"小肠陈"来两个卤煮火烧,垫补垫补。时不常的,也到练功厅练练功。他的开蒙老师常说:"'艺术'、'艺术',有艺还得有术。""艺术"还可以这样拆开来讲,这是京剧界的一大发明。怎么练,他的功也不会长了,但是活动活动也有好处,——吃饭香。他的练功,不过是拉个山膀,踢踢脚,耗耗腿,"大跟头"是绝对不翻了。他过得很舒坦,很满足。

"文化大革命",他忽然出了一次大风头。他写不出大字报,也不能参加大辩论。但是他还是很积极,跑进跑出,传递消息,跟着喊"万岁",喊"打倒",满脸通红,浑身流汗。革命战士逐渐形成两大派,甲派和乙派,成天打派仗。庹世荣经过观察考虑,决定参加甲派效力,在热火朝天的漩涡中乱转。

一辆"解放"牌疾驰而来，在剧团门口停住，从车上跳下几个乙派，还有几个着军装，扎皮带，套着大红袖箍的红卫兵，闯进牛棚，把几个走资派推推搡搡押上车。原来乙派勾结了"西纠"（红卫兵西城纠察队），要把走资派劫走。甲派战士蜂拥冲出大门，坚决不同意他们押走走资派。"西纠"所以支持乙派，押走剧团走资派，因想通过批斗剧团走资派，掏出本市乃至中央的走资派，立一大功。甲派不同意劫走走资派，是因为走资派都没有了，还叫他们批斗谁？那甲派就完蛋了。双方展开激烈的争辩，剑拔弩张。一个"西纠"小头领对司机下了命令："开走！别管他们！"正在千钧一发之际，庹世荣挟了一条席子往汽车前一铺："开走？姥姥！"他往席子上一躺："有种的从我身上轧过去！"司机犯不上为这么点事招惹一场人命，没有开动。甲派几个战士跳上车，把本团走资派夺下来，押回牛棚去了。司机倒车，从另一条路走了。

庹世荣这一壮举使全团为之刮目相看。不怕一万，就怕万一，万一司机是个混愣的小伙子，真把车开过来，庹世荣可是吃什么也不香了。

庹世荣的形象高大起来，他自己也觉得俨然是黄继光、董存瑞式的英雄，进进出出，趾高气扬。

但是好景不长，没有多少日子，他身上耀眼的光辉就暗淡了。他参加了革委会，无建树。后来又参加"五·一六"的调查、逼供信，愣把一个三八式的干部逼得承认自己是"五·一六"。但是"五·一六"是"文革"中的一大糊涂公案，根本是"老虎闻鼻烟，没有那宗事"。他还回演员队演曹八将，吼半句"要把狼烟扫"，谁也不承认他真的是黄继光、董存瑞。

他得了病，血压高得异乎寻常，低压一百二，高压二百三。医生告诫他不能再吃肉。有时家里吃炖肉，他媳妇给他买两根顶花带刺的嫩黄瓜。这两根黄瓜给了他很大安慰：在家里，他还算个人物。

他死了，死于多种病并发症。一个也是唱架子花脸的二路角演员说医院的护士长告诉他，说："你们那位庞同志，给他验血，抽了一试管血，竟有半试管是油！"这似乎不大可能。

要给他开追悼会，他媳妇不同意马上开，她提出条件，要追认庞世荣为党员。她以为如果老庞被追认为党员，则在分房子、子女就业等问题上，就会得到照顾。

她的想法不是毫无道理，但是新产生的党委会没有同意，认为他不够党员条件。

遗体告别，生前友好大部分都去了，庞世荣比平常瘦小了好些，他抽抽了。

一九九六年五月二十七日

# 不朽

　　赵福山准时去上班。他上班一向准时，每天八点半。"文革"前如此，"文革"期间也如此。他每天第一个到战斗组学习室。扫地，擦桌子，打两壶开水。这个战斗组是个大组，成员主要是三分队的：舞台工作队的、管衣箱的、检场的、梳头的、管"彩匣子"的、水锅（管烧开水），还有几个年轻演员，男女都有，有几个还是"角儿"。战斗组的成员一般都要到九点多钟才陆陆续续地走进学习室，今天怎么回事，都来了，人到得挺齐？军宣队的老庐也来了。地也扫了，桌子也抹了，水也打了，一个一个都端端正正地坐着，气氛很严肃。这是怎么回事？怎么了？

　　赵福山进门跟大家打打招呼："来了！对不起，我来晚了！"

没人答理他，好像没瞧见他。

组长——一个戏校毕业生，调到剧团还不到一年的唱丑的宣布：

"现在开会。今天的会讨论的是赵福山同志。"

赵福山心里咯噔一下："我？我犯了错误了？"

"讨论一下赵福山同志其人其事。他的为人，他在艺术上的造诣，他的艺术思想和美学思想。"

"美学思想？艺术思想？"赵福山听着这些新名词有点耳生。

首先发言的是唱青衣的女演员 A，她说：

"赵福山同志是梳头桌师傅——"

军代表老庐不知道啥叫"梳头桌师傅"，问："他是管梳头的桌子？"

"——也称梳头师傅。赵福山同志在科班学的是'容装科'，专门梳头。赵福山同志工作非常负责，每天早早到后台刮片子。"

军代表本想问什么是刮片子，怕显得过于外行，就没有问。

"假发、水纱、线尾子、压鬓簪、银泡子……一切都井井有条，用起来很顺手。他善于梳'大头'，也能梳'宫妆'。他的片子贴得特别好。小片子玲珑俊秀，大片子弧弯合适。不论是长脸、圆脸，贴出来都是瓜子脸。大家闺秀是大家闺秀，小家碧玉是小家碧玉。唱旦角的，经赵师傅一贴片子，就能增三分光彩。现在唱革命现代戏了，不贴片子了，赵师傅梳纂，照样很是样儿。李奶奶是李奶奶，阿庆嫂是阿庆嫂。我是演阿庆嫂的，我觉得赵师傅梳的髻，妥妥贴贴，看起来非常舒服。谢谢赵师傅!"

唱武生的演员 B：

"赵师傅是梳头师傅，本来是管旦角化妆的，但他也很善于勒头，老生、武生，都愿让他勒。他勒头舒服，而且根据戏的需要，随时调整。比如《挑滑车》'闹帐'是武戏文唱，就勒得松一些，《观阵》以后动作性强，幅度大，就在后台再紧一紧。经赵师傅勒的头演员不会头疼、头晕、想吐；也绝对不会'掭'了①。现在很少唱大武戏了，但是中央首长有时还要看，武生还得勒头。这样剧团还是少不了赵师傅。"

C——他是个管搬行头、挂吊竿的杂务，说："因此，他没有成了'板儿刷'。家有万贯，不如一技随身哪!"

军代表老庐问："什么叫'板儿刷'?"

唱三路老生的 D 解释："咱们是样板团，吃的是样板

---

① 在台上脱落盔头、发网，叫作"掭头"。

饭，还发样板服。有的人下放五七艺校劳动，就享受不了这种待遇了。他们是样板团用不着的人，被刷下来了，他们就自称是'板儿刷'。"

唱丑的组长说：

"赵福山同志对工作极端负责，恪尽职守的精神，值得学习。"

军代表老庐插话：

"赵福山同志所以能够极端负责，是因为突出了政治。——他在'文化大革命'中有什么突出表现、先进思想？"

"先进思想、突出表现……"搬行头挂吊竿的E想了想，"没有！老赵为人，安份守己，不多说，不少道；'大胆拿钱，小心干活'，不争戏份，不争牌位，——梳头桌上的，也没个牌位，他老实巴交，不突出！"

"他的群众关系如何？"

"——群众关系……人缘？"

"也可以这么说。"

"好！他从来没跟人吵架斗嘴，脸红脖子粗，和为贵！"

"他对同志有过什么帮助？"

"有！'文化大革命'初起，耿麻子——弹南弦子的耿同仁不来剧团，不上班，说是有病。造反派说：'不行，你在

不朽 　　　　　　　165

家里躲清闲儿！'造反派把他提喽到剧团，罚他站在当院大声念'语录'，要把头一篇念得背下来。耿麻子念了：'领导嗨们的核心力量，是中国共产党，——"

"什么'嗨们'！"一个革命造反派给他一个嘴巴。耿麻子心想：没有念错了哇！

"重念！"

耿麻子念：

"领导嗨们的核心力量是中国共产党，指导嗨们思想的理论基础是马克思列宁主义……"

造反派小将给了他两个嘴巴，——左右开弓。

"什么'嗨们'！开搅是不是？"

耿麻子哭丧着脸，说："我哪儿敢开搅哇！"

耿麻子念语录时，赵福山挨着他，就轻轻提醒他："'我们'！'我们'！不是'嗨们'。"

"重念！"

耿麻子被打懵了，再念，还是"领导嗨们……"

造反派照他屁股上踢了一脚。"滚！"

老庐问："耿同仁为什么总是念'嗨们'？"

唱小丑的组长说："老北京人说话都是说'嗨们'。"

军代表觉得这实在说不上是突出的政治表现，就把话题引开，说：

166

"据我们了解，赵福山同志生活很简朴，不追求生活享受，这一方面有什么事迹？"

"有！"D迫不及待地接过话茬，"老赵一向自奉甚薄。"这位大字不识的苦哈哈忽然来了一句文词。"他日本人在的时候吃过混合面，拉不出屎来。国民政府来了，物价看涨，有时开了戏份，只够买个大海茄子。'茄子老了一嘟噜籽'，一家人只好吃这个一嘟噜籽的海茄子。好容易，盼到解放了，能吃饱了。现在是'样板团'，吃样板饭，食堂老有炸小丸子、烧带鱼，间长不短的还来半只香酥鸡，真是一步登天！不过香酥鸡、炸丸子，老赵自己都不吃，拿报纸包了，带回去给小孙子吃。样板饭只管中午一顿，晚饭还得回家吃自己的。老赵每天都是炸酱面，一年三百六十五日，天天如此。炸酱面也是肉少酱多。不过吃面一定要就蒜，'吃面不就蒜，等于瞎捣乱！'而且，要紫皮蒜。'青皮萝卜紫皮蒜，抬头的老婆低头的汉！'紫皮蒜辣。老赵爱吃紫皮蒜的精神值得我们大家学习！向赵福山同志学习！向赵福山同志致敬！"

军代表有点摸不着头脑，这开的叫什么会呢？

唱旦角的A拿出一个小录音机，放出哀乐。一个"跑宫女"的女演员从室外拿来一个小花圈，献给赵福山。唱丑的组长用庄严而低沉的声音，带一点朗诵的调子宣布："会议到此结束，向赵福山同志学习！向赵福山同志致敬！"

D加了一句："赵福山同志永垂不朽。"

全体起立，向赵福山三鞠躬。军代表老庐也随着一起鞠躬。

赵福山连忙答礼。他手里拿着花圈，不知如何是好。

一九九六年八月五日

# 当代野人系列三篇

## 三列马

"三"是《三国演义》，"列"是《东周列国志》，"马"是马克思主义。

耿四喜是梨园世家，几代都是吃戏饭的。他父亲是在科班抄功的，他善于抄功，还善于"打通堂"。科班里的孩子嘴馋，有的很调皮，把老板放在冰箱里的烧鸡偷出来，撕巴撕巴吃了，老板知道了，"打通堂！"一个孩子在台上尿了裤子，"打通堂！"全科班的孩子都打屁股，叫做"打通堂"。耿四喜的父亲在鼻窝里用鼻烟抹了个蝴蝶，用一条大白手绢缠了手腕，叫学生挨个儿趴在板凳上，把供在祖师爷牌位前的板子"请"下来，一人五板或十板。用手绢缠腕子是防备把腕子闪了。每人每板，都一样轻重，不偏不向，打得很有节奏。打完一个，提上裤子走人，"下一个!"这些孩子挨打次数多了，有了经验，姿势都很准确利落。"打通堂"培养了他们的同学意识，觉得很甘美。日后长大了，聚在一起，还津津乐道，哪次怎么挨的打，然后举杯共进一杯二锅头："干!"

耿四喜是个"人物"。

他长得跟他父亲完全一样，四楞子脑袋，大鼻子，阔嘴，浑身肌肉都很结实，脚也像。这双脚宽，厚，筋骨突出，看起来不大像人脚，像一种什么兽物的蹄子。他走路脚步重，抓着地走。凡是"练家"都是这样走，十趾抓地。他很能吃，如《西游记》所说"食肠大"。早点四两包子，两碗炒肝；中午半斤猪头肉，一斤烙饼；晚上少一点，喝两大碗棒子粥就得。

他学的是武花脸，能唱《白水滩》这样的摔打戏，也演过几场，但是台上不是样儿，上下身不合，"山东胳臂直隶腿"，以后就一直没有演出。剧团成立了学员班，他当了学员班抄功的老师。几代家学，抄功很有经验。他说话有个特点，爱用成语，而且把成语的最后一个字甚至几个字

"歇"掉。学员练功，他总要说几句话勉励动员：

"同学们，你们都是含苞待，将来都有锦绣前。练功要硬砍实，万万不可偷工减。现在要是少壮不，将来可就老大徒了!踢腿!——走!"

他爱瞧书，《三国演义》、《东周列国志》看得很熟。京剧界把《三国演义》和《东周列国志》合列为"三列国"。三国戏和列国戏很多，不少人常看这两部书，但是看得像耿四喜这样滚瓜烂熟、倒背如流的，全团无第二人。提出"三列国"上的大小问题，想考耿四喜，绝对考不倒!全团对他都很佩服，送了他一个外号："耿三列"。没事时常有人围着要他说一段，耿四喜于是绘声绘色，口若悬河，不打一个"拨儿"，一讲半天。于是耿四喜除了"耿三列"之外，还博得另一个外号："耿大学问"。

"文化大革命"，天下大乱，一塌糊涂。成立了很多"战斗队"。几个人一捏估，起一个组名："红长缨"、"东方红"、"追穷寇"……找一间屋子，门外贴出一条浓墨大字，就可以占山为王，革起命来："勒令""黑帮"交待问题，写大字报，违反宪法，闯入民宅，翻箱倒笼，搜查罪证。耿四喜也成立了一个战斗组。他的战斗组的名字随时改变，但大都有个"独"字："独立寒秋战斗组"、"风景这边独好战斗组"，因为他的战斗组只有他一个人，他既是组长，又是组员。他不需要扩大队伍，增长势力。后来"革命群众"逐渐形成两大派，天天打派仗，他哪一派也不参加，自称"不顺南不顺北战士"。北京有一句土话，叫做"骑着城墙骂鞑子——不顺南不顺北"。不过斗黑帮的会，不论是哪一派召开的，他倒都参加的。同仇敌忾，义愤填膺，口沫横飞，声色俱厉。他斗黑帮永远只是一句话，黑帮交待问题，他总是说："说那没用！说你们是怎么黑的！"

中国的事情也真是怪，先给犯错误、有问题的人定了性，确立了罪名，然后发动群众，对"分子"围攻，迫使"有"问题的人自己承认各种莫须有的问题，轮番轰炸，疲劳战术，七斗八斗，斗得"该人"心力交瘁，只好胡说八道，把自己说成狗屎堆，才休会一两天，听候处理。这种办法叫做"搞运动"。这大概是中国的一大发明。

黑帮对耿四喜还真有点怵。不是怕他大喊大叫，而是怕他的"个别教练"。他每天晚上提出一个黑帮，给他们轮流讲马列主义。他喝了三两二锅头、一瓶啤酒，就到"牛棚"门外叫："×××，出来！"这×××就很听话地随着他到他的战斗组，耿四喜就给他一个人讲马列主义，这叫"单个教练"。耿四喜坐着，黑帮站着。每次讲一个小时，十二点开始，一点下课。耿四喜真是个"大学问"，他把十二本"干部必读"都精读了一遍。"剩余价值论"、"政治经济学"、"上

172

层建筑与经济基础"……都能讲得下来。《矛盾论》、《实践论》更不在话下。他讲马列主义也是爱用歇后语:"剩余价"、"上层建"、"经济基"……

因为耿四喜熟读马列主义经典著作,使剧团很多人更加五体投地,他们把他的外号"耿三列"修改了一下,变成了"三列马"。

"文化大革命"结束后,耿四喜调到戏校抄功,他说话还是爱用歇后语。

耿四喜忽然死了,大面积心肌梗塞,抢救无效,呜呼哀哉了。

开追悼会时,火葬场把蒙着他的白布单盖横了,露出他的两只像某种兽物的蹄子的脚,颜色发黄。


一九九六年八月十四日


# 大尾巴猫


"文化大革命"调动了很多人出奇的洞察力和想象力,每天都产生各色各样的反革命事件和新闻。华君武画过一张漫画,画两位爱说空话的先生没完没了地长谈,从黑胡子聊到白胡子拖地，还在聊。有人看出一老的枕头上的皱褶很像国民党的党徽——反革命！有人从小说《欧阳海之歌》的封面下面的丛草的乱绕中寻出一条反革命标语："蒋介石万岁！"有人从塑料凉鞋的鞋底的压纹里认出一个"毛"字，越看越像。风声鹤唳，草木皆兵，神经过敏，疑神疑鬼。有人上班，不干别的事，就传播听信这种莫须有的谣言，并希望自己也能发现奇迹，好立一功。剧团的造反派的头头郝大锣（他是打大锣的）听到这些新闻，慨然叹曰："咱们为什么就不能发现这样的问题呢！"他曾希望，"'文化大革命'胜利了，咱们还不都弄个局长、处长的当当？"他把希望寄托在挖反革命上，但是暂时还没有。

剧团有个音乐设计，姓范名宜之，他是文工团出身，没有受过正规的音乐训练。他对京剧不熟，不能创腔，只能写一点序幕和幕间曲，也没有什么特点，不好听。演员挖苦他，说他写的曲子像杂技团耍坛子的。他气得不行，说："下回我再写个耍盘子的！"他才能平庸，但是很不服气。他郁郁不得志，很想做出一点什么事，一鸣惊人。业务上不受尊重，政治上求发展。他整天翻看报纸文件，想从字里行间揪出一个反革命。——他揪出来了！

剧团有个编剧，名齐卓人，把《聊斋志异》的《小翠》改编成为剧本，故事大体如下：御史王焜，生有一子，名唤元丰，是个傻子。一只小狐狸在王煦家后花园树杈上睡着了。王煦的紧邻太师王潜是个奸臣。王潜的儿子很调皮，他用弹弓对小狐狸打了一弹，小狐狸腿上受伤，跌在地上。王元丰虽然呆傻，却很善良，很爱小动物，就把小狐狸抱到前堂，给它裹伤敷药，他说这是一只猫。僮儿八哥说："这不是猫，你瞧它是尖嘴。"王元丰说："尖嘴猫！"八哥又说："它是个大尾巴！"元丰说："大尾巴猫！"八哥说他认死理儿，"猫定了"，毫无办法。（下略）

范宜之双眼一亮："'大尾巴猫'说的是什么？这不是反革命是什么？"他拿了油印的剧本去找郝大锣，郝大锣听了范宜之的分析，大叫了一声："好！"范宜之洋洋得意，郝大锣欣喜若狂。当即召集各战斗组小组长开紧急会议，布置战斗任务，连夜赶写大字报，准备战斗发言。

大字报铺天盖地，批斗会大喊大叫。一开头齐卓人真有点招架不住。这是无中生有，胡说八道！有一个编导，是个老剧人了，齐卓人希望他出来说几句公道话，说文艺作品不能这样牵强附会地分析，不料他不但不主持公道，反而火上加油，用绍兴师爷的手法，离开事实，架空立论。他是写过杂文的，用笔极其毒辣。齐卓人叫他气得咬牙出血，要跟他赌一个手指头：只要他说一句，他说的话都不是违背良心的，齐卓人愿意当众剁下左手的小拇指，挂在门框上！

造反派要审查《小翠》的原稿，原稿找不到。造反派说他把原稿藏起来了，毁了。齐卓人急得要跳楼。其实原稿早就交给资料室收进艺术档案了，可是资料员就是不说。问他为什么不说，他说他不敢！"文化大革命"大部分"战士"都是这样：气壮如牛，胆小如鼠，只求自保，不问良心。开了几次批判会，有个"牛棚"里的"难友"是个"老运动员"，从延安时期就一直不断挨整，至今安然无恙，给他传授了一条经验：自我批判，可以把自个儿臭骂一通，事实寸步不让，不能瞎交待，那样会造成无穷的麻烦。齐卓人心领神会。每次开批判会，都很沉痛，但都是空话，而且是车轱辘话来回转，把一点背景、过程重新安排组织，一二三四五是一篇，五四三二一又是一篇。而且他看透郝大锣、范宜之都是在那里唱《空城计》，只是穷咋唬，手里一点真实材料没有（也不可能有），批判会实际上是空对空。批判会开的次数多了，齐卓人已经厌烦，最后一次，他带了两页横格纸，还挟了一本《辞海》，走上被告席，说："郝大锣同志，范宜之同志，咱们把话挑明了，你们的意思无非是说'大尾巴猫'指的是毛主席，你们真是研究象形文字的专家。我希望你们把你们的意思都写下来。为了省事，我给你们写了一个初稿：

　　我们认为《小翠》一剧中写的'大尾巴猫'指的是

176

伟大领袖毛主席！如有诬告不实，愿受'反坐'之责，恐后无凭，立此存照。

郝大锣　范宜之

月　　日

"你们知道什么叫'反坐'吗？请翻到《辞海》605页：

反坐，法律用语，指按诬告别人的罪名对诬告人施行惩罚。如诬告他人杀人者，以杀人罪反坐。

"请你们在这两页纸上签一个名。"

郝大锣、范宜之面面相觑，不知道怎么办。

齐卓人扫视在场"革命群众"，问："大家还有什么意见没有？没有，我建议散会。"


事情已经过了好几年，剧团演职员有时还会聊起旧事，范宜之看到周围的许多眼睛，讪讪地说："……那个时候嘛！"

郝大锣没有当上局长，倒得了小脑萎缩，对过去的事什么也想不起来了。


一九九六年八月十五日

# 去年属马

　　造反派到我家去抄家，名义上是帮助我"破四旧"，实际上是搜查反革命罪证。夏构丕蹬了一辆平板三轮随队前往。我拿钥匙开了门，请他们随便检查。造反派到处乱翻，夏构丕拿了我的一个剧本仔仔细细地看。我有点紧张，怕他鸡蛋里挑骨头，找出什么反革命的问题。还好，他逐字逐句看过，把剧本还给了我。

　　第二天上班，我向牛棚里的战友说起夏构丕检查我的剧本时的紧张心情，几位"难友"齐说："嘻！你紧张什么？他不识字！"

　　我渐渐了解了夏构丕的身世。他是山西人，不知道父亲母亲是谁，是个流浪孤儿，靠讨吃为生。后来在阎锡山队伍上当了几天兵。新兵造花名册，问他"姓什？"——"夏！""叫什么？"他说："知不道。"——"一个人连自己的名字都不知道，真是狗屁！你就叫夏狗屁吧！"他叫了几年夏狗屁。八路军打下了太原，夏狗屁被俘虏过来，成了"解放战士"。解放战士照例也要登记填表，人事干部问他叫什么，"夏狗屁。"——"夏狗屁？"人事干部觉得这名字实在不像话，就给他改成"夏构丕"。——"多大岁数？"——"知不道。"——"那你属什么？"——"去年属马。"人事干部只好看看他的貌相，在"年龄"一栏里估摸着填了一个数目。

夏构丕在"三分队"干杂活，扛衣箱，挂大幕，很卖块儿。

一晃几年，有一天上班他忽然异常兴奋，大声喊叫："同志们，同志们，以后咱们吃炸油饼可以不交油票了!"（那时买油饼需交油票）

"为什么？"

"大庆油田出油了!"

"大庆的油可不能炸油饼!"

"咋啦？"

又有一次，他又异常兴奋地走进战斗组，大声说："刘少奇真坏!"

"他怎么又真坏了？"

"他又改了名字了!"

"改成了什么？"

"他又改名叫'刘邓陶'啦!"

夏构丕成了红人，各战斗组都想吸收他。为什么呢？因为他去年属马。

一九九六年八月十七日

# 题记

有一个外国的心理学家说过：所谓想象，其实是记忆的复合和延伸，我同意。作家执笔为文，总要有一点生活的依据，完全向壁虚构，是很困难的。这几篇小说是有实在的感受和材料的，但是都已经过了"复合和延伸"，不是照搬生活。有熟知我所写的生活的，可以指出这是谁的事，那是谁的事，但不能确指这是写的谁，那是写的谁。希望不要有人索隐，更不要对号入座，那样就会引出无穷的麻烦，打不清的官司。近几年自我对号的诉讼屡有所闻，希望法院不要再受理此类案件。否则就会使作家举步荆棘，临笔踟蹰，最后只好什么都不写。你们有没有考虑过，多管闲事，对文艺创作是不利的。

我最近写的小说，背景都是"文化大革命"。是不是"文化大革命"不让再提了？或者，"最好"少写或不写？不会吧。"文化大革命"怎么能从历史上，从人的记忆上抹去呢？"文化大革命"是我们这个民族的扭曲的文化心理的一次大暴露。盲从、自私、残忍、野蛮……

这一组小说所以以"当代野人"为标题，原因在此。

应该使我们这个民族文明起来。

一九九六年八月二十一日

# 吃饭

## ——当代野人

关荣魁行二，他又姓关，后台演员戏称他为关二爷，或二爷。他在科班学的是花脸，按说是铜锤、架子两门抱。他会的戏不少，但都不"咬人"。演员队长叶德麟派戏时，最多给他派一个"八大拿"里的大大个儿、二大个儿、何路通、金大力、关泰。他觉得这真是屈才！他自己觉得"好不了角儿"，都是由于叶德麟不捧他。剧团要排"革命现代戏"《杜鹃山》，他向叶德麟请战，他要演雷刚。叶德麟白了他一眼："你？"——"咱们有嗓子呀！"——"去去去，一边儿凉快去！"关二爷出得门来，打了一个"哇呀"："有眼不识金镶玉，错把茶壶当夜壶，哇呀……"

关二爷在外面，在剧团里虽然没多少人捧他，在家里可是绝对权威，一切由他说了算。据他说，想吃什么，上班临走给媳妇嘱咐一声：

"是米饭、炒菜，是包饺子——韭菜的还是茴香的，是煎锅贴儿、瓠榻子，——熬点小米粥或者棒楂儿粥、小酱萝卜，还是臭豆腐……"

"她要是不给做呢？"

"那就给什么吃什么呗！"

关二爷回答得很麻利。

"哦，力巴摔跤①!"


申元镇会的戏很多，文武昆乱不挡，但台上只能来一个中军、家院，他没有嗓子。他要算一个戏曲鉴赏家，甭管是老生戏、花脸戏，什么叫马派、谭派，哪叫裘派，他都能说得头头是道。小声示范，韵味十足。只是大声一唱，什么也没有！青年演员、中年演员，很爱听他谈戏。关二爷对他尤其佩服得五体投地，老是纠缠他，让他说裘派戏，整出整出地说，一说两个小时。说完了"红绣鞋"牌子，他站起要走，关二爷拽着他："师哥，别走！师哥师哥，再给说说！师哥师哥！……"——"不行，我得回家吃饭！"别人劝关二

---

① 北京的歇后语，"力巴摔跤——给嘛吃嘛"。

爷，"荣魁，你别老是死乞白咧，元镇有他的难处!"大家交了交眼神，心照不宣。

申元镇回家，媳妇拉长着脸:

"饭在锅里，自己盛!"

为什么媳妇对他没好脸子? 因为他阳痿。女人曾经当着人大声地喊叫:"我算倒了血霉，嫁了这么个东西，害得我守一辈子活寡!"

但是他们也一直没有离婚。


叶德麟是唱丑的，"玩艺儿"平常。嗓子不响堂，逢高不起，嘴皮子不脆，在北京他唱不了方巾丑、袍带丑、汤勤、蒋干，都轮不到他唱;贾桂读状，不能读得炒蹦豆似的;婆子戏也不见精彩;来个《卖马》的王老好、《空城计》的老军还对付。老是老军、王老好，吃不了蹦虾仁。树挪死，人挪活，他和几个拜把子弟兄一合计:到南方去闯闯!就凭"京角"这块金字招牌，虽不能大红大紫，怎么着也卖不了胰子①。到杭嘉湖、里下河一带去转转，捎带着看看风景，尝尝南边的吃食。商定了路线，先到济南、青岛，沿

_____

① 北京的军乐队混不下去,解散了,落魄奏乐手只能拿一支小号在胡同口吹奏,卖肥皂,戏班里称他们"卖了胰子"。

运河到里下河，然后到杭嘉湖。说走就走！回家跟媳妇说一声，就到前门车站买票。

南方山明水秀，吃食各有风味。镇江的肴肉、扬州富春的三丁包子、嘉兴的肉粽、宁波的黄鱼鲞笃肉、绍兴的梅干菜肉，都蛮"崭"。使叶德麟称道不已的是在高邮吃的昂嗤鱼氽汤，味道很鲜，而价钱极其便宜。

南方饭菜好吃，戏可并不好唱。里下河的人不大懂戏，他们爱看《九更天》、《杀子报》这一类剖肚开膛剁脑袋的戏，对"京字京韵"不欣赏。杭嘉湖人看戏要火爆，真刀真枪，不管书文戏理。包公竟会从三张桌上翻"台漫"下来。观众对从北京来的角儿不满意，认为他们唱戏"弗卖力"。哥几个一商量：回去吧！买了一些土特产，苏州采芝斋的松子糖、陆稿荐的酱肘子、东台的醉泥螺、鞭尖笋、黄鱼鲞、梅干菜，大包小包，瓶瓶罐罐上了火车。刨去路费，所剩无几。

进了门，洗了一把脸，就叫媳妇拿碗出门去买芝麻酱，带两根黄瓜、一块豆腐、一瓶二锅头。嚼着黄瓜喝着酒，叶德麟喟然有感：回家了！

"要饱还是家常饭"，叶德麟爱吃面，炸酱面、打卤面、芝麻酱花椒油拌面，全行。他爱吃拌豆腐，就酒。小葱拌豆腐、香椿拌豆腐，什么都没有，一块白豆腐也成，撒点盐、味精，滴几滴香油！

叶德麟这些年走的是"正字"。他参加了国营剧团。他谢绝舞台了，因为他是个汗包，动动就出汗，连来个《野猪林》的解差都是一身汗，连水衣子都湿透了。他得另外走一条路。他是党员，解放初期就入了党。台上没戏，却很有组织行政才能。几届党委都很信任他。他担任了演员队队长。演员队长，手里有权。日常排戏、派活，外出巡回演出、"跑小组"，谁去，谁不去，都得由他决定。谁能到中南海演出，谁不能去，他说了算。到香港演出、到日本演出，更是演员都关心，都想争取的美事，——可以长戏份、吃海鲜、开洋荤、看外国娘们，有谁、没谁，全在队长掂量。叶队长的笔记本是演员的生死簿。演员多数想走叶德麟的门子，逢年过节，得提了一包东西登门问候，水果、月饼、酒。叶德麟一推再推，到了还是收下来了。"下不为例！"——"那是那是！这点东西没花钱，是朋友送我的。"

叶德麟一帆风顺。"文化大革命"后，原来的党委、团长都头朝下了，团里的事由"四人帮"的亲信——文化部副部长兼剧团总导演虞桧一手掌握，他带来几个"外行"①驻进各团监督，有问题随时向他汇报。但是他还得有个处理日

---

① 戏班里把不是演员出身的人都叫做外行。

常工作的班底，他不能把原来党委的老班底全部踢开，叶德麟留下来仍旧当演员队的队长。虞部长不时还会叫他去谈话，听意见，备咨询。叶德麟觉得虞部长还是很信任他，心中暗暗得意，觉得他还能顺着这根竿子往上爬几年。

叶德麟也有不顺心的事。

一是儿子老在家里跟他闹。儿子中学毕业，没考上大学，也找不到合适的工作，只能到处打游击，这儿干两天，那儿干两天。儿子认为他混成这相，全得由他老子负责。他说老子对他的事不使劲，只顾自己保官，不管儿女前途。他变得脾气暴躁，蛮不讲理，一点小事就大喊大叫，说话非常难听。动不动就摔盘子打碗。叶德麟气得浑身发抖，无可奈何。

一件是出国演出没有他。剧团要去澳大利亚演出，叶德麟忙活了好一阵，添置服装、灯光器械、定"人位"，——出国名额要压缩，有些群众演员必须赶两三个角色。他向虞部长汇报了初步设想，虞部长基本同意。叶德麟满以为要派他去打前站，——过去剧团到香港、日本演出，都是他打前站，不想虞部长派他的秘书宣布去澳名单，却没有叶德麟！这对他的打击可太大了。他差一点当场晕死过去。这不是一次出国的事，他知道虞桧压根儿没把他当作自己的人，完了！他被送进了医院：血压猛增，心绞痛发作。

住了半个月院，出院了。

他有时还到团里来，到医务室量量血压、要点速效救心丸。自我解嘲：血压高了，降压灵加点剂量；心脏不大舒服，多来一瓶"速效救心"！他坐在小会议室里，翻翻报。他也希望有人陪他聊聊，路过的爷们跟他也招呼招呼，只是都是淡淡的，"卖羊头的回家——不过细盐（言）"。

快过年了。他儿子给他买了两瓶好酒，一瓶"古井贡"，一瓶"五粮液"，他儿子的工作问题解决了，他学会开车，在一个公司当司机，有了稳定的收入。叶德麟拿了这两瓶酒，说："得咪！"这句话说得很凄凉。这里面有多重意义、无限感慨。一是有这两瓶酒，这个年就可以过得美美的，儿子还是儿子，还有点孝心；二是他使尽一辈子心机，到了有此结局，也就可以了。

叶德麟死了，大面积心肌梗死急性发作。

照例要开个追悼会，但是参加的人稀稀落落，叶德麟人缘不好，大家对他都没有什么感情。为什么会这样呢？

因为他对谁都也没有感情。他是一个无情的人。


靳元戎也是唱丑的，岁数和叶德麟差不多，脾气秉性可很不相同。

靳元戎凡事看得开。"四人帮"时期，他被精简了下来，下放干校劳动。他没有满腹牢骚，唉声叹气，而是活得有滋有味，自得其乐。干校地里有很多麻雀，他结了一副拦网，逮麻雀，一天可以逮百十只，撕了皮，酱油、料酒、花椒大料腌透，入油酥炸，下酒。干校有很多蚂蚱，一会儿可捉一口袋，摘去翅膀，在瓦片上焙干，卷烙饼。

他说话很"葛"。

干校来了个"领导"。他也没有什么名义，不知道为什么当了"领导"。此人姓高，在市委下面的机关转来转去，都是没有名义的"领导"，搞政治工作，这位老兄专会讲"毛选"，说空空洞洞的蠢话，俨然是个马列主义理论家。他是搞政治工作的，干校都称之为"高政工"。他常常出一些莫名其妙的馊点子。《地道战》里有一句词："各村都有高招"，于是大家又称之为"高招"。干校本来是让大家来锻炼的，不要求粮量，高招却一再宣传增产。年初定生产计划，是他一再要求提高指标。指标一提再提，高政工总是说："低！太低！"靳元戎提出："我提一个增产措施：咱们把地掏空了，种两层，上面一层，下面一层。"高政工认真听取了靳元戎的建议，还很严肃地说："这是个办法！是个办法！"

逮逮麻雀，捉捉蚂蚱，跟高政工逗逗，几年一晃也就过去了。

"四人帮"垮台，虞部长自杀，干校解散，各回原单位，靳元戎也回到了剧团。他接替叶德麟，当了演员队队长。

他群众关系不错。他的处世原则只有两条：一、秉公办事；二、平等待人。对谁的称呼都一样："爷们儿"。

他好吃，也会做。有时做几个菜，约几个人上家里来一顿。他是回民，做的当然都是清真菜：炸卷果、炮糊（炮羊肉炮至微糊）、它似蜜、烧羊腿、羊尾巴油炒麻豆腐。有一次煎了几铛鸡肉馅的锅贴，是从在鸡场当场长的老朋友那儿提回来的大骟鸡，撕净筋皮，用刀背细剁成茸，加葱汁、盐、黄酒，其余什么都不搁，那叫一个绝！

他好喝，四两衡水老白干没有问题。他得过心绞痛，还是照喝不误。有人劝他少喝一点，他说："没事，我喝足了，就心绞不疼了。"——这是一种奇怪的语法。他常用这种不通的语言讲话，有个小青年说："'心绞不疼'，这叫什么话！"他的似乎不通的语言多着呢！比如"文革"期间，有一个也是唱丑的狠斗马富禄，他认为太过火，就说："你就是把马富禄斗死了，你也马富禄不了啊！"什么叫"马富禄不了啊"？真是欠通，欠通至极矣！他喝酒有个习惯，先铺好炕，喝完了，把炕桌往边上一踢，伸开腿就进被窝，随即鼾声大作。熟人知道他这个脾气，见他一钻被窝，也就放筷

吃饭　　　　　　　189

子走人，明儿见！

　　他现在还活着，但已是满头白发，老矣。


　　　　　　　　　　一九九六年九月初

# 羊舍的夜晚

远远地听见火车过来了。

"216！往北京的上行车。"老九说。

于是他们放下手里的工作，一起听火车。老九和小吕都好像看见：先是一个雪亮的大灯，亮得叫人眼睛发胀。大灯好像在拼命地往外冒光，而且冒着汽，嘶嘶地响。乌黑的铁，铮黄的铜，然后是绿色的车身，排山倒海地冲过来。车窗蜜黄色的灯光连续地映在果园东边的树墙子上，一方块，一方块，川流不息地追赶着……每回看到灯光那样猛烈地从树墙子上刮过去，你总觉得会刮下满地枝叶来似的。可是火车一过，还是那样：树墙子显得格外的安详，格外的绿。真怪。

这些，老九和小吕都太熟悉了。夏天，他们睡得晚，老是到路口去看火车。可现在是冬天了。那么，现在是什么样子呢？小吕想象，灯光一定会从树墙子的枝叶空隙处漏进来，落到果园的地面上来吧。可能！他想象着那灯光映在大梨树地间作的葱地里，照着一地的大葱蓬松的、干的、发白的叶子……

车轮的声音逐渐模糊成为一片，像刮过一阵大风一样，过去。

"十点四十七。"老九说。老九在附近山头上放了好几年羊了，他知道每一趟火车的时刻。

留孩说："贵甲哥怎么还不回来？"

老九说："他又排戏去了，一定回来得晚。"

小吕说："这是什么奶哥！奶弟来了也不陪着，昨天是找羊，今天又去排戏！"

留孩说："没关系，以后我们就常在一起了。"

老九说："咱们烧山药吃，一边说话，一边等他。小吕，不是还有一包高山顶①吗？坐上！外屋缸里还有没有水？"

"有！"

_____

① 一种野生植物，可以当茶叶。

于是三个人一起动手：小吕拿沙锅舀了多半锅水，抓起一把高山顶来撮在里面。这是老九放羊时摘来的。老九从麻袋里掏山药——他们在山坡上自己种的。留孩把炉子捅了捅，又加了点煤。

夜，正在深浓起来。


## 一、夜晚

这是一座盖在半山坡上的房子，因为靠近羊舍，人们叫它羊舍房子。隔壁还有一间小屋，锅灶俱全，是老羊倌住的，如果说话时有必要指明是这一间，人们就说是：老羊倌屋里。

羊舍房子分做里外两间。里屋一顺排了五张木床，联成一个大炕。床上住的本是张士林、小吕、丁贵甲、秦老九。张士林到狼山去给场里买果树苗子去了。丁贵甲这会也没有在。却添了一个客人，是留孩。老羊倌也请了假，去看他的孙子去了。所以这一晚上，守在这里的只有他们三个人——三个孩子：小吕、老九和留孩。他们都在做着各人的事。

屋里有一盏自造的煤油灯，一个炉子。灯是老九用墨水瓶子改造的。

外边还有一间空屋，是个农具仓库，放着硫铵、石灰、滴滴涕、铁桶、木叉、喷雾器……

外屋门插着。门外，右边是羊圈，里面卧着四百只羊；前边是果园，什么都没有了，只剩下一点葱，还有一堆没有窖好的蔓菁。现在什么也看不见，外边是无边的昏黑，方圆左近就只有这个半山坡上有一点点亮光。


## 二、小吕

小吕是果园的小工。这孩子长得清清秀秀的，原在本堡念小学。念到六年级了，忽然跟他爹说不想念了，要到农场做活去。他爹想：农场里能学技术，也能学文化，就同意了。后来才知道，他还有个心思：他有个哥哥，在念高中，还有个妹妹，也在上学。他爹在一个医院里当炊事员。他见他爹张罗着给他们交费，买书，有时要去跟工会借钱，他就决定去做活，这样就是两个人养活五个人，他哥能够念多高就让他念多高。

这样，他就到农场里来做活了。他用一个牙刷把子，截断了，一头磨平，刻了一个小手章：吕志国。每回领了工资，除了伙食、零用（买个学习本，配两节电池……），全部交给他爹。有一次，不知怎么弄的（其实是因为他从场里给家里买了不少东西：菜，果子），拿回去的只有一块五毛钱。他爹接过来，笑笑说：

"这就是两个人养活五个人吗？"

吕志国的脸红了。他知道他偶然跟同志们说过的话传到他爹那里去了。他爹并不是责怪他，这句嘲笑的话里含着疼爱。他爹想：困难是有一点的，哪会就过不去呢？这孩子！究竟走怎样一条路好：继续上学？还是让他在这个农场里长大起来？

小吕已经在农场里长大起来了。在菜园干了半年，后来调到果园，也都半年了。

在菜园里，他干得不坏。组长说他学得很快，就是有点贪玩。调他来果园时，征求过他本人的意见，他像一个成年的大工一样，很爽快地说："行！在哪里干活还不是一样。"乍一到果园时，他什么都不摸头，不大插得上手，有点别扭。但没过多久，他就发现，原来果园对他说来是个更合适的地方。果园里有许多活，大工来做有点窝工，一般女工又做不了，正需要一个伶俐的小工。登上高凳，扒上树顶，绑老架的葡萄条，果树摘心，套纸袋，捉金龟子，用一个小铁丝钩疏虫果，接了长长的竿子喷射天蓝色的波尔多液……在明丽的阳光和葱茏的绿叶当中做这些事，既是严肃的工作，又是轻松的游戏，既"起了作用"，又很好玩，实在叫人快乐。这样的活，对于一个十四岁的孩子，不论在身体上、情绪上，都非常相宜。

小吕很快就对果园的角角落落都熟悉了。他知道所有果木品种的名字：金冠、黄奎、元帅、国光、红玉、祝；烟台梨、明月、二十世纪、蜜肠、日面红、秋梨、鸭梨、木头梨；白香蕉、柔丁香、老虎眼、大粒白、秋紫、金铃、玫瑰香、沙巴尔、黑汗、巴勒斯坦、白拿破仑……而且准确地知道每一棵果树的位置。有时组长给一个调来不久的工人布置一件工作，一下子不容易说清那地方，小吕在旁边，就说："去！小吕，你带他去，告诉他！"小吕有一件大红的球衣，干活时他喜欢把外面的衣裳脱去，于是，在果园里就经常看见通红的一团，轻快地、兴冲冲地弹跳出没于高高低低、深深浅浅的丛绿之中，惹得过路的人看了，眼睛里也不由得漾出笑意，觉得天色也明朗，风吹得也舒服。

小吕这就真算是果园的人了。他一回家就是说他的果园。他娘、他妹妹都知道，果园有了多少年了，有多少棵树，单葡萄就有八十多种，好多都是外国来的。葡萄还给毛主席送去过。有个大干部要路过这里，毛主席跟他说："你要过沙岭子，那里葡萄很好呵！"毛主席都知道的。果园里有些什么人，她们也都清清楚楚的了，大老张、二老张、大老刘、陈素花、恽美兰……还有个张士林！连这些人的家里的情形，他们有什么能耐，她们也都明明白白。连他爹对果园熟悉得也不下于他所在的医院了。他爹还特为上农场来，看过他儿子常常叨念的那个年轻人张士林。他哥放暑假回来，第二天，他就拉他哥爬到孤山顶上去，指给他哥看：

"你看，你看！我们的果园多好看！一行一行的果树，一架一架的葡萄，整整齐齐，那么大一片，就跟画报上的一样，电影上的一样！"

小吕原来在家里住。七月，果子大起来了，需要有人下夜护秋。组长照例开个会，征求大家的意见。小吕说，他愿意搬来住。一来夏天到秋天是果园最好的时候。满树满挂的果子，都着了色，发出香气，弄得果园的空气都是甜甜的，闻着都醉人。这时节小吕总是那么兴奋，话也多，说话的声音也大，好像家里在办喜事似的。二来是，下夜，睡在窝棚里，铺着稻草，星星，又大又蓝的天，野兔子窜来窜去，鸺鹠悠①叫，还可能有狼！这非常有趣。张士林曾经笑他："这小子，浪漫主义！"还有，搬过来，他可以和张士林在一起，日夜都在一起。

---

① 鸺鹠悠即猫头鹰。

他很佩服张士林。曾经特为去照了一张相，送给张士林，在背面写道："给敬爱的士林同志！"他用的字眼是充满真实的意思的。他佩服张士林那么年轻，才十九岁，就对果树懂得那么多。不论是修剪，是嫁接，都拿得起来，而且能讲一套。有一次林业学校的学生来参观，由他领着给他们讲，讲的那些学生一愣一愣的，不停地拿笔记本子记。领队的教员后来问张士林："同志，你在什么学校学习过？"张士林说："我上过高小。我们家世代都是果农，我是在果树林里长大的。"他佩服张士林说玩就玩，说看书就看书，看那么厚的，比一块城砖还厚的《果树栽培学各论》。佩服张士林能文能武，正跟场里的技术员合作搞试验，培养葡萄抗寒品种，每天拿个讲义夹子记载。佩服张士林能"代表"场里出去办事。采花粉呀，交换苗木呀……每逢张士林从场长办公室拿了介绍信，背上他的挎包，由宿舍走到火车站去，他在心里就非常羡慕。他说张士林是去当"大使"去了。小张一回来，他看见了，总是连蹦带跳地跑到路口去，一面接过小张的挎包，一面说："嗬！大使回来了！"

他愿意自己也像一个真正的果园技工。可是自己觉得不像。他缺少两样东西：一样是树剪子。这里凡是固定在果园做活的，每人都有一把树剪子，装在皮套子里，挎在裤腰带后面，远看像支伯朗宁手枪。他多希望也有一把呀，走出走进——赫！可是他没有。他也有使树剪子的时候。大的手术他不敢动，比如矫正树形，把一个茶杯口粗细的枝丫截掉，他没有那么大的胆子。像是丁个头什么的，这他可不含糊，拿起剪子叭叭地剪。只是他并不老使树剪子，因此没有他专用的，要用就到小仓库架子上去拿"官中"剪子。这不带劲！"官中"的玩意儿总是那么没味道，而且，当然总是不那么好使。净"塞牙"，不快，费那么大劲，还剪不断。看起来倒像你不会使剪子似的！气人。

组长大老张见小吕剪两下看看他那剪子，剪两下看看他那剪子，心里发笑。有一天，从他的锁着的柜子里拿出一把全新的苏式树剪，叫："小吕！过来！这把剪子交给你，由你自己使：钝了自己磨，坏了自己修，绷簧掉了——跟公家领，可别老把绷簧搞丢了。小人小马小刀枪，正合适！"周围的人都笑了，因为这把剪子特别轻巧，特别小。小吕这可高了兴了，十分得意地说："做啥像啥，卖啥吆喝啥嘛！"这算了了一桩心事。

自从有了这把剪子，他真是一日三摩挲。除了晚上脱衣服上床才解下来，一天不离身。没有事就把剪子拆开来，用砂纸打磨得铮亮，拿在手里都是精滑的。

今天晚上没事，他又打磨他的剪子了，在 216 次火车过

去以前，一直在细细地磨。磨完了，涂上一层凡士林，用
一块布包起来——明年再用。葡萄条已经剪完，今年不再
有使剪子的活了。

　　另外一样，是嫁接刀。他想明年自己就先练习削树码
子，练得熟熟的，像大老刘一样！也不用公家的刀，自己
买。用惯了，趁手。他合计好了：把那把双箭牌塑料把的
小刀卖去，已经说好了，猪倌小白要。打一个八折。原价
一块六，六八四十八，一八得八，一块二毛八。再贴一块
钱，就可以买一把上等的角柄嫁接刀！他准备明天就去托黄
技师，黄技师两三天就上北京。

## 三、老九

　　老九用四根油浸过的细皮条编一条一根葱的鞭子。这
是一种很难的编法，四股皮条，这么绕来绕去的，一走神，
就错了花，就拧成麻花要子了。老九就这么聚精会神地绕
着，一面舔着他的舌头。绕一下，把舌头用力向嘴唇外边
舔一下，绕一下，舔一下。有时忽然"唔"的一声，那就是
绕错了花了，于是拆掉重来。他的确是用的劲儿不小，一
根鞭子，道道花一般紧，地道活计！编完了，从墙上把那根

旧鞭子取下来，拆掉皮鞘，把新鞭鞘结在那个楸子木刨出来的又重又硬又光滑的鞭杆子上，还挂在原来的地方。

可是这根鞭子他自己是用不成了。

老九算是这个场子里的世袭工人。他爹在场里赶大车，又是个扶耧的好手。他穿着开裆裤的时候，就在场里到处乱钻。使砖头砸杏儿、摘果子、偷萝卜、刨甜菜，都有他。稍大一点，能做点事了，就什么也做，放鸭子，喂小牛，搓玉米，锄豆埂……最近三年正式固定在羊舍，当"羊伴子"——小羊倌。老九是土生土长（小吕家是从外地搬来的），这一带地方，不论是哪个山豁豁，渠坳坳，他都去过，用他自己的说法是"尿尿都尿遍了"。这一带的人，不问老少男女，也无不知道有个秦老九。每天早起，日头上来，露水稍干的时候，只要听见：

　　蓝蓝的天上白云飘，

　　白云下面马儿跑……

就知是老九来了。——这孩子，生了一副上低音的宽嗓子！他每天把羊从圈里放出来，上了路，走在羊群前面，一定是唱这一支歌。一挥鞭子：

　　挥动鞭儿响四方——

　　百鸟齐飞翔……

矮粗矮粗的个子，方头大脸，黑眉毛大眼睛，大嘴，大脚。老九这双鞋也是奇怪，实纳帮，厚布底，满底钉了扁头铁钉，还特别大，走起来忒楞忒楞地响。一摇一晃的，来了！后面是四百只白花花的，挨挨挤挤，颤颤游游的羊，无数的小蹄子踏在地上，走过去像下了一阵暴雨。

老九发育得快，看样子比小吕魁伟壮实得多，像个小大人。可是，有一次，他拿了家里的碗去食堂买饭。那碗可可跟食堂的碗一样，正好食堂这两天丢了几个碗。管理员看见了，就说是食堂的，并且大声宣告"秦老九偷了食堂的碗！"老九把脸涨得通红，一句话说不出，忽然嚎叫起来：

"我×你妈！"

一面毫不克制地咧开大嘴哇哇地哭起来，使得一食堂的人都喝吼起来：

"哎哎，不兴骂人！"

"有话慢慢说，别哭！"

老九要是到了一个新地方，在一个新单位，做了真正的"工人"，若是又受了点委屈，觉得自尊心受了损伤，还会这样哭，这样破口骂人么？

老九真的要走了，要去当炼钢工人去了。他有个舅舅，在第二炼钢厂当工人，早就设法让老九进厂去当学徒，他爹也愿意。有人问老九：

"老九，你咋啦？你不放羊了么？"

这叫老九很难回答。谁都知道炼钢好，光荣，工人阶级是老大哥。但是放羊呢？他就说：

"我爹不愿意我放羊，他说放羊不好。"

他竭力想同意他爹的看法，说：

"放羊不好，把人都放懒了，啥也不会！"

其实他心里一点也不同意！这话要是别人说的，他会第一个大声反驳："你瞎说！你凭什么！"

放羊？嘿——

每天早起，打开羊圈门，把羊放出来。挥着鞭子，打着唿哨，嘴里"嘎！嘎！"地喝唤着，赶着羊上了路。按照老羊倌的嘱咐，上哪一座山。到了坡上，把羊打开，一放一个满天星——都均匀地撒开；或者凤凰单展翅——顺着山坡，斜斜地上去，走成一长溜。羊安安驯驯地吃开草，就不用操什么心了。羊群缓缓地往前推移，远看，像一片云彩在坡上流动。天也蓝，山也绿，洋河的水在树林子后面白亮白亮的。农场的房屋、果树，都看得清清楚楚。一列一列的火车过来过去，看起来又精巧又灵活，简直不像是那么大的玩意。真好呀，你觉得心都是轻飘飘的。

"放羊不是艺，笨工子下不地①！"不会放羊的，打都打

---

① "笨工子"是外行。"下不地"是说应付不了。

不开。羊老是恋成一疙瘩，挤成一堆，走不成阵势，吃不好草。老九刚放羊时也是这样。老九蹦过来，追过去，累得满头大汗，心里急冬冬地跳，还是弄不好！有一次，老羊倌病了，就他跟丁贵甲两个人上山，丁贵甲也还没什么经验，竟至弄得羊散了群，几乎下不了山。现在，老羊倌根本不怎么上山了，他们俩也满对付得了这四百只羊了。你问老九："放羊是咋放法？"他也说不出，但是他会告诉你老羊倌说过的：看羊群一走，就知道这羊倌放了几年羊了。

放羊的能吃到好东西。山上有野兔子，一个有六七斤重。有石鸡子，有半鸠子。石鸡子跟小野鸡似的，一个准有十两肉。半鸠子一个准是半斤。你听："呱格丹，呱格丹！呱格丹！"那是母石鸡子唤她汉子了。你不要忙，等着，不大一会，就听见对面山上"呱呱呱呱呱呱……"，你轻手轻脚地去，一捉就是一对。山上还有鸬鸬，就是野鸽子。"天鹅、地鵏，鸽子肉、黄鼠"，这是上讲究的。鸬鸬肉比鸽子还好吃。黄鼠也有，不过滩里更多。放羊的吃肉，只有一种办法：和点泥，把打住的野物糊起来，拾一把柴架起火来，烧熟。真香！山上有酸枣，有榛子，有栌林，有红姑蔫，有酸溜溜，有梭瓜瓜，有各色各样的野果。大北滩有一片大桑树林子，夏天结了满树的大桑椹，也没有人去采，落在地下，把地皮都染紫了。每回放羊回来经过，一定是

"饱餐一顿"，吃得嘴唇、牙齿、舌头，都是紫的，真过瘾!……

放羊苦么？

咋不苦!最苦是夏天。羊一年上不上膘，全看夏天吃草吃得好不好。夏天放羊又全靠晌午，"打柴一日，放羊一晌"。早起的露水草，羊吃了不好。要上膘，要不得病，就得吃太阳晒过的蔫筋草。可是这时正是最热的时候。不好找个荫凉地方躲着么？不行啊!你怕热，羊也怕热哩，它不给你好好地吃!它也躲荫凉。你看：都把头埋下来，挤成一疙瘩，净想躲在别的羊的影子里，往别个的肚子底下钻。这你就得不停地打。打散了，它就吃草了。可是打散了，一会会，它又挤到一块去!打散了，一会会，它又挤到一块去了。你想休息？甭想。一夏天这么大太阳晒着，烧得你嘴唇、上颚都是烂的!

真渴呀。这会，农场里给预备了行军壶，自然是好了。若是在旧社会，给地主家放羊，他不给你带水。给你一袋炒面，你就上山吧!你一个人，又不敢走远了去弄水，狼把羊吃了怎办？渴急了，就只好自己喝自己的尿。这在放羊的不是希罕事。老羊倌就喝过，丁贵甲小时当小羊伴子，也喝过，老九没喝过。不过他知道这些事。就是有行军壶，你也不敢多喝。若是敞开来，由着性儿喝，好家伙，那得多少水？只好抿一点儿，抿一点儿，叫嗓子眼潮润一下就行。

好天还好说，就怕刮风下雨。刮风下雨也好说，就怕下雹子。老九遇上过。有一回，在马脊梁山，遇了一场大雹子！下了足有二十分钟，足有鸡蛋大。砸得一群羊惊惶失措，满山乱跑，咩咩地叫成一片。砸坏了二三十只，跛了腿，起不来了。后来是老羊倌、丁贵甲和老九一趟一趟地抱回来的。下得老九那天沉不住了，脸上一阵白，一阵紫，他觉得透不出气来。不是老羊倌把他那个竹皮大斗笠给他盖住，又给他喝了几口他带在身上的白酒，说不定就回不来啦。

但是这些，从来也没有使老九告过孬，发过怵。他现在回想起来倒都觉得很痛快，很甜蜜，很幸福。他甚至觉得遇上那场雹子是运气。这使他觉得生活丰富、充实，使他觉得自己能够算得上是一个有资格，有经验的羊倌了，是个见识过的，干过一点事情的人了，不再是只知道要窝窝吃的毛孩子了。这些苦热、苦渴、风雨、冷雹，将和那些蓝天、白云、绿山、白羊、石鸡、野兔、酸枣、桑椹互相融和调合起来，变成一幅浓郁鲜明的图画，永远记述着秦老九的十五岁的丰富有趣的生活，日后使他在不同的环境中还会常常回想起它。他从这里得到多少有用的生活的技能和知

206

识，受了多好的陶冶和锻炼啊。这些，在他将来炼钢的时候，或者履行着别样的职务时，都还会在他的血液里涌沃，给予他持续的力量。

但是他的情绪日渐向往于炼钢了。他在电影里，在招贴画上，看过不少炼钢的工人，他的关于炼钢的知识和印象也就限于这些。他不止一次设想自己下一阶段的样子——一个炼钢工人：戴一顶大八角鸭舌帽，帽舌下有一副蓝颜色的像两扇小窗户一样的眼镜，穿着水龙布的工作服——他不知那是什么布，只觉得很厚，很粗，场子里有水泵，水泵上用的管子也是用布做的，也很厚，很粗，他以为工作服就是那种布——戴了很大很大的手套，拿着一个很长的后面有个大圈的铁家伙……没人的时候，他站在床上，拿着小吕护秋用的标枪，比划着，比划着。他觉得前面偏左一点，是炼钢的炉子，轰隆轰隆的熊熊的大火。他觉得火光灼着他的眼睛，甚至感觉到在他左边的额头和脸颊上明明有火的热度。他的眼睛眯细起来，眯细起来……他出神地体验着，半天，半天，一动也不动。果园的大老张一头闯进来，看见老九脸上的古怪表情（姿势赶快就改了，标枪也撂了，可是脸上没有来得及变样——他这么眯细着太久了，肌肉一下子也变不过来），忍不住问：“老九，你在干啥呢？你是怎么啦？”

今天晚上，老九可是专心致意地编了一晚上鞭子。你已经要去炼钢了，还编什么鞭子呢？

一来是习惯，他不还没走吗？他明天把行李搬回去，叫他娘拆洗拆洗，三天后才动身呢。那么，既在这里，总要找点事做。这根鞭子早就想到要编了。编起来，他不用，总有人用。何况，他本来已经想好，在编着的时候又更确实地重复了一遍他的决定：这根鞭子送给留孩，明天走的时候送给他。

## 四、留孩和丁贵甲

留孩和丁贵甲是奶兄弟。这一带风俗，对奶亲看得很重。结婚时先给奶爹奶母磕头；奶爹奶母死了，像给自己的爹妈一样的戴孝。奶兄弟，奶姊妹，比姨姑兄弟姊妹都亲。丁贵甲的亲娘还没有出月子就死了，丁贵甲从小在留孩娘跟前寄奶。后来丁贵甲的爹得了腰疼病，终于也死了。他在给人家当小羊伴子以前，一直就在留孩家长大。丁贵甲有时说请假回家看看，就指的是留孩的家。除此之外，他的家便是这个场了。

留孩一年也短不了来看他的奶哥。过去大都是他爹带他来，这回是他自己来的——他爹在生产队里事忙，三五天内分不开身。而且他这回来和往回不同：他是来谈工作的。他要来顶老九的手。留孩早就想到这个场里来工作。他奶哥也早跟场领导提了。这回谈妥了，老九一走，留孩就搬过来住。

留孩，你为什么想到场子里来呢？这儿有你奶哥；还有？——"这里好。"这里怎么好？——"说不上来。"

…………

这里有火车。

这里有电影，两个星期就放映一回，常演打仗片子，捉特务。

这里有很多小人书，图书馆里有一大柜子。

这里有很多机器。播种机、收割机、脱粒机……张牙舞爪，排成一大片。

这里庄稼都长得整齐。先用个大三齿耙似的家伙在地里划出线，长出来，笔直。

这里有花生、芝麻、红白薯……这一带都没有种过，也长得挺好。

有果园，有菜园。

有玻璃房子，好几排，亮堂堂的，冬天也结西红柿，结黄瓜。黄瓜那么绿，西红柿那么红，跟上了颜色一样。

有很多鸭，都一色是白的，黄嘴；有很多鸡，也一色是白的，一朵花似的大红的冠子。风一吹，白毛儿忒勒勒飘翻起来，真好看。有很多很多猪，都是短嘴头子，大腮帮子，巴克夏，约克夏。这里还有养鱼池，看得见一条一条的鱼在水里游……

这里还有羊。这里的羊也不一样。留孩第一次来，一眼就看到：这里的羊都长了个狗尾巴。不是像那样扁不塌塌的沉甸甸颤巍巍的坠着，遮住屁股蛋子，而是很细很长的一条，当郎着。他起初以为这不像样子，怪寒伧的。后来当然知道，这不是本地羊，是本地羊和高加索绵羊的杂交种。这种羊，一把都抓不透的毛子，作一件皮袄，三九天你尽管躺到洋河冰上去睡觉吧！既是这样，那么尾巴长得不大体面，也就可以原谅了。

那两头"高加索"，好家伙，比毛驴还大。那么大个脑袋（老羊倌说一个脑袋有十三斤肉），两盘大角，不知绕了多少圈，最后还旋扭着向两边支出来。脖子下的皮皱成数不清的褶子，鼓鼓囊囊的，像围了一个大花领子。老是慢吞吞地，稳稳重重地在草地上踱着步。时不时地，停下来，斜着眼，这边看看，那边看看，样子很威严，很尊贵。老九叫他骑一骑。留孩说："羊嘛，咋骑得！"老九说："行！"留孩当真骑上去，不想它立刻围着羊舍的场子开起小跑来，步子又匀，身子又稳！原来这两只羊已经叫老九训练得很善于做本来是驴应做的事了。

留孩，你过两天就是这个场子里的一个农业工人了。就要每天和两头"高加索"，还有那四百头狗尾巴的羊作伴了。你觉得怎么样，好呢还是不好？——"好。"

场子里老一点的工人都还记得丁贵甲刚来的时候的样子。又干又瘦，披了件丁令当郎的老羊皮，一卷行李还没个枕头粗。问他多大了，说是十二，却又不错。不论什么时候，都是那么寒簌簌的；见了人，总是那么怯生生的。有的工人家属见他走过，私下担心：这孩子怕活不出来。场子里支部书记有一天远远地看了他半天，说，这孩子怎么的呢，别是有病吧，送医院里检查检查吧。一检查：是肺结核。在医院整整住了一年，好了，人也好像变了一个。接着，这小子，好像遭了掐脖旱①的小苗子，一朝得着足量的肥水，飕飕地飞长起来了，三四年工夫，长成了一个肩阔胸高腰细腿长的，非常匀称挺拔的小伙子。一身肌肉，晒得紫黑紫黑的。照一个当饲养员的王全老汉的说法：像个

---

① 小苗子遭到旱天，好像被掐住了脖子一样不能往高里长，所以叫"掐脖旱"。

小马驹子。

这马驹子如今是个无事忙，什么事都有他一份。只要是球，他都愿摸一摸。放了一天羊，爬了一天山，走了那么远的路，回来扒拉两大碗饭，放下碗就到球场上去。逢到节日，有球赛，连打两场，完了还不休息。别人都已经走净了，他一个人还在月亮地里绷楞绷楞地射篮。摸鱼，捉蛇，掏雀，撵兔子，只要一声吆喝，马上就跟你走。哪里有夜战，临时突击一件什么工作，挑渠啦，挖沙啦，不用招呼，他扛着铁锨就来了。也不问青红皂白，吭吭就干起来。冬天刨冻粪，这是个最费劲的活，常言说："刨过个冻粪哪！作过个怕梦哪！"他最愿揽这个活。使尖镐对准一个口子，别足了劲："许一个猪头——开！许一个羊头——开！开——开！狗头也不许了！"①这小伙子好像有太多过剩的精力，不找什么重实点的活消耗消耗，就觉得不舒服似的。

小伙子一天无忧无虑，不大有心眼，什么也不盘算。开会很少发言，学习也不大好，在场里陆续认下的两个字，还没有留孩认得的多。整天就知道干活，玩。也喜欢看电影。他把所有的电影分成两大类：一类是打仗的，一类是

---

① 这本来是开山石匠的习语。在石头未破开前许愿：如果开了，则用一个羊头猪头作贡献；但当真开了，就什么也不许了。

212

找媳妇的。凡是打仗的，就都"好！"凡是找媳妇的，就"唉噫，不看不看！"找媳妇的电影尚且不看，真的找媳妇那更是想都不想了。他奶母早就想张罗着给他寻一个对象了。每次他回家，他奶母都问他场子里有没有好看的姑娘，他总是回答得不得要领。他说林凤梅长得好，五四也长得好。问了问，原来林凤梅是场里生产队长的爱人，已经生过三个孩子；五四是个幼儿园的孩子，一九五四年生的！好像恰恰和他这个年龄相当的，他都没有留心过。奶母没法，只好摇头。其实场子里这个年龄的，很有几个，也有几个长得不难看的。她们有时谈悄悄话的时候，也常提到他。有一个念过一年初中的菜园组长的女儿，给他做了个鉴定，说："他长得像周炳，有一个名字正好送给他：《三家巷》第一章的题目！"其余几个没有看过《三家巷》的，就找了这本小说来看。一看，原来是："长得很俊的傻孩子"，她们格格格地笑了一晚上。于是每次在丁贵甲走过时，她们就更加留神看他，一面看，一面想这个名字，便格格格地笑。这很快就固定下来，成为她们私下对于他的专用的称呼，后来又简化、缩短，由"长得很俊的傻孩子"变成"很俊的——"。正在做活，有人轻轻一嘀咕："嗨！很俊的来了！"于是都偷眼看他，于是又格格格地笑。

　　这些，丁贵甲全不理会。他一点也不知道他有这么一个名字。起先两回，有人在他身后格格地笑，笑得他也疑惑，怕是老九和小吕在歇晌时给他在脸上画了眼镜或者胡子。后来听惯了，也不以为意，只是在心里说：丫头们，事多！

　　其实，丁贵甲因为从小失去爹娘，多受苦难，在情绪上智慧上所受的启发诱导不多；后来在这样一个集体的环境中成长，接触的人事单纯，又缺少一点文化，以致形成他思想单纯，有时甚至显得有点愣，不那么精灵，若说是傻，则未必。这是一块璞，如果在一个更坚利精微的砂轮上磨洗一回，就会放出更晶莹的光润。理想的砂轮，是部队。丁贵甲正是日夜念念不忘地想去参军。他之所以一点不理会"丫头们"的事，也和他的立志做解放军战士有关。他现在正是服役适龄。上个月底，刚满十八足岁。

　　丁贵甲这会儿正在演戏。他演戏，本来不合适，嗓子不好，唱起来不搭调，而且他也未必是对演戏本身真有兴趣。真要派他一个重要一点的角色，他会以记词为苦事，背锣经为麻烦。他的角色也不好派，导演每次都考虑很久，结果总是派他演家院。就是演家院，他也不像个家院。照一个天才鼓师（这鼓师即猪倌小白，比丁贵甲还小两岁，可是打得一手好鼓）说："你根本就一点不像个古人！"可不是，他直直地站在台上，太健康，太英俊，实在不像那么一回事，虽则是穿了老斗衣，还挂了一副白满。但是他还是非常热心地去。他大概不过是觉得排戏人多，好玩，红火，热闹，大锣大鼓地一敲，哇哇地吼几嗓子，这对他的蓬勃炽旺的生命，是能起鼓扬疏导作用的。他觉得这么闹一阵，舒服。不然，这么长的黑夜，你叫他干什么去呢，难道像王全似的摊开盖窝睡觉？

现在秋收工作已经彻底结束，地了场光，粮食入库，冬季学习却还没有开始，所以场里决定让业余剧团演两晚上戏，劳逸结合。新排和重排的三个戏里都有他，两个是家院，一个是中军。以前已经排了几场了，最近连排两个晚上，可是他不能去，这把他着急坏了。

因为丢了一只半大羊羔子。大前天，老九舅舅来了，早起老九和丁贵甲一起把羊放上山，晌午他先回一步，丁贵甲一个人把羊赶回家的。入圈的时候，一数，少了一只。丁贵甲连饭也没吃，告诉小吕，叫他请大老张去跟生产队说一声，转身就返回去找了。找了一晚上，十二点了，也没找到。前天，叫老九把羊赶回来，给他留点饭，他又一个人找了一晚上，还是没找到。回来，老九给他把饭热好了，他吃了多半碗就睡了。这两天老羊倌又没在，也没个人讨主意！昨天，生产队说：找不到就算了，算是个事故，以后不要麻痹。看样子是找不到了，两夜了，不是叫人拉走，也要叫野物吃了。但是他不死心，还要找。他上山时就带了一点干粮，对老九说："我准备找一通夜！找不到不回来。若是人拉走了，就不说了；若是野物吃了，骨头我也要找它回来，它总不能连皮带骨头全都咽下去。不过就是这么几座山，几片滩，它不能土遁了，我一个脚印一个脚印地把你盖遍了，我看你跑到哪里去！"老九说他把羊赶回去也来，还可以叫小吕一起来帮助找，丁贵甲说："不。家里没有人怎么行？晚上谁起来看羊圈？还要闷料——玉黍在老羊倌屋里，先用那个小麻袋里的。小吕子不行，他路不熟，胆子也小，黑夜没在山野里呆过。"正说着，他奶弟来了。他知道他这天来的，就跟奶弟说："我今天要找羊。事情都说好了，你请小吕陪你到办公室，填一个表，我跟他说了。晚上你先睡吧，甭等我。我叫小吕给你借了几本小人书，你看。要是有什么问题，你先找一下大老张，让他告给你。"

晚上，老九和留孩都已经睡实了，小吕也正在迷糊着了——他们等着等着都困了，忽然听见他连笑带嚷地来了：

"哎！找到啦！找到啦！还活着哩！哎！快都起来！都起来！找到啦！我说它能跑到哪里去呢？哎——"

这三个人赶紧一骨碌都起来，小吕还穿衣裳，老九是光着屁股就跳下床来了。留孩根本没脱——他原想等他奶哥的，不想就这么睡着了，身上的被子也不知是谁给搭上的。

"找到啦？"

"找到啦!"

"在哪儿哪？"

"在这儿哪。"

原来他把自己的皮袄脱下来给羊包上了，所以看不见。大家于是七手八脚地给羊舀一点水，又倒了点精料让它吃。这羔子，饿得够呛，乏得不行啦。一面又问：

"在哪里找到的？"

"怎么找到的？"

"黑咕冬冬的，你咋看见啦？"

丁贵甲嚼着干粮（他干粮还没吃哩），一面喝水，一面说：

"我哪儿哪儿都找了。沿着我们那天放羊走过的地方，来回走了三个过儿——前两天我都来回地走过了：没有! 我心想：哪儿去了呢？我一边找，一边捉摸它的个头、长相，想着它的叫声，忽然，我想起：叫叫看，怎么样？试试! 我就叫! 满山遍野地叫。不见答音。四外静悄悄的，只有宁远铁厂的吹风机好像远远地呼呼地响，也听不大真切，就我一个人的声音。我还叫。忽然，——'咩……'我说，别是我耳朵听差了音，想的？我又叫——'咩……咩……'这回我听真了，没错! 这还能错？我天天听惯了的，娇声娇气的!

我赶紧奔过去——看我磕膝上摔的这大块青，——破了！路上有棵新伐树桩子，我一喜欢，忘了，叭又摔出去丈把远，喔唷，真他妈的！肿了没有？老九，给我拿点碘酒——不要二百二，要碘酒，妈的，辣辣的，有劲！——把我帽子都摔丢了！我找了羊，又找帽子。找帽子又找了半天！真他妈缺德！他早不伐树晚不伐树，赶爷要找羊了，他伐树！

"你说在哪儿找到的？太史弯不有个荒沙梁子吗？拐弯那儿不是叫山洪冲了个豁子吗？笔陡的，那底下不是坟滩吗？前天，老九，我们不是看见人家迁坟吗，刨了一半，露了棺材，不知为什么又不刨了！这毬东西，爷要打你！它不是老爱走外手边①吗，大概是豁口那儿沙软了，往下塌，别的羊一挤，它就滚下去了！有那么巧，可可掉在坟窟窿里！掉在烂棺材里！出不来了！棺材在土里埋了有日子了，糟朽了，它一砸，就折了，它站在一堆死人骨头里，——那里头倒不冷！不然饿不煞你也冻煞你！外边挺黑。可我在黑里头久了，有点把星星的光就能瞅见。我又叫一声——'咩……'不错！就在这里。它是白的，我模模糊糊看见有一点白晃晃的，下面一摸，正是它！小东西！可把爷担心得够呛！

———————

① 外手边是右边。这本来是赶车人的说法。赶车人都习惯于跨坐在左辕，所以称左边为里手边或里边，右边为外手边或外边。

累得够呛!明天就叫伙房宰了你!我看你还爱走外手边!还爱走外手边? 唔? "

等羊缓过一点来,有了精神,把它抱回羊圈里去,收拾睡下,已经是后半夜了。

今天,白天他带着留孩上山放了一天羊,告诉他什么地方的草好,什么地方有毒草。几月里放阳坡,上什么山;几月里放阴坡,上什么山;什么山是半椅子臂①,该什么时候放。哪里蛇多,哪里有个暖泉,哪里地里有碱。看见大栅栏落下来了,千万不能过——火车要来了。片石山每天十一点五十要放炮崩山,不能去那里……其实日子长着呢,非得赶今天都告诉你奶弟干什么?

晚上,烧了一个小吕在果园里拾来的刺猬,四个人吃了,玩了一会,他就急急忙忙去侍候他的家爷和元帅去了。他知道奶弟不会怪他的,到这会还不回来!


## 五、夜,正在深浓起来

小吕从来没放过羊,他觉得很奇怪,就问老九和留孩:

① 南北方向的小岭,两边坡上都常见阳光,形状略似椅臂。

"你们每天放羊，都数么？"

留孩和老九同声回答：

"当然数，不数还行哩？早起出圈，晚上回来进圈，都数。不数，丢了你怎么知道？"

"那咋数法？"

咋数法？留孩和老九不懂他的意思，两个人互相看看。老九想了想，——哦！

"也有两个一数的，也有三个一数的，数得过来五个一数也行，数不过来一个一个地数！"

"不是这意思！羊是活的嘛！它要跑，这么窜着蹦着挨着挤着，又不是数一笸箩梨，一把树码子，摆着。这你怎么数？"

老九和留孩想一想，笑起来。是倒也是，可是他们小时候放羊用不着他们数，到用到自己数的时候，自然就会了，从来没发生这样的问题。老九又想了想，说：

"看熟了。羊你都认得了，不会看花了眼的。过过眼就行。猪舍那么多猪，我看都是一样。小白就全都认得，小猪娃子跑出来了，他一把抱住，就知往哪个圈里送。也是熟了，一样的。"

小吕想象，若叫自己数，一定不行，非数乱了不可！数着数着，乱了——重来；数着数着，乱了——重来！那，一天早上也出不了圈，晚上也进不了家，净来回数了！他想着那情景，不由得嘿嘿地笑起来，下结论说：

"真是隔行如隔山。"

老九说：

"我看你给葡萄花去雄授粉，也怪麻烦的！那么小的花须，要用镊子夹掉，还不许蹭着柱头！我那天夹了几个，把眼都看酸了！"

小吕又想起昨天晚上丁贵甲一个人满山叫小羊的情形，想起那么黑，那么静，就只听见自己的声音，想起坟窟窿，棺材，对留孩说：

"你奶哥胆真大！"

留孩说："他现在胆大，人大了。"

小吕问留孩和老九：

"要叫你们去，一个人，敢么？"

老九和留孩都没有肯定地回答。老九说：

"丁贵甲叫羊急的，就是怕，也顾不上了。事到临头，就得去。这一带他也走熟了。他晚上排戏还不老是十一二点回来。也就是解放后。我爹说，十多年头里，过了扬旗，晚上就没人敢走了。那里不清静，劫过人，还把人杀了。"

"在哪里？"

"过了扬旗。准地方我也不知道。"

…………

"——这里有狼么？"小吕想到狼了。

"有。"

"河南①狼多，"留孩说，"这两年也少了。"

"他们说是五八年大炼钢铁炼的，到处都是火，烘烘烘，狼都吓得进了大山了。有还是有的。老郑黑夜浇地还碰上过。"

"那我怎么下了好几个月夜，也没碰上过？"

"有！你没有碰上就是了。要是谁都碰上，那不成了口外的狼窝沟了！这附近就有，还来果园。你问大老刘，他还打死过一只——一肚子都是葡萄。"

小吕很有兴趣了，留孩也奇怪，怎么都是葡萄，就都一起问：

"咋回事？咋回事？"

"那年，还是李场长在的时候哩！葡萄老是丢，而且总是丢白香蕉。大老刘就夜夜守着，原来不是人偷的，是一只狼。李场长说：'老刘，你敢打么？'老刘说：'敢！'老刘就对着它每天来回走的那条车路，挖了一道壕子，趴在里

---

① 洋河以南。

面，拿上枪，上好子弹，等着——"

"什么枪，是这支火枪么？"

"不是，"老九把羊舍的火枪往身边靠了靠，说，"是老陈守夜的快枪——等了它三夜，来了！一枪就给撂倒了。打开膛！一肚子都是葡萄，还都是白香蕉！这老家伙可会挑嘴哩，它也知道白香蕉葡萄好吃！"

留孩说："狼吃葡萄么？狼吃肉，不是说'狼行千里吃肉'么？"

老九说："吃。狼也吃葡萄。"

小吕说："这狼大概是个吃素的，是个把斋的老道！"

说得留孩和老九都笑起来。

"都说狼会赶羊，是真的么？狼要吃哪只羊，就拿尾巴拍拍它，像哄孩子一样，羊就乖乖地在前头走，是真的么？"

"哪有这回事！"

"没有！"

"那人怎么都这么说？"

"是这样——狼一口咬住羊的脖子，拖着羊，羊疼哩，就走，狼又用尾巴抽它——哪是拍它！嗯擞——嗯擞——嗯擞，看起来轻轻的，你看不清楚，就像狼赶羊，其实还是狼拖羊。它要不咬住它，它跟你走才怪哩！"

"你们看见过么？留孩，你见过么？"

"我没见过，我是在家听贵甲哥说过的。贵甲哥在家给人当羊伴子时候，可没少见过狼。他还叫狼吓出过毛病，这会不知好了没有，我也没问他。"

这连老九也不知道，问：

"咋回事？"

"那年，他跟上羊倌上山了。我们那里的山高，又陡，差不多的人连羊路都找不到。羊倌到沟里找水去了，叫贵甲哥一个人看一会。贵甲哥一看，一群羊都惊起来了，一个一个哆里哆嗦的，又低低地叫唤。贵甲哥心里嗯通一下——狼！一看，灰黄灰黄的，毛茸茸的，挺大，就在前面山杏丛里。旁边有棵树，吓得贵甲哥一窜就上了树。狼叼了一只大羔子，使尾巴赶着，嗖啦一下子就从树下过去了，吓得贵甲哥尿了一裤子。后来只要有点急事，下面就会津津地漏出尿来。这会他胆大了，小时候，——也怕。"

"前两天丢了羊，也着急了，咱们问问他尿了没！"

"对！问他！不说就扒他的裤子检查！"

茶开了。小吕把沙锅端下来，把火边的山药翻了翻。老九在挎包里摸了摸，昨天吃剩下的朝阳瓜子还有一把，就兜底倒出来，一边喝着高山顶，一边嗑瓜子。

"你们说，有鬼没有？"这回是老九提出问题。

留孩说："有。"

小吕说："没有。"

"有来，"老九自己说，"就在咱们西南边，不很远，从前是个鬼市，还有鬼饭馆。人们常去听，半夜里，乒乒乓乓地炒菜，勺子铲子响，可热闹啦！"

"在哪里？"这小吕倒很想去听听，这又不可怕。

"现在没有了。现在那边是兽医学校的牛棚。"

"哎噫——"小吕失望了，"我不相信，这不知是谁造出来的！鬼还炒菜？"

留孩说："怎么没有鬼？我听我大爷说过：

"有一帮河南人，到口外去割莜麦。走到半路上，前不巴村，后不巴店，天也黑夜了，有一个旧马棚，空着，也还有个门，能插上，他们就住进去了。在一个大草滩子里，没有一点人烟。都睡下了。有一个汉子烟瘾大，点了个蜡头在抽烟。听到外面有人说：

"'你老们，起来解手时多走两步噢，别尿湿了我这疙瘩毡子。我就这么一块毡子啊！'

"这汉子也没理会，就答了一声：

"'知道啦。'

"一会儿，又是：

"'你老们，起来解手时多走两步噢，别尿湿了我这疙

瘩毡子。我就这么一块毡子啊!'

"'知道啦。'

"一会会,又来啦:

"'你老们,起来解手时多走两步噢。我就这么一块疙瘩毡子!'

"'知道啦!你怎么这么噜苏啊!'

"'我怎么噜苏啦?'

"'你就是噜苏!'

"'我怎么噜苏?'

"'你噜苏!'

"两个就隔着门吵起来,越吵越凶。外面说:

"'你敢给爷出来!'

"'出来就出来!'

"那汉子伸手就要拉门,回身一看:所有的人都拿眼睛看住他,一起轻轻地摇头。这汉子这才想起来,吓得脸煞白——"

"怎么啦?"

"外边怎么可能有人啊,这么个大草滩子里?撒尿怎么会尿湿了他的毡子啊?他们都想,来的时候仿佛离墙不远有一疙瘩土,像是一个坟。这是鬼,也是像他们一样背了一块毡子来割莜麦的,死在这里了。这大概还是一个同乡。

"第二天，他们起来看，果然有一座新坟。他们给它加加土，就走了。"

这故事倒不怎么可怕，只是说得老九和小吕心里都为这个客死在野地里，只有一块毡子的河南人很不好受。夜已经很深了，他们也不想喝茶了，瓜子还剩一小撮，也不想嗑了。

过了一会，忽然，老九的脸色一沉：

"什么声音？"

是的！轻轻的，但是听得很清楚，有点像羊叫，又不太像。老九一把抓起火枪：

"走！"

留孩立刻理解：羊半夜里从来不叫，这是有人偷羊了！他跟着老九就出来。两个人直奔羊圈。小吕抓起他的标枪，也三步抢出门来，说："你们去羊圈看看，我在这里，家里还有东西。"

老九、留孩用手电照了照几个羊圈，都好好的，羊都安安静静地卧着，门、窗户，都没有动。正察看着，听见小吕喊：

"在这里了！"

他们飞跑回来，小吕正闪在门边，握着标枪，瞄着屋门：

"在屋里!"

他们略一停顿，就一齐踢开门进去。外屋一照，没有。上里屋。里屋灯还亮着，没有。床底下!老九的手电光刚向下一扫，听见床下面"扑嗤"的一声——

"他妈的，是你!"

"好!你可吓了我们一跳!"

丁贵甲从床底下爬出来，一边爬，一边笑得捂着肚子。

"好!耍我们!打他!"

于是小吕、老九一齐扑上去，把丁贵甲按倒，一个压住脖子，一个骑住腰，使劲打起来。连留孩也上了手，拽住他企图往上翻拗的腿。一边打，一边说，骂;丁贵甲在下面一边招架，一边笑，说。

"我看见灯⋯⋯还亮着⋯⋯我说，试试这几个小鬼!⋯⋯我早就进屋了!拨开门划，躲在外屋⋯⋯我嘻嘻嘻⋯⋯叫了一声，听见老九，嘻嘻嘻——"

"妈的!我听见'嗨——咩'的一声，像是只老公羊!是你!这小子!这小子!"

"老九⋯⋯拿了手电嘻嘻就⋯⋯走!还拿着你娘的⋯⋯火枪嘻嘻，呜噎，别打头!小吕嘻嘻嘻拿他妈一根破标⋯⋯枪嘻嘻，你们只好⋯⋯去吓鸟!"

这么一边说着，打着，笑着，滚着，闹了半天，直到丁贵甲在下面说：

"好香！炕了……山药……炕了！哎哟……我可饿了！"

他们才放他起来。留孩又去捅了捅炉子，把高山顶又坐热了，大家一边吃山药，一边喝茶，一边又重复地演述着刚才的经过。

他们吃着，喝着，说了又说，笑了又笑。当中又夹着按倒，拳击，捧腹，搂抱，表演，比划。他们高兴极了，快乐极了，简直把这间小屋要闹翻了，涨破了。这几个小鬼！他们完全忘记了现在是很深的黑夜。


## 六、明天


明天，他们还会回味这回事，还会说、学、表演、大笑，而且等张士林回来一定会告诉张士林，会告诉陈素花、恽美兰，并且也会说给大老张听的。将来有一天，他们聚在一起，还会谈起这一晚上的事，还会觉得非常愉快。今夜，他们笑够了，闹够了，现在都安静了，睡下了。起先，隔不一会儿还会有人含含糊糊地说一句什么，不知是醒着还是在梦里，后来就听不到一点声息了。这间在昏黑中哗闹过、明亮过的半坡上的羊舍屋子，沉静下来，在拥抱着四山的广阔、丰美、充盈的暗夜中消融。一天就这样地过去了。夜在进行着，夜和昼在渗入、交递，开往北京的216次列车也正在轨道上奔驰。

明天，就又是一天了。小吕将会去找黄技师，置办他的心爱的嫁接刀。老九在大家的帮助下，会把行李结束起来，走上他当一个钢铁工人的路。当然，他会把他新编得的羊鞭交给留孩。留孩将要在这个"很好的"农场里当一名新一代的牧羊工。征兵的消息已经传开，说不定场子里明天就接到通知，叫丁贵甲到曾经医好他肺结核的医院去参加体格检查，准备入伍、受训，在他没有接触过的山水风物之间，在蓝天或绿海上，戴起一顶缀着星徽的军帽。这些，都在夜间趋变为事实。

这也只是一个平常的夜。但是人就是这样一天一天，一黑夜一黑夜地长起来的。正如同庄稼，每天观察，差异也都不太明显，然而，它发芽了，出叶了，拔节了，孕穗了，抽穗了，灌浆了，终于成熟了。这四个现在在一排并睡着的孩子（四个枕头各托着个蓬蓬松松的脑袋），他们也将这样发育起来。在党无远弗及的阳光照煦下，经历一些必要的风风雨雨，都将迅速、结实、精壮地成长起来。

现在，他们都睡了。灯已经灭了。炉火也封住了。但是从煤块的缝隙里，有隐隐的火光在泄漏，而映得这间小屋充溢着薄薄的，十分柔和的，蔼然的红辉。

睡吧，亲爱的孩子。


一九六一年十一月二十五日写成

# 看水

下班了。小吕把擦得干干净净的铁锨搁到"小仓库"里，正在脚蹬着一个旧辘轴系鞋带，组长大老张走过来，跟他说：

"小吕，你今天看一夜水。"

小吕的心略为沉了一沉。他没有这种准备。今天一天的活不轻松，小吕身上有点累。收工之前，他就想过：吃了晚饭，打一会百分，看两节《水浒》，洗一个脚，睡觉！他身上好像已经尝到伸腰展腿地躺在床上的那股舒服劲。看一夜水，甭打算睡了！这倒还没有什么。主要的是，他没有看过水，他不知道看水是怎么个看法。一个人，黑夜里，万一要是渠塌了，水跑了，淹了庄稼，灌了房子，……那他可招架不了！一种沉重的，超过他的能力和体力的责任

232

感压迫着他。

但是大老张说话的声音、语气，叫他不能拒绝。果园接连浇了三天三夜地了。各处的地都要浇，就这几天能够给果园使水，果园也非乘这几天抓紧了透透的浇一阵水不可，果子正在膨大，非常需要水。偏偏这一阵别的活又忙，葡萄绑条、山丁子喷药、西瓜除腻虫、倒栽疙瘩白、垅葱……全都挤在一起了。几个大工白日黑夜轮班倒，一天休息不了几小时，一个个眼睛红红的，全都熬得上了火。再派谁呢？派谁都不大合适。这样大老张才会想到小吕的头上来。小吕知道，大老张是想叫小吕在上头守守闸，看看水，他自己再坚持在果园浇一夜，这点地就差不多了。小吕是个小工，往小里说还是个孩子，一定不去，谁也不能说什么，过去也没有派过他干过这种活。但是小吕觉得不能这样。自己是果园的人，若是遇到紧张关头，自己总是逍遥自在，在一边作个没事人，心里也觉说不过去，看来也就是叫自己去比较合适。无论如何，小吕也是个男子汉，——你总不能叫两个女工黑夜里在野地里看水！大老张既然叫自己去，他说咱能行，咱就试巴试巴！而且，看水，这也挺新鲜，挺有意思！小吕就说：

"好吧！"

小吕把搁进去的铁锹又拿出来，大老张又嘱咐了他几句话，他扛上铁锨就走了。

吃了晚饭，小吕早早地就上了渠。

一来，小吕就去找大老张留下的两个志子。大老张告诉他，他给他在渠沿里面横插两根树枝，当作志子，一处在大闸进水处不远，一处在支渠拐弯处小石桥下。大老张说：

"你只要常常去看看这两根树枝。水只要不漫过志子，就不要紧，尽它浇好了！若是水把它漫下去了，就去搬闸，——拉起一块闸板，把水放掉一些，——水太大了怕渠要吃不住。若是水太小了，就放下两块闸板，让它憋一憋。没有什么，这几天水势都很平稳，不会有什么问题！"

小吕走近去，没怎么费事，就找到了。也很奇怪，这只是两根普普通通的细细的树枝，半掩半露在蒙翳披纷的杂草之间，并不特别引人注意，然而小吕用眼睛觑过去，很快就发现了，而且肯定就是它，毫不怀疑。一看见了这两根树枝，小吕心里一喜，好像找到了一件失去的心爱的东西似的。有了这两个志子，他心里有了一点底。不然，他一定会一会儿觉得，水太大了吧；一会儿又觉得，水太小了吧，搞得心里七上八下，没有主意。看看这两根插得很端正牢实的树枝，小吕从心里涌起一股对于大老张的感谢，觉得大老张真好，对他真体贴，——虽然小吕也知道大老张这

234

样做，在他根本不算什么，一个组长，第一回叫一个没有经验的小工看水，可能都会这样。

小吕又到大闸上试了一下。看看水，看看闸，又看看逐渐稀少的来往行人。小吕暗暗地鼓了鼓劲，拿起抓钩（他还没有使唤过这种工具），走下闸下的石梁。拉了一次闸板，——用抓钩套住了闸板的铁环，拽了两下，活动了，使劲往上一提，起来了！行！又放了一次闸板，——两手平提着，觑准了两边的闸槽，——觑准了！不然，水就把它冲跑了！一撒手，下去了！再用抓钩捣了两下，严丝合缝，挺好！第一回立足在横跨在大渠上的窄窄的石梁子上，满眼是汤汤洄洄、浩浩荡荡的大水，充耳是淘鸣的水声，小吕心里不免有点怯，有点晃荡。他手上深切地感觉到水的雄浑、强大的力量，——水扑击着套在抓钩上的闸板，好像有人使劲踢它似的。但是小吕屏住了气，站稳了脚，把注意力完全集中在闸板上酒杯大的铁环和两个窄窄的闸槽上，还是相当顺利地做成了他要做的事。

小吕深信大工们拉闸、安闸，也就是这样的。许多事都得自己来亲自试一下才成，别人没法跟你说，也说不清楚。

行！他觉得自己能够胜任。水势即使猛涨起来，情况紧急，他大概还能应付。他觉得轻松了一点。刚才那一阵压着他的胃的严重的感觉开始廓散。

小吕沿着渠岸巡视了一遍。走着走着，又有点紧张起来。渠沿有好几处渗水，沁得堤土湿了老大一片，黑黑的。有不少地方有蚯蚓和蝼蛄穿的小眼，汩汩地冒水。小吕觉得这不祥得很，越看越担心，越想越害怕，觉得险象丛生，到处都有倒塌的可能！他不知道怎么办，就选定了一处，用手电照着（天已经擦黑了，月亮刚上来），定定地守着它看，看看它有什么变化没有。看了半天，似乎没有什么变化，还是那样。他又换了几处，还是拿不准。这时恰好有一个晚归的工人老李远远地走过来，——小吕听得出他咳嗽的声音，他问：

"小吕？你在干啥呢？——看水？"

小吕连忙拉住他：

"老李！这要紧不要紧？"

老李看了看：

"嘻！没关系！这水流了几天了，渠沉住气了，不碍事！你不要老是这样跑来跑去。一黑夜哩，老这么跑，不把你累死啦！找个地方坐下歇歇！隔一阵起来看看就行了！哎！"

小吕就像他正在看着的《水浒传》上的英雄一样，在心里暗道了一声"惭愧"；又念了一声"阿弥陀佛！"——小吕这一阵不知从哪里学了这么一句佛号，一来就是："阿弥陀佛!"

小吕并没有坐下歇歇,他还是沿着支渠来回蹓跶着,不过心里安详多了。他走在月光照得着的渠岸上,走在斑驳的树影里,风吹着,渠根的绿草幽幽地摇拂着。他脚下是一渠流水……他觉得看水很有味道。

半夜里,大概十二点来钟(根据开过去不久的上行客车判断),出了一点事。小石桥上面一截渠,从庄稼地里穿过,渠身高,地势低,春汇地的时候挖断过,填起来的地方土浮,叫水涮开了一个洞。小吕巡看到这里,用手电一照,已经涮得很深了,钻了水!小吕的心嗵唪一声往下一掉。怎么办?这时候哪里都没法去找人……小吕留心看过大工们怎么堵洞,想了一想,就依法干起来。先用稻草填进去,(他早就背来好些稻草预备着了,背得太多了!)用铁锹立着,塞紧;然后从渠底敛起湿泥来,一锹一锹扔上去,——小吕深深感觉自己的胳臂太细,气力太小,一锹只能敛起那么一点泥,心里直着急。但是,还好,洞总算渐渐小了,终于填满了。他又仿照大工的样子,使铁锹拍实,抹平,好了!小吕这才觉得自己一身都是汗,两条腿甚至有点发颤了。水是不往外钻了,看起来也满像那么一回事,——然而,这牢靠么?

小吕守着它半天,一会儿拿手电照照,一会儿拿手电照照。好像是没有问题，得！小吕准备转到别处再看看。可是刚一转身，他就觉得新填的泥土像抹房的稀泥一样，哗啦一下在他的身后瘫溃了，口子重新涮开，扩大，不可收拾！赶紧又回来。拿手电一照：——没有！还是挺好的！

他走开了。

过了一会，又来看看，——没问题。

又过了一会，又来看看，——挺好！

小吕的心踏实下来。不但这个口子挺完好，而且，他相信，再有别处钻开，他也一样能够招呼，——虽然干起来不如大工那样从容利索。原来这并不是那样困难，这比想象的要简单得多。小吕有了信心，在黑暗中很有意味地点了点头，对自已颇为满意。

所谓看水，不外就是这样一些事。不知不觉地，半夜过去了。水一直流得很稳，不但没有涨，反倒落了一点，那两个志子都离开水面有一寸了。小吕觉得大局仿佛已定。他知道，过了十二点以后，一般就不会有什么大水下来，这一夜可以平安度过。现在他一点都不觉得紧张了，觉得很轻松，很愉快。

现在，真可以休息了，他开始感觉有点疲倦了。他爬上小石桥头的一棵四杈糖槭树上，半躺半坐下来。他一来时就选定了这个地方。这棵树，在不到一人高的地方岔出了四个枝杈，坐上去，正好又有靠背，又可以舒舒服服地伸开腿脚。而且坐在树上就能看得见那一根志子。月亮照在水上，水光晃晃荡荡，水面上隐隐有一根黑影。用手电一射，就更加看得清清楚楚。

今天月亮真好，——快要月半了。(幸好赶上个大月亮的好天，若是阴雨天，黑月头，看起水来，就麻烦多了!)天上真干净，透明透明、蔚蓝蔚蓝的，一点渣滓都没有，像一块大水晶。小吕还很少看到过这样深邃、宁静而又无比温柔的夜空。说不出什么道理，天就是这样，老是这样，什么东西都没有，就是一片蓝。可是天上似乎隐隐地有一股什么磁力吸着你的眼睛。你的眼睛觉得很舒服，很受用，你愿意一直对着它看下去，看下去。真好看，真美，美得叫你的心感动起来。小吕看着看着，心里总像要想起一点什么很远很远的、叫人快乐的事情。他想了几件，似乎都不是他要想的，他就在心里轻轻地唱：

哎——

月亮出来亮汪汪，亮汪汪，

照见我的阿哥在他乡……

这好像有点文不对题。但是说不出为什么，这一支产生在几千里外的高山里的有点伤感的歌子，倒是他所需要的。这和眼前情景在某些地方似乎相通，能够宣泄他心里的快乐。

四周围安静极了。远远听见大闸的水响，好像很温静地，生气勃勃地流着，"活——活——活"。风吹着庄稼的宽大的叶片，沙拉，沙拉。远远有一点灯火，在密密的丛林后面闪耀，那是他父亲工作的医院。母亲和妹妹现在一定都睡了。（小吕想了想现在宿舍里的样子，大家都睡得很熟，月亮照着他自己的那张空床……）一村子里的人现在都睡了（隐隐地好像听见鼾声）。露水下来了（他想起刚才堵口子时脚下所踩的草），到处都是一片滋润的、浓郁的青草气味，庄稼的气味，夜气真凉爽。小吕在心里想："我在看水……"过了一会，不知为什么，又在心里想道："真好!"而且说出声来了。

小吕在树上坐了一阵，想要下来走走。他想起该到石桥底下一段渠上看看。这一段二里半长的渠，春天才排过，渠岸又很结实，没有什么问题。但是渠水要穿过兽医学校后墙的涵洞，洞口有一个铁篦子，可能会挂住一些顺水冲下来的枯枝乱草，叫水流得不畅快。小吕翻身跳下来，扛起插在树下的铁锹，向桥下走去。

下了石桥，渠水两边都是玉米地。玉米已经高过他的头了，那么大一片，叶子那么密，黑森森的。小吕忽然被浓重的阴影包围起来，身上有点紧张。但是，一会儿就好了。

　　小吕一边走着，一边顺着渠水看过去。他看见小鱼秧子抢着往水上蹿；看见泥鳅翻跟斗；看见岸上一个小圆洞里有一个知了爬上来，脊背上闪着金绿色的光，翅膀还没有伸展，还是湿的，软的，乳白色的。看见虾蟆叫。虾蟆叫原来是这样的！下颏底下鼓起一个白色的气泡，气泡一息：——"呱！"鼓一鼓，——"呱！"鼓一鼓，——"呱！"这家伙，那么专心致意地叫，好像天塌下来也挡不住它似的。小吕索性蹲下来，用手电直照着它，端详它老半天。赫嗨，全不理会！这一片地里，多少虾蟆，都是这么叫着？小吕想想它们那种认真的、滑稽的样子，不禁失笑。——那是什么？是蛇？（小吕有点怕蛇）渠面上，月光下，一道弯弯的水纹，前面昂起一个小脑袋。走近去，定睛看看，不是蛇，是耗子！这小东西，游到对岸，爬上去，摇摇它湿漉漉的，光光滑滑的小脑袋，跑了！……

　　小吕一路迤逦行来，已经到了涵洞前面。铁箅子果然壅了一堆烂柴禾，——大工们都管这叫"渣积"，不少！小吕使铁锨推散，再一锨一锨地捞上来，好大一堆！渣积清理了，水好像流得快一些了，看得见涵洞口旋起小小的旋涡。

　　没什么事了。小吕顺着玉米地里一条近便的田埂，走回小石桥。用手电照了照志子，水好像又落了一点。

小吕觉得，月光暗了。抬起头来看看。好快！它怎么一下子就跑到西边去了？什么时候跑过去的？而且好像灯尽油干，快要熄了似的，变得很薄了，红红的，简直不亮了，好像它疲倦得不得了，在勉强支撑着。小吕知道，快了，它就要落下去了。现在大概是夜里三点钟，大老张告诉他，这几天月亮都是这时候落。说着说着，月亮落了，好像是嗯噜一下子掉下去似的。立刻，眼前一片昏黑。

真黑，这是一夜里最黑的时候。小吕一时什么也看不见了，过了一会，才勉强看得见一点模模糊糊的影子。小吕忽然觉得自己也疲倦得不行，有点恶心，就靠着糖槭树坐下来，铁锹斜倚在树干上。他的头沉重起来，眼皮直往下搭拉。心里好像很明白，不要睡！不要睡！但是不由自主。他觉得自己直往一个深深的、黑黑的地方掉下去，就跟那月亮似的，拽都拽不住，他睡着了那么一小会。人有时是知道自己怎么睡着了的。

忽然，他惊醒了！他觉得眼前有一道黑影子过去，他在迷糊之中异常敏锐明确地断定：——狼！一挺身站起来，抄起铁锹，按亮手电一照（这一切也都做得非常迅速而准确）：已经走过去了，过了小石桥。（小吕想了想，刚才从他面前走过去，只有四五步！）小吕听说过，遇见狼不能怕，不能跑，——越怕越糟；狼怕光，怕手电，怕手电一圈一圈的光，怕那些圈儿套它，狼性多疑。他想了想，就开着手电，尾随着它走，现在，看得更清楚了。狼像一只大狗，深深地低着脑袋（狗很少这样低着脑袋），搭拉着毛茸茸的挺长的尾巴（狗的尾巴都不是这样）。奇怪，它不管身边的亮光，还是那样慢吞吞地，不慌不忙地，既不像要回过头来，也不像要拔脚飞跑，就是这样不声不响地，低着头走，像一个心事重重，哀伤憔悴的人一样。——它知道身后有人么？它在想些什么呢？小吕正在想：要不要追上去，揍它？它走过前面的路边小杨树丛子，拐了弯，叫杨树遮住了，手电的光照不着它了。赶上去，揍它？——小吕忖了忖手里的铁锹：算了！那可实在是很危险！

小吕在石桥顶上站了一会，又回到糖槭树下。他很奇怪，他并不怎么怕。他很清醒，很理智。他到糖槭树下，采取的是守势。小吕这才想起，他选择了这个地方休息，原来就是想到狼的。这个地方很保险：后面是渠水，狼不可能泅过水来；他可以监视着前面的马路；万一不行，——上树！

小吕用手电频频向狼的去路照射。没有，狼没有回来。

无论如何，可不敢再睡觉了！小吕在糖槭树下来回地走着。走了一会，甚至还跑到刚才决开过，经他修复了的缺

看水

243

口那里看了看。——一边走，一边不停地用手电照射。他相信狼是不会再回来了；再有别的狼，这也不大可能，但是究竟不能放心到底。

可是他越来越困。他并不怎么害怕。狼的形象没有给他十分可怕的印象。他不因为遇见狼而得意，也不因为没有追上去打它而失悔，他现在就是困，困压倒了一切。他的意识昏木起来，脑子的活动变得缓慢而淡薄了。他在竭力抵抗着沉重的、酸楚的、深入骨髓的困劲。他觉得身上很难受，而且，很冷。他迷迷糊糊地想：我要是会抽烟，这时候抽一支烟就好了!……

好容易，天模糊亮了。

更亮了。

亮了!远远近近，一片青苍苍的，灰白灰白的颜色，好像天和地也熬过了一夜，还不大有精神似的。看得清房屋，看得清树，看得清庄稼了。小吕看看他看过一夜的水，水发清了，小多了，还不到半渠，露出来一截淤泥的痕迹，流势很弱，好像也很疲倦。小吕知道，现在已经流的是"空渠水"，上游的拦河坝又封起来了，不到一个小时，这渠里的水就会流完了的。——得再过几个钟头，才会又有新的水下来。果园的地大概浇完了，这点水该够用了吧? ……一串铜铃声，有人了!一个早出的社员，赶着一头毛驴，驴背上驮着一个线口

244

袋，里边鼓鼓囊囊，好像是装的西葫芦。老大爷，您好哇！好了，这真正是白天了，不会再有狼，再有漫长的、难熬的黑夜了！小吕振作一点起来。——不过他还是很困，觉得心里发虚。

远远看见果园的两个女工，陈素花和恽美兰来了。她们这么早就出来了！小吕知道，她们是因为惦着他，特为来看他来了。小吕在心里很感激她们，但是他自己觉得那感激的劲头很不足，他困得连感激也感激不动了。

陈素花给他带来了两个焖得烂烂的，滚热的甜菜。小吕一边吃甜菜，一边告诉她们，他看见狼了。他说了遇狼的经过，狼的样子。他自己都有点奇怪，他说得很平淡，一点不像他平常说话那么活灵活现的。但是陈素花和恽美兰都很惊奇，很为他的平淡的叙述所感动。她们催他赶快去睡觉，说是大老张嘱咐的：叫小吕天一亮就去睡，大闸不用管了，会有人来接。

小吕喝了两碗稀饭，爬到床上，就睡着了。睡了两个钟头，醒了。他觉得浑身都很舒服，懒懒的。他只要翻一翻身，合上眼，会立刻就睡着的。但是他看了看挂在墙上的一个马蹄表，不睡了。起来，到井边用凉水洗洗脸，他向果园走去。——他到果园去干什么？

果园还是那样。小吕昨天下午还在果园的，但是不知道为什么，他好像有好久没有来了似的。似乎果园一夜之间有了一些什么重大的变化似的。什么变化呢？也难说。满园一片浓绿，绿得过了量，绿得迫人。静悄悄的。绿叶把什么都遮隔了，一眼看不出五步远。若不是远远听见有人说话，你会以为果园一个人都没有。小吕听见大老张的声音，他知道，他正在西南拐角指挥几个人锄果树行子。小吕想：他浇了一夜地，又熬了一夜了，还不休息，真辛苦。好了，今天把这点活赶完，明天大家就可以休息一天，大老张说了：全体休息！过了这阵，就可以细水长流地干活了，一年就这么几茬紧活。小吕想：下午我就来上班。大粒白的枝叶在动，是陈素花和恽美兰领着几个参加劳动的学生在捆葡萄条。恽美兰看见小吕了，就叫："小吕！你来干什么？不睡觉！"

小吕说："我来看看！"

"看什么？快回去睡！地都浇完了。"

小吕穿过葡萄丛，四边看看。果园的地果然都浇了，到处都是湿湿的，一片清凉泽润、汪汪泱泱的水气直透他的脏腑。似乎葡萄的叶子都更水淋，更绿了，葡萄蔓子的皮色也更深了。小吕挺一挺胸脯，深深地吸了两口气，舒服极了。小吕想：下回我就有经验了，可以单独地看水，顶一个大工来使了，果园就等于多了半个人。看水，没有什么。狼不狼的，问题也不大。许多事都不像想象起来那么可怕……

　　走过一棵老葡萄架下，小吕想坐一坐。一坐下，就想躺下。躺下来，看着头顶的浓密的，鲜嫩清新的，半透明的绿叶。绿叶轻轻摇晃，变软，溶成一片，好像把小吕也溶到里面了。他眼皮一麻搭，不知不觉，睡着了。小吕头枕在一根暴出地面的老葡萄蔓上，满身绿影，睡得真沉，十四岁的正在发育的年轻的胸脯均匀地起伏着。葡萄，正在恣醣地，用力地从地里吸着水，经过皮层下的导管，一直输送到梢顶，输送到每一片伸张着的绿叶，和累累的、已经有指头顶大的淡绿色的果粒之中。——这时候，不论割破葡萄枝蔓的任何一处，都可以看出有清清的白水流出来，嗒嗒地往下滴……

　　　　　　　　一九六二年七月二十日改成

# 王全

　　马号今天晚上开会。原来会的主要内容是批评王升，但是临时不得不改变一下，因为王全把王升打了。

　　我到这个农业科学研究所没有几天，就听说了王全这个名字。业余剧团的小张写了一个快板，叫做《果园奇事》，说的是所里单株培育的各种瓜果"大王"，说道有一颗大牛心葡萄掉在路边，一个眼睛不好的工人走过，以为是一只马的眼珠子掉下来了，大惊小怪起来。他把这个快板拿给我看。我说最好能写一个具体的人，眼睛当真不好的，这样会更有效果。大家一起哄叫起来："有！有！瞎王全！他又是饲养员，跟马搭得上的！"我说这得问问他本人，别到时候上台数起来，惹得本人不高兴。正说着，有一个很粗的，好像吵架似的声音在后面叫起来：

“没意见!”

原来他就是王全。听别人介绍，他叫王全，又叫瞎王全，又叫偢六。叫他什么都行，他都答应的。

他并不瞎。只是有非常严重的砂眼，已经到了睫毛内倒的地步。他身上经常带着把镊子，见谁都叫人给他拔眼睫毛。这自然也会影响视力的。他的眼睛整天眯缝着，成了一条线。这已经有好些年了。因此落下一个瞎王全的名字。

这地方管缺个心眼叫“偢”，读作“俏”。王全行六，据说有点缺心眼，故名“偢六”。说是，你到他的家乡去，打听王全，也许有人不知道，若说是偢六，就谁都知道的。

这话不假，我就听他自己向新来的刘所长介绍过自己：

“我从小当长工，挑水，垫圈，烧火，扫院。长大了还是当长工，十三吊大钱，五石小米!解放军打下姑姑洼，是我带的路。解放军还没站稳脚，成立了区政府，我当通讯员：区长在家，我去站岗；区长下乡，我就是区长。就咱俩人。我不识字，还是当我的长工。我这会不给地主当长工，我是所里的长工。李所长说我是国家的长工。我说不来话。你到姑姑洼去打听，一问偢六，他们都知道!”

这人很有意思。每天晚上他都跑到业余剧团来，——在农闲排戏的时候。有时也帮忙抬桌子、挂幕布，大半时间都没事，就定定地守着看，嗬嗬地笑，而且不管妨碍不妨碍排戏，还要一个人大声地议论。那议论大都非常简短："有劲！""不差！"最常用的是含义极其丰富的两个字："看看！"

最妙的是，我在台上演戏，正在非常焦灼，激动，全场的空气也都很紧张，他在台下叫我："老汪，给我个火！"（我手里捏着一支烟。）我只好作势暗示他"不行！"不料他竟然把他的手伸上来了。他就坐在第一排——他看戏向来是第一排，因为他来得最早。所谓第一排，就是台口。我的地位就在台角，所以咱俩离得非常近。他嘴里还要说："给我点个火嘛！"真要命！我只好小声地说："嘻！"他这才明白过来，又独自嗬嗬地笑起来。

王全是个老光棍，已经四十六岁了，有许多地方还跟个孩子似的。也许因为如此，大家说他傻。

不知道究竟为什么，他不当饲养员了。这人是很固执的，说不当就不当，而且也不说理由。他跑到生产队去，说："哎！我不喂牲口了，给我个单套车，我赶车呀！"马号的组长跟他说，没用；生产队长跟他说，也没用。队长去找所长，所长说："大概是有情绪，一时是说不通的。有这样的人。先换一个人吧！"于是就如他所愿，让他去赶车，把原来在大田劳动的王升调进马号喂马。

这样我们有时就搭了伙计。我参加劳动，有时去跟车，常常跟他的车。他嘴上是不留情的。我上车，敛土，装粪，他老是回过头来眯着眼睛看我。有时索兴就停下他的铁锨，拄着，把下巴搁在锨把上，歪着头，看。而且还非常压抑和气愤地从胸腔里发出声音："嗯！"忽然又变得非常温和起来，很耐心地教我怎么使家伙。"敛土嘛，左手胳膊肘子要靠住肐膝，肐膝往里一顶，借着这个劲，胳膊就起来了。噯！噯！对了！这样多省劲！是省劲不是？像你那么似的，架空着，单凭胳膊那点劲，我问你：你有多少劲？一天下来，不把你累乏了？真笨！你就是会演戏！要不是因为你会演戏呀，嗯！——"慢慢地，我干活有点像那么一回事了，他又言过其实地夸奖起我来："不赖！不赖！像不像，三分样！你能服苦，能咬牙。不光是会演戏了，能文能武！你是个好样儿的！毛主席的办法就是高，——叫你们下来锻炼！"于是叫我休息，他一个人干。"我多上十多锨，就有了你的了！当真指着你来干活哪！"这是不错的。他的铁锨是全所闻名的，特别大，原来铲煤用的洋锨，而且是个大号的，他拿来上车了。一锨能顶我四锨。他叫它"跃进锨"。他那车也有点特别。这地方的大车，底板有四块是活的，前两块，后两块。装粪装沙，到了地，铲去一些，把这四块板一抽，就由这里往下拨拉。他把他的车底板全部拆成活的，

王全

251

到了地，一抽，哗啦——整个就漏下去了。这也有了名儿，叫"跃进车"。靠了他的跃进车和跃进锨，每天我们比别人都能多拉两趟。因此，他就觉得有权力叫我休息。我不肯。他说："喷！这人！叫你休息就休息！怕人家看见，说你？你们啊，老是怕人说你！不怕得！该咋的就是咋的！"他这个批评实在相当尖刻，我就只好听他，在一旁坐下来，等他三下五除二把车装满，下了，随他一路唱着："老王全在大街扬鞭走马！"回去。

他的车来了，老远就听见！不是听见车，是听见他嚷。他不大使唤鞭子，除非上到高顶坡上，马实在需要抽一下，才上得去，他是不打马的。不使鞭子，于是就老嚷：

"喔喝！喔喝！咦喔喝！"

还要不停地跟马说话，他说是马都懂的。絮絮叨叨，没完没了。本来是一些只能小声说的话，他可是都是放足了嗓子喊出来的。——这人不会小声说话。这当中照例插进许多短短的亲热的野话。

有一回，从积肥坑里往上拉绿肥。他又高了兴，跃进锨多来了几锨，上坑的坡又是暄的，马怎么也拉不上去。他拼命地嚷：

"喔喝！喔喝！咦喔喝！"

他生气了，拿起鞭子。可忽然又跳在一边，非常有趣地端详起他那匹马来，说：

"笑了！噫！笑了！笑啥来？"

这可叫我忍不住噗嗤笑了。马哪里是笑哩！这是叫嚼子拽得在那里咧嘴哩！这么着"笑"了三次，到了也没上得去。最后只得把装到车上去的绿肥，又挖出一小半来，他在前头领着，我在后面扛着，才算上来了。

他这匹马，实在不怎么样！他们都叫它青马，可实在是灰不灰白不白的。他说原来是青的，可好看着哪！后来就变了。灰白的马，再搭上红红的眼皮和嘴唇，总叫我想起吉诃德先生，虽然我也不知道吉诃德先生的马到底是什么样子的。他说这是一匹好马，干活虽不是太顶事，可是每年准下一个驹。

"你想想，每年一个！一个骡子一万二，一个马，八千！它比你和我给国家挣的钱都多！"

他说它所以上不了坡，是因为又"有"了。于是走一截，他就要停下来，看看马肚子，用手摸，用耳朵贴上去听。他叫我也用手放在马的后胯上部，摸，——我说要摸也是摸肚子底下，马怀驹子怎么会怀到大腿上头来呢？他大笑起来，说："你真是外行！外行！"好吧，我就摸。

"怎么样？"

"热的。"

"见你的鬼！还能是凉的吗？凉的不是死啦！叫你摸，——小驹子在里面动哪！动不动？动不动？"

我只好说："——动。"

后来的确连看也看出小驹子在动了，他说得不错。可是他最初让我摸的时候，我实在不能断定到底摸出动来没有；并且连他是不是摸出来了，我也怀疑。

我问过他为什么不当饲养员了，他不说，说了些别的话，片片段段的，当中又似乎不大连得起来。

他说马号组的组长不好。旗杆再高，还得有两块石头夹着；一个人再能，当不了四堵墙。

可是另一时候，我又听他说过组长很好，使牲口是数得着的，这一带地方也找不出来。又会修车，小小不言的毛病，就不用拿出去，省了多少钱！又说他很辛苦，晚上还老加班，还会修电灯，修水泵……

他说，每回评先进工作者，红旗手，光凭嘴，净评会说的，评那会做在人面前的。他就是看不惯这号人！

他说，喂牲口是件操心事情。要熬眼。马无夜草不肥，要把草把料——勤倒勤添，一把草一把料地喂。搁上一把草，洒上一层料，有菜有饭地，它吃着香。你要是不管它，哗啦一倒，它就先尽料吃，完了再吃草，就不想了！牲口嘛！跟孩子似的，它懂个屁事！得一点一点添。这样它吃完了还想吃，吃完了还想吃。跟你似的，给你三大碗饭，十二个馒头，都堆在你面前！还是得吃了一碗再添一碗。马这东西也刁得很。也难怪。少搁，草总是脆的，一嚼，就酥了。你要是搁多了，它的鼻子喷气，把草疙节都弄得蔫筋了，它嚼不动。就像是脆锅巴，你一咬就酥了；要是蔫了，你咬得动么，——咬得你牙疼！嚼不动，它就不吃！一黑夜你就老得守着侍候它，甭打算睡一点觉。

说，咱们农科所的牲口，走出去，不管是哪里，人们都得说："还是人家农科所的牲口！"毛色发亮，屁股蛋蛋都是圆的。你当这是简单的事哩！

他说得最激动的是关于黑豆。他说得这东西简直像是具有神奇的效力似的。说是什么东西也没有黑豆好。三斗黄豆也抵不上一斗黑豆。不管什么乏牲口，拿上黑豆一催，一成黑豆，三成高粱，包管就能吃起来。可是就是没有黑豆。

"每年我都说，俺们种些黑豆，种些黑豆。——不顶！"

我说："你提意见嘛！"

"提意见？哪里我没有提过个意见？——不顶！马号的组长！生产队！大田组！都提了，——不顶！提意见？提意见还不是个白！"

"你是怎么提意见的？一定是也不管时候，也不管地方，提的也不像是个意见。也不管人家是不是在开会，在算账，在商量别的事，只要你猛然想起来了，推门就进去：'哎！俺们种点黑豆啊！' 没头没脑，说这么一句，抹头就走!"

"咦！咋的？你看见啦？"

"我没看见，可想得出来。"

他笑了。说他就是不知道提意见还有个什么方法。他说，其实，黑豆牲口吃了好，他们都知道，生产队，大田组，他们谁没有养活过个牲口？可是他们要算账。黄豆比黑豆价钱高，收入大。他很不同意他们这种算账法。

"我问你，是种了黄豆，多收入个几百元——嗯，你就说是多收入千数元，上算？还是种了黑豆，牲口吃上长膘、长劲，上算？一个骡子一万二！一个马八千！我就是算不来这种账！嗯！哼，我可知道，增加了收入，这笔账算在他们组上；喂胖了牲口，算不到他们头上！就是这个鬼心眼！我俩，这个我可比谁都明白!"

他越说越气愤，简直像要打人的样子。是不是他的不当饲养员，主要的原因就是不种黑豆？看他那认真、执着的神情，好像就是的。我对于黄豆、黑豆，实在一无所知，插不上嘴，只好说："你要是真有意见，可以去跟刘所长提。"

"他会管么？这么芝麻大的事？"

"我想会。"

过了一些时，他真的去跟刘所长去提意见了。这可真是一个十分新鲜、奇特、出人意料的意见。不是关于黄豆、黑豆的，要大得多。那天我正在刘所长那里。他一推门，进来了：

"所长，我提个意见。"

"好啊，什么意见呢？"

"我说，你找几个人，把咱们所里这点地包了！三年，我包你再买这样一片地。说的！过去地主手里要是有这点地，几年工夫就能再滚出来一片。咱们今天不是给地主作活，大伙全泼上命！俺们为什么还老是赔钱，要国家十万八万的往里贴？不服这口气。你叫他们别搞什么试验研究了，赔钱就赔在试验研究上！不顶！俺们祖祖辈辈种地，也没听说过什么试验研究。没听说过，种下去庄稼，过些时候，拔起来看看，过些时候，拔起来看看。可倒好，到收割的时候倒省事，地里全都光了！没听说过，还给谷子盖一座小房！你就是试验成了，谁家能像你这么种地啊？嗯！都跑到谷地里盖上小房？瞎白嘛！你要真能研究，你给咱这所里多挣两个。嗯！不要国家贴钱！嗯！我就不信技师啦，又是技术员啦，能弄出个什么名堂来！上一次我看见咱们邵技师锄地啦，哈哈，老人家倒退着锄！就凭这，一个月拿一百多，小二百？赔钱就赔在他们身上！正经！你把地包给我，莫让他们胡糟践！就这个意见，没啦！"

刘所长尽他说完，一面听，一面笑，一直到"没啦"，才说：

"你这个意见我不能接受。我们这个所里不要买地。——你上哪儿去给我买去啊？咱们这个所叫什么？——叫农业科学研究所。国家是拿定主意要往里赔钱的，——如果能少赔一点，自然很好。咱们的任务不是挣钱。倒退着锄地，自然不太好。不过你不要光看人家这一点，人家还是有学问的。把庄稼拔起来看，给谷子盖房子，这些道理一下子跟你说不清。农业研究，没有十年八年，是见不出效果的。但是要是有一项试验成功了，值的钱就多啦，你算都算不过来。我问你，咱们那一号谷比你们原来的小白苗是不是要打得多？"

"敢是！"

"八个县原来都种小白苗，现在都改种了一号谷，你算算，每年能多收多少粮食？这值到多少钱？咱们要是不赔钱呢，就挣不出这个钱来。当然，道理还不只是赔钱、挣钱。我要到前头开会去，就是讨论你说的拔起庄稼来看，给谷子盖小房这些事。你是个好人，是个'忠臣'，你提意

258

见是好心。可是意见不对。我不能听你的。你回去想想吧。王全，你也该学习学习啦。听说你是咱们所里的老文盲了。去年李所长叫你去上业余文化班，你跟他说：'我给你去拉一车粪吧！'是不是？叫你去上课，你宁愿套车去拉一车粪！今年冬天不许再溜号啦，从'一'字学起，从'王全'两个字学起！"

刘所长走了，他指指他的背影，说：

"看看！"

一缩脑袋，跑了。

这是春天的事。这以后我调到果园去劳动，果园不在所部，和王全见面说话的机会就不多了。知道他一直还是在赶单套车，因为他来果园送过几回粪。等到冬天，我从果园回来，看见王全眼睛上蒙着白纱布，由那个顶替他原来职务的王升领着。我问他是怎么了，原来他到医院开刀了。他的砂眼已经非常严重，是刘所长逼着他去的，说公家不怕花这几个钱，救他的眼睛要紧。手术很成功，现在每天去换药。因为王升喂马是夜班，白天没事，他俩都住在马号，所以每天由王升领着他去。

过了两天，纱布拆除了，王全有了一双能够睁得大大的眼睛！可是很奇怪，他见了人就抿着个大嘴笑，好像为了眼睛能够睁开而怪不好意思似的。他整个脸也似乎清亮多了，简直是年轻了。王全一定照过镜子，很为自己的面容改变而惊奇，所以觉得不好意思。不等人问，他就先回答了：

"敢是，可爽快多了，啥都看得见！这是一双眼睛了。"

他又说他这眼不是大夫给他治的，是刘所长给他治的，共产党给他治的。逢人就说。

拆了纱布，他眼球还有点发浑，刘所长叫他再休息两天，暂时不要出车。就在这两天里，发生了这么一场事，他把王升打了。

王升到所里还不到三年。这人是个"老闷"，平常一句话也不说。他也没个朋友，也没有亲近一点的人。虽然和大家住在一个宿舍里，却跟谁也不来往。工人们有时在一起喝喝酒，没有他的事。大家在一起聊天，他也不说，也不听，就是在一边坐着。他也有他的事，下了班也不闲着。一件事是鼓捣吃的。他食量奇大，一顿饭能吃三斤干面。而且不论什么时候，吃过了还能再吃。甜菜、胡萝卜、蔓菁疙瘩、西葫芦，什么都弄来吃。这些东西当然来路都不大正大。另一件事是整理他的包袱。他床头有个大包袱。他每天必要把它打开，一件一件地反复看过，折好，——这得用两个钟头，因此他每天晚上一点都不空得慌。整理完了，包扎好，挂起来，老是看着它，一直到一闭眼睛，立刻睡着。他真能置东西！全所没一个能比得上。别人给他算得出来，他买了几床盖窝，一块什么样的毛毯，一块什么线毯，一块多大的雨布……他这包袱逐渐增大。大到一定程度，他就请假回家一次。然后带了一张空包袱皮来，再从头攒起。他最近做了件叫全所干部工人都非常吃惊的事：一次买进了两件老羊皮袄，一件八十，另一件一百七！当然，那天立刻就请了假，甚至没等到二十八号。

二十八号，这有个故事。这个所里是工资制，双周休息，每两周是一个"大礼拜"。但是不少工人不愿意休息，有时农忙，也不能休息。大礼拜不休息，除了工资照发外，另加一天工资，习惯叫做"双工资"。但如果这一个月请假超过两天，即大礼拜上班，双工资也不发。一般工人一年难得回家一两次，一来一去，总得四五天，回去了就准备不要这双工资了。大家逐渐发现，觉得非常奇怪：王升常常请假，一去就是四天，可是他一次也没扣过双工资。有人再三问他，他嘻嘻地笑着，说，"你别去告诉领导，我就告诉你。"原来：他每次请假都在二十八号（若是大尽就是二十九）！这样，四天里头，两天算在上月，两天算在下月，哪个月也扣不着他的双工资。这事当然就传开了。凡听到的，没有个不摇头叹息：你说他一句话不说，他可有这个心眼！——全所也没有比他更精的了！

王全

261

他吃得多，有一把子傻力气，庄稼活也是都拿得起的。要是看着他，他干活不比别人少多少。可是你哪能老看着他呢？他呆过几个组，哪组也不要他。他在过试验组。有一天试验组的组长跟他说，叫他去锄锄山药秋播留种的地，——那块地不大，一个人就够了。晌午组长去检查工作，发现他在路边坐着，问他，他说他找不到那块地！组长气得七窍生烟，直接跑到所长那里，说："国家拿了那么多粮食，养活这号后生！在我组里干了半年活，连哪块地在哪里他都不知道！吃粮不管闲事，要他作啥哩！叫他走！"他在稻田组呆过。插秧的时候，近晌午，快收工了，组长一看进度，都差不多。他那一畦，再有两行也齐了，就说钢厂一拉汽笛，就都上来吧。过了一会，拉汽笛了，他见别人上了，也立刻就上来到河边去洗了腿。过了两天，组长去一看，他那一畦齐刷刷地就缺了这么一行半！稻田组长气得直哼哼。"请吧，你老！"谁也不要，大田组长说："给我！"这大田组长出名地手快，他在地里干活，就是庄户人走过，都要停下脚来看一会的。真是风一样的！他就老让王升跟他一块干活。王升也真有两下子，不论是锄地、撒粪……拉不下多远。

一晃，也多半年了，大田组长说这后生不赖。大家对他印象也有点改变。这回王全不愿喂牲口了，不知怎么就想到他了。想是因为他是老闷，不需要跟人说话，白天睡觉，夜里整夜守着哑吧牲口，有这个耐性。

初时也好。慢慢地，车倌就有了意见，因为牲口都瘦了。他们发现他白天搞吃的，夜里老睡觉。喂牲口根本谈不上把草把料，大碗儿端！最近，甚至在马槽里发现了一根钉子！于是，生产队决定，去马号开一个会，批评批评他。

这钉子是在青马的槽里发现的！是王全发现的。王全的眼睛整天蒙着，但是半夜里他还要瞎戳戳地摸到马圈里去，伸手到槽里摸，把蔫筋的草节拨出去。摸着摸着，他摸到一根冰凉铁硬的，——放到嘴里，拿牙咬咬：是根钉子！这王全浑身冒火了，但是，居然很快就心平气和下来。——人家每天领着他上医院，这不能不起点作用。他拿了这根钉子，摸着去找到生产队长，说是无论如何也得"批批"他，这不是玩的！往后筛草、打料一定要过细一点。

前天早上反映的情况，连着两天所里有事，决定今天晚上开会。不料，今天上午，王全把王升打了，打得相当重。

原来王全发现，王升偷马料！他早就有点疑心，没敢肯定。这一阵他眼睛开刀，老在马号里呆着，仿佛听到一点动响。不过也还不能肯定。这两天他的纱布拆除了，他整天不出去，原来他随时都在盯着王升哩。果然，昨天夜里，他看见王升在门背后端了一大碗煮熟的料豆在吃！他居然沉住了气，没有发作。因为他想：单是吃，问题还不太大。今天早上，他乘王升出去弄甜菜的时候，把王升的大枕头拆开：——里面不是塞的糠皮稻草，是料豆！一不做二不休，翻开他那包袱，里边还有一个枕头，也是一枕头的料豆。——本来他带了两个特大的枕头，却只枕一个；每回回去又都把枕头带回去，这就奇怪。"嗯！"王全把他的外衣脱了，等着。王升从外面回来，一看，包袱里东西摊得一床，枕头拆开了；再一看王全那神情，连忙回头就跑。王全一步追上，大拳头没头没脑地砸下来，打得王升孩子似的哭，爹呀妈的乱叫，一直到别人闻声赶来，剪住王全的两手，才算住。——王升还没命地嚎哭了半天。

这样，今天的会的内容不得不变一下，至少得增加一点。

但是改变得也不多。这次会是一个扩大的会，除了马号全体参加外，还有曾经领导过王升的各个组的组长，和跟他在一起干过活的老工人。大家批评了王升，也说了王全。重点还是在王升，说到王全，大都是带上一句：——"不过打人总是不对的，有什么情况，什么意见，应当向领导反映，由领导来处理。"有的说："牛不知力大，你要是把他打坏了怎办？"也有人联系到年初王全坚决不愿喂马，这就不对！关于王升，可就说起来没完了。他撒下一行半秧

264

来就走这一类的事原来多着哩，每个人一说就是小半点钟！因此这个会一直开到深夜。最后让王升说话。王升还是那样，一句话没有，"说不上来"。再三催促，还是"说不上来"。大家有点急了，问他："你偷料豆，对不对？"——"不对。""马草里混进了钉子，对不对？"——"不对。"……看来实在挤不出什么话来了，天又实在太晚，明天还要上班，只好让王全先说说。

"嗯！我打了他，不对！嗯！解放军不兴打人，打人是国民党。嗯！你偷吃料豆，还要往家里拿！你克扣牲口。它是哑吧，不会说话，它要是会说话，要告你！你剥削它，你是资本家！是地主！你！你故意拿钉子往马槽里放，你安心要害所里的牲口，国家的牲口！×你娘的！你看看你把俩牲口喂成啥样了？ ×你娘！×你娘！"

说着，一把揪住王升，大家赶紧上来拉住，解开，才没有又打起来。这个会暂时只好就这样开到这里了。

过了两天，我又在刘所长那里碰见他。还是那样，一推门，进来了，没头没脑：

"所长，我提个意见。"

"好啊。"

"你是个好人，是个庄户佬出身！赶过个车，养活过个牲口！你是好人！是个共产党！你如今又领导这些技师啦技

王全

265

员的，他们都服你——"

看见有我在座，又回过头来跟我说：

"看看！"

这是怎么一回事呢？原来所里在拟定明年的种植计划，让大家都来讨论，这里边有一条，是旱地二号地六十亩全部复种黑豆！

一边说着，一边把他的衣兜往桌上一掀，倒得一桌子都是花生。非常腼腆地说：

"我侄儿子给我捎来五斤花生。"

说完了抹头就走。

刘所长叫住他：

"别走。你把人家打了，怎么办呢？"

"我去喂牲口呀。"

"好。把你的花生拿去，——我不'剥削'你！人家是给你送来的！"

王全赶紧拉开门就跑，头都不回，生怕刘所长会追上来似的。——后来，这花生还是刘所长叫他的孩子给他送回去了。

过了一个多月，所里的冬季文化学习班办起来，王全来报了名，是刘所长亲自送他来上学的。我有幸当了他的启蒙的老师。可是我要说老实话，这个学生真不好教，真也难怪他宁可套车去拉一车粪。他又不肯照着课本学，一定先要教会他学会四个字。他用铅笔写了无数遍，终于有了把握了，就把我写对子用的大抓笔借去，在马圈粉墙上写下四个斗大的黑字：

"王全喂马"。

字的笔划虽然很幼稚，但是写得恭恭正正，一笔不苟。谁都可以看出来，这四个字包含很多意思，这是一个人一辈子的誓约。

王全喂了牲口，生产队就热闹了。三天两头就见他进去：

"人家孩子回来，也不吃，也不喝，就是卧着，这是使狠了，累乏了！告他们，不能这样！"

"人家孩子快下了，别叫它驾辕了！"

"人家孩子"怎样怎样了……

我在这个地方呆了一些时候了，知道这是这一带的口头语，管小猫小狗、小鸡小鸭，甚至是小板凳，都叫做"孩子"。但是这无论如何是一种爱称。尤其是王全说起来，有一种特殊的味道。那么高大粗壮的汉子，说起牲口来，却是那么温柔。

我离开这个农业科学研究所已经好几个月了，王全一直在喂马。现在，在我写这篇文章的时候，他就正在喂着

王全

马。夜已经很深了。这会，全所的灯都一定已经陆续关去，连照例关得最晚的刘所长和邵技师的屋里的灯也都关了。只有两处的灯还是亮着的。一处是大门外植保研究室的诱捕灯，这是通夜不灭的，现在正有各种虫蛾围绕着飞舞。一处是马圈。灯光照见槽头一个一个马的脑袋。它们正在安静地、严肃地咀嚼着草料。时不时的，喷一个响鼻，摇摇耳朵，顿一顿蹄子。偢六——王全，正在夹着料笸箩，弯着腰，无声地忙碌着，或者停下来，用满怀慈爱的、喜悦的眼色，看看这些贵重的牲口。

王全的胸前佩着一枚小小的红旗，这是新选的红旗手的标志。

"看看!"

一九六二年五月二十日夜二时

# 黄油烙饼

萧胜跟着爸爸到口外去。

萧胜满七岁，进八岁了。他这些年一直跟着奶奶过。他爸的工作一直不固定。一会儿修水库啦，一会儿大炼钢铁啦。他妈也是调来调去。奶奶一个人在家乡，说是冷清得很。他三岁那年，就被送回老家来了。他在家乡吃了好些萝卜白菜，小米面饼子，玉米面饼子，长高了。

奶奶不怎么管他。奶奶有事。她老是找出一些零碎料子给他接衣裳，接褂子，接裤子，接棉袄，接棉裤。他的衣服都是接成一道一道的，一道青，一道蓝。倒是挺干净的。奶奶还给他做鞋。自己打袼褙，剪样子，纳底子，自己绱。奶奶老是说："你的脚上有牙，有嘴？""你的脚是铁打的！"再就是给他做吃的。小米面饼子，玉米面饼子，萝卜白菜——炒鸡蛋，熬小鱼。他整天在外面玩。奶奶把饭做得了，就在门口嚷："胜儿！回来吃饭咧——！"

后来办了食堂。奶奶把家里的两口锅交上去，从食堂里打饭回来吃。真不赖！白面馒头，大烙饼，卤虾酱炒豆腐、焖茄子，猪头肉！食堂的大师傅穿着白衣服，戴着白帽子，在蒸笼的白蒙蒙的热气中晃来晃去，拿铲子敲着锅边，还大声嚷叫。人也胖了，猪也肥了。真不赖！

后来就不行了。还是小米面饼子，玉米面饼子。

后来小米面饼子里有糠，玉米面饼子里有玉米核磨出的碴子，拉嗓子。人也瘦了，猪也瘦了。往年，撵个猪可费劲哪。今年，一伸手就把猪后腿攥住了。挺大一个克郎，一挤它，咕咚就倒了。掺假的饼子不好吃，可是萧胜还是吃得挺香。他饿。

奶奶吃得不香。她从食堂打回饭来，掰半块饼子，嚼半天。其余的，都归了萧胜。

奶奶的身体原来就不好。她有个气喘的病。每年冬天都犯。白天还好，晚上难熬。萧胜躺在炕上，听奶奶喝喽喝喽地喘。睡醒了，还听她喝喽喝喽。他想，奶奶喝喽了一夜。可是奶奶还是喝喽着起来了，喝喽着给他到食堂去打早饭，打了掺了假的小米饼子，玉米饼子。

爸爸去年冬天回来看过奶奶。他每年回来，都是冬天。爸爸带回来半麻袋土豆，一串口蘑，还有两瓶黄油。爸爸说，土豆是他分的；口蘑是他自己采，自己晾的；黄油是"走后门"搞来的。爸爸说，黄油是牛奶炼的，很"营养"，叫奶奶抹饼子吃。土豆，奶奶借锅来蒸了，煮了，放在灶火里烤了，给萧胜吃了。口蘑过年时打了一次卤。黄油，奶奶叫爸爸拿回去："你们吃吧。这么贵重的东西！"爸爸一定要给奶奶留下。奶奶把黄油留下了，可是一直没有吃。奶奶把两瓶黄油放在躺柜上，时不时地拿抹布擦擦。黄油是个啥东西？牛奶炼的？隔着玻璃，看得见它的颜色是嫩黄嫩黄的。去年小三家生了小四，他看见小三他妈给小四用松花粉扑痱子。黄油的颜色就像松花粉。油汪汪的，很好看。奶奶说，这是能吃的。萧胜不想吃。他没有吃过，不馋。

奶奶的身体越来越不好。她从前从食堂打回饼子，能一气走到家。现在不行了，走到歪脖柳树那儿就得歇一会。奶奶跟上了年纪的爷爷、奶奶们说："只怕是过得了冬，过不得春呀。"萧胜知道这不是好话。这是一句骂牲口的话。"嗳！看你这乏样儿！过得了冬过不得春！"果然，春天不好过。村里的老头老太太接二连三地死了。镇上有个木业生产合作社，原来打家具、修犁耙，都停了，改了打棺材。村外添了好些新坟，好些白幡。奶奶不行了，她浑身都肿。用手指按一按，老大一个坑，半天不起来。她求人写信叫儿子回来。

爸爸赶回来，奶奶已经咽了气了。

爸爸求木业社把奶奶屋里的躺柜改成一口棺材，把奶奶埋了。晚上，坐在奶奶的炕上流了一夜眼泪。

萧胜一生第一次经验什么是"死"。他知道"死"就是"没有"了。他没有奶奶了。他躺在枕头上，枕头上还有奶奶的头发的气味。他哭了。

奶奶给他做了两双鞋。做得了，说："来试试！"——"等会儿！"吱溜，他跑了。萧胜醒来，光着脚把两双鞋都试了试。一双正合脚，一双大一些。他的赤脚接触了搪底布，感觉到奶奶纳的底线，他叫了一声"奶奶！"又哭了一气。

爸爸拜望了村里的长辈，把家里的东西收拾收拾，把一些能用的锅碗瓢盆都装在一个大网篮里。把奶奶给萧胜做的两双鞋也装在网篮里。把两瓶动都没有动过的黄油也装在网篮里。锁了门，就带着萧胜上路了。

萧胜跟爸爸不熟。他跟奶奶过惯了。他起先不说话。他想家，想奶奶，想那棵歪脖柳树，想小三家的一对大白鹅，想蜻蜓，想蝈蝈，想挂大扁飞起来格格地响，露出绿色硬翅膀底下的桃红色的翅膜……后来跟爸爸熟了。他是爸爸呀！他们坐了汽车，坐火车，后来又坐汽车。爸爸很好。爸爸老是引他说话，告诉他许多口外的事。他的话越来越多，问这问那。他对"口外"产生了很浓厚的兴趣。

他问爸爸啥叫"口外"。爸爸说"口外"就是张家口以外，又叫"坝上"。"为啥叫坝上？"他以为"坝"是一个水坝。爸爸说到了就知道了。

敢情"坝"是一溜大山。山顶齐齐的，倒像个坝。可是真大！汽车一个劲地往上爬。汽车爬得很累，好像气都喘不过来，不停地哼哼。上了大山，嘿，一片大平地！真是平呀！又平又大。像是擀过的一样。怎么可以这样平呢！汽车一上坝，就撒开欢了。它不哼哼了，"刷——"一直往前开。一上了坝，气候忽然变了。坝下是夏天，一上坝就像秋天。忽然，就凉了。坝上坝下，刀切的一样。真平呀！远远有几个小山包，圆圆的。一棵树也没有。他的家乡有很多树。榆树，柳树，槐树。这是个什么地方！不长一棵树！就是一大片大平地，碧绿的，长满了草。有地。这地块真大。从这个小山包一匹布似的一直扯到了那个小山包。地块究竟有多大？爸爸告诉他：有一个农民牵了一头母牛去犁地，犁了一趟，回来时候母牛带回来一个新下的小牛犊，已经三岁了！

汽车到了一个叫沽源的县城，这是他们的最后一站。

一辆牛车来接他们。这车的样子真可笑，车轱辘是两个木头饼子，还不怎么圆，骨鲁鲁，骨鲁鲁，往前滚。他就仰面躺在牛车上，上面是一个很大的蓝天。牛车真慢，还没有他走得快。他有时下来掐两朵野花，走一截，又爬上车。

这地方的庄稼跟口里也不一样。没有高粱，也没有老玉米，种莜麦，胡麻。莜麦干净得很，好像用水洗过，梳过。胡麻打着把小蓝伞，秀秀气气，不像是庄稼，倒像是种着看的花。

喝，这一大片马兰！马兰他们家乡也有，可没有这里的高大。长齐大人的腰那么高，开着巴掌大的蓝蝴蝶一样的花。一眼望不到边。这一大片马兰！他这辈子也忘不了。他像是在一个梦里。

牛车走着走着。爸爸说：到了！他坐起来一看，一大片马铃薯，都开着花，粉的、浅紫蓝的、白的，一眼望不到边，像是下了一场大雪。花雪随风摇摆着，他有点晕。不远有一排房子，土墙、玻璃窗。这就是爸爸工作的"马铃薯研究站"。土豆——山药蛋——马铃薯。马铃薯是学名。爸说的。

从房子里跑出来一个人。"妈妈——！"他一眼就认出来了！妈妈跑上来，把他一把抱了起来。

萧胜就要住在这里了，跟他的爸爸、妈妈住在一起了。

奶奶要是一起来，多好。

萧胜的爸爸是学农业的，这几年老是干别的。奶奶问他："为什么总是把你调来调去的？"爸说："我好欺负。"马铃薯研究站别人都不愿来，嫌远。爸愿意。妈是学画画的，前几年老画两个娃娃拉不动的大萝卜啦，上面张个帆可以当做小船的豆荚啦。她也愿意跟爸爸一起来，画"马铃薯图谱"。

妈给他们端来饭。真正的玉米面饼子，两大碗粥。妈说这粥是草籽熬的。有点像小米，比小米小。绿盈盈的，挺稠，挺香。还有一大盘鲫鱼，好大。爸说别处的鲫鱼很少有过一斤的，这儿"淖"里的鲫鱼有一斤二两的，鲫鱼吃草籽，长得肥。草籽熟了，风把草籽刮到淖里，鱼就吃草籽。萧胜吃得很饱。

爸说把萧胜接来有三个原因。一是奶奶死了，老家没有人了。二是萧胜该上学了，暑假后就到不远的一个完小去报名。三是这里吃得好一些。口外地广人稀，总好办一些。这里的自留地一个人有五亩！随便刨一块地就能种点东西。爸爸和妈妈就在"研究站"旁边开了一块地，种了山药，南瓜。山药开花了，南瓜长了骨朵了。用不了多久，就能吃了。

马铃薯研究站很清静，一共没有几个人。就是爸爸、妈妈，还有几个工人。工人都有家。站里就是萧胜一家。这地方，真安静。成天听不到声音，除了风吹莜麦穗子，沙沙地像下小雨；有时有小燕吱喳地叫。

爸爸每天戴个草帽下地跟工人一起去干活，锄山药。有时查资料，看书。妈一早起来到地里掐一大把山药花，一大把叶子，回来插在瓶子里，聚精会神地对着它看，一笔一笔地画。画的花和真的花一样！萧胜每天跟妈一同下地去，回来鞋和裤脚沾得都是露水。奶奶做的两双新鞋还没有上脚，妈把鞋和两瓶黄油都锁在柜子里。

白天没有事，他就到处去玩，去瞎跑。这地方大得很，没遮没挡，跑多远，一回头还能看到研究站的那排房子，迷不了路。他到草地里去看牛、看马、看羊。

他有时也去莳弄莳弄他家的南瓜、山药地。锄一锄，从机井里打半桶水浇浇。这不是为了玩。萧胜是等着要吃它们。他们家不起火，在大队食堂打饭，食堂里的饭越来越不好。草籽粥没有了，玉米面饼子也没有了。现在吃红高粱饼子，喝甜菜叶子做的汤。再下去大概还要坏。萧胜有点饿怕了。

他学会了采蘑菇。起先是妈妈带着他采了两回，后来，他自己也会了。下了雨，太阳一晒，空气潮乎乎的，闷闷的，蘑菇就出来了。蘑菇这玩意很怪，都长在"蘑菇圈"

里。你低下头，侧着眼睛一看，草地上远远的有一圈草，颜色特别深，黑绿黑绿的，隐隐约约看到几个白点，那就是蘑菇圈。滴溜圆。蘑菇就长在这一圈深颜色的草里。圈里面没有，圈外面也没有。蘑菇圈是固定的。今年长，明年还长。哪里有蘑菇圈，老乡们都知道。

有一个蘑菇圈发了疯。它不停地长蘑菇，呼呼地长，三天三夜一个劲地长，好像是有鬼，看着都怕人。附近七八家都来采，用线穿起来，挂在房檐底下。家家都挂了三四串，挺老长的三四串。老乡们说，这个圈明年就不会再长蘑菇了，它死了。萧胜也采了好些。他兴奋极了，心里直跳。"好家伙！好家伙！这么多！这么多！"他发了财了。

他为什么这样兴奋？蘑菇是可以吃的呀！

他一边用线穿蘑菇，一边流出了眼泪。他想起奶奶，他要给奶奶送两串蘑菇去。他现在知道，奶奶是饿死的。人不是一下饿死的，是慢慢地饿死的。

食堂的红高粱饼子越来越不好吃，因为掺了糠。甜菜叶子汤也越来越不好喝，因为一点油也不放了。他恨这种掺糠的红高粱饼子，恨这种不放油的甜菜叶子汤！

他还是到处去玩，去瞎跑。

大队食堂外面忽然热闹起来。起先是拉了一牛车的羊砖来。他问爸爸这是什么，爸爸说："羊砖。"——"羊砖是啥？"——"羊粪压紧了，切成一块一块。"——"干啥用？"——"烧。"——"这能烧吗？"——"好烧着呢！火顶旺。"后来盘了个大灶。后来杀了十来只羊。萧胜站在旁边看杀羊。他还没有见过杀羊。嘿，一点血都流不到外面，完完整整就把一张羊皮剥下来了！

这是要干啥呢？

爸爸说，要开三级干部会。

"啥叫三级干部会？"

"等你长大了就知道了！"

三级干部会就是三级干部吃饭。

大队原来有两个食堂，南食堂，北食堂，当中隔一个院子，院子里还搭了个小棚，下雨天也可以两个食堂来回串。原来"社员"们分在两个食堂吃饭。开三级干部会，就都挤到北食堂来。南食堂空出来给开会干部用。

三级干部会开了三天，吃了三天饭。头一天中午，羊肉口蘑滃子蘸莜面。第二天炖肉大米饭。第三天，黄油烙饼。晚饭倒是马马虎虎的。

"社员"和"干部"同时开饭。社员在北食堂，干部在南食堂。北食堂还是红高粱饼子，甜菜叶子汤。北食堂的人闻到南食堂里飘过来的香味，就说："羊肉口蘑滃子蘸莜面，好香好香！""炖肉大米饭，好香好香！""黄油烙饼，好香好香!"

萧胜每天去打饭,也闻到南食堂的香味。羊肉、米饭,他倒不稀罕;他见过,也吃过。黄油烙饼他连闻都没闻过。是香,闻着这种香味,真想吃一口。

回家,吃着红高粱饼子,他问爸爸:"他们为什么吃黄油烙饼?"

"他们开会。"

"开会干嘛吃黄油烙饼?"

"他们是干部。"

"干部为啥吃黄油烙饼?"

"哎呀!你问得太多了!吃你的红高粱饼子吧!"

正在咽着红饼子的萧胜的妈忽然站起来,把缸里的一点白面倒出来,又从柜子里取出一瓶奶奶没有动过的黄油,启开瓶盖,挖了一大块,抓了一把白糖,兑点起子,擀了两张黄油发面饼。抓了一把莜麦秸塞进灶火,烙熟了。黄油烙饼发出香味,和南食堂里的一样。妈把黄油烙饼放在萧胜面前,说:

"吃吧,儿子,别问了。"

萧胜吃了两口,真好吃。他忽然咧开嘴痛哭起来,高叫了一声:"奶奶!"

妈妈的眼睛里都是泪。

爸爸说："别哭了，吃吧。"

萧胜一边流着一串一串的眼泪，一边吃黄油烙饼。他的眼泪流进了嘴里。黄油烙饼是甜的，眼泪是咸的。

一九八○年三月

# 寂寞和温暖

这个女同志在这个农业科学研究所的科研人员当中显得有点特别。她有很多文学书。屠格涅夫的、契诃夫的、梅里美的。都保存得很干净。她的衣着、用物都很素净。白床单、白枕套，连洗脸盆都是白的。她住在一间四白落地的狭长的单身宿舍里，只有一面墙上一个四方块里有一点颜色。那是一个相当精致的画框，里面经常更换画片：列宾的《伏尔加纤夫》、列维坦的风景……

她叫沈沅，却不是湖南人。

她的家乡是福建的一个侨乡。她生在马来西亚的一个滨海的小城里。母亲死得早，她是跟父亲长大的。父亲开机帆船，往来运货，早出晚归。她从小就常常一个人过一天，坐在门外的海滩上，望着海，等着父亲回来。她后来想起父亲，首先想起的是父亲身上很咸的海水气味和他的五个趾头一般齐，几乎是长方形的脚。——常年在海船上生活的人的脚，大都是这样。

她在南洋读了小学，以后回国来上学。父亲还留在南洋。她从初中到大学，都是在学校的宿舍里度过的。她在国内没有亲人，只有一个舅舅。上初中时，放暑假，她还到舅舅家住一阵。舅舅家很穷。他们家炒什么菜都放虾油。多少年后，她记得舅舅家自渍的虾油的气味。高中以后，就是寒暑假，也是在学校里过了。一到节假日、星期天，她总是打一盆水洗洗头，然后拿一本小说，一边看小说，一边等风把头发吹干，嘴里咬着一个鲜橄榄。

她父亲是被贫瘠而狭小的土地抛到海外去的。他没有一寸土，却希望他的家乡人能吃到饱饭。她在高中毕业后，就按照父亲的天真而善良的愿望，考进了北京的农业大学。

大学毕业，就分配到了这个农业科学研究所。那年她二十五岁。

二十五年，过得很平静。既没有生老病死（母亲死的时候，她还不大记事），也没有柴米油盐。她在学习上从来没有感到过吃力，从来没有做过因为考外文、考数学答不出题来而急得浑身出汗的那种梦。

她长得很高。在学校站队时，从来是女生的第一名。这个所里的女工、女干部，也没有一个她那样高的。

她长得很清秀。


这个所的农业工人有一个风气，爱给干部和科研人员起外号。

有一个年轻的技术员叫王作祜，工人们叫他王咋唬。

有一个中年的技师，叫俊哥儿李。有一个时期，所里有三个技师都姓李。为怕混淆，工人们就把他们区别为黑李、白李、俊哥儿李。黑李、白李，因为肤色不同（这二李后来都调走了）。俊哥儿李是因为他长得端正，衣着整齐，还因为他冬天也不戴帽子。这地方冬天有时冷到零下三十七八度，工人们花多少钱，也愿意置一顶狐皮的或者貉绒的皮帽。至不济，也要戴一顶山羊头的。俊哥儿李是不论什么天气也是光着脑袋，头发梳得一丝不乱。

有一个技师姓张，在所里年岁最大，资历也最老。工人们当面叫他张老，背后叫他早稻田。他是个水稻专家，每天起得最早，一起来就到水稻试验田去。他是日本留学生。这个所的历史很久了，有一些老工人敌伪时期就来了，他们多少知道一点日本的事。他们听说日本有个早稻田大学，就不管他是不是这个大学毕业的，派给他一个"早稻田"的外号。

沈沅来了不久，工人们也给她起了外号，叫沈三元。这是因为她刚来的时候，所里一个姓胡的支部书记在大会上把她的名字念错了，把"沅"字拆成了两个字，念成"沈三元"。工人们想起老年间的吉利话："连中三元"，就说"沈三元"，这名字不赖！他们还听说她在学校时先是团员，后是党员，刚来了又是技术员，于是又叫她"沈三员"。"沈三元"也罢，"沈三员"也罢，含意都差不多：少年得志，前程万里。

有一些年轻的技术员背后也叫她沈三员，那意味就不一样了。他们知道沈沅在政治条件上、业务能力上，都比他们优越，他们在提到"沈三员"时，就流露出相当复杂的情绪：嫉妒、羡慕，又有点讽刺。

沈沅来了之后，引起一些人的注目，也引起一些人侧目。

这些，沈沅自己都不知道。


她一直清清楚楚地记得第一天到这里时的情景。天刚刚亮，在一个小火车站下了车，空气很清凉。所里派了一个老工人赶了一辆单套车来接她。这老工人叫王栓。出了站，是一条很平整的碎石马路，两旁种着高高的加拿大白杨。她觉得这条路很美。不到半个钟头，王栓用鞭子一指:"到了。过了石桥,就是农科所。"她放眼一望:整齐而结实的房屋,高大明亮的玻璃窗。一匹马在什么地方喷着响鼻。大树下原来亮着的植保研究室的诱捕灯忽然灭掉了。她心里非常感动。

这是一个地区一级的农科所,但是历史很久,积累的资料多,研究人员的水平也比较高,是全省的先进单位,在华北也是有数的。

她到各处看了看。大田、果园、菜园、苗圃、温室、种籽仓库、水闸、马号、羊舍、猪场……这些东西她是熟悉的。她参观过好几个这样的农科所,大体上都差不多。不过,过去,这对她说起来好像是一幅一幅画;现在,她走到画里来了。晚上,一个人躺在床上,想:我也许会在这里生活一辈子。

她的工作分配在大田作物研究组,主要是作早稻田的助手。她很高兴。她在学校时就读过张老的论文,对他很钦佩。

她到早稻田的研究室去见他。

张老摘下眼镜,站起来跟她握手。他的握手的姿态特别恳挚,有点像日本人。

"你的学习成绩我看过了,很好。你写的《京西水稻调查》,我读过,很好。我摘录了一部分。"

早稻田抽出几张卡片和沈沅写的调查报告的铅印本。报告上有几处用红铅笔划了道。

沈沅不知说什么好，只好说："很幼稚。"

"你很年轻，是个女同志。"

沈沅正捉摸着他这句话是什么意思，他说：

"搞农业科学研究，是寂寞的。要安于寂寞。——一个水稻良种培育成功，到真正确定它的种性，要几年？"

"正常的情况下，要八年。"

"八年。以后会缩短。作物一年只生长一次。不能性急。搞农业，不要想一鸣惊人。农业研究，有很大的连续性。路，是很长的。在这条漫长的路上，没有敲锣打鼓，也没有欢呼。是的，很寂寞。但是乐在其中。"

张老的话给她留下很深刻的印象。

从此以后，她每天一早起来，就跟着早稻田到稻田去观察、记录。白天整理资料。晚上看书，或者翻译一点外文资料。

除了早稻田，她比较接近的人是俊哥儿李。

俊哥儿李她早就认识了。老李也是农大的，比沈沅早好几年。沈沅进校时，老李早就毕业走了。但是他的爱人留在农大搞研究，沈沅跟她很熟。她姓褚，沈沅叫她褚大姐。沈沅在褚大姐那里见过俊哥儿李好多次。

俊哥儿李是个谷子专家。他认识好几个县的种谷能手。谷子是低产作物，可是这一带的农民习惯于吃小米。他们的共同愿望，就是想摘掉谷子的低产帽子。俊哥儿李经常下乡。这些种谷能手也常来找他。一来，就坐满了一屋子。看看俊哥儿李那样一个衣履整齐，衬衫的领口、袖口雪白，头发一丝不乱的人，坐在一些戴皮帽的、戴毡帽的、系着羊肚子手巾的，长着黑胡子、白胡子、花白胡子的老农之间，彼此却是那样的自然，那样的亲热，是很有趣的。

这些种谷能手来的时候，沈沅就到俊哥儿李屋里去。听他们谈话，同时也帮着做做记录。

老李离不开他的谷子；褚大姐离开了农大的设备，她的研究工作就无法进行。因此，他们多年来一直过着两地生活。有时褚大姐带着孩子来这里住几天，沈沅一定去看她。

她和工人的关系很好。在地里干活休息的时候，女工们都愿意和她挤在一起。——这些女工不愿和别的女技术员接近，说她们"很酸"①。放羊的、锄豆埂的"半工子"②也常来找她，掰两根不结玉米的"甜秆"，拔一把叫做酸苗的草根来叫她尝尝。"甜秆"真甜。酸苗酸得像醋，吃得人

---

① "很酸"是很高傲的意思。
② 半工子，即未成年的小工。

眼睛眉毛都皱在一起。下了工，从地里回来，工人的家属正在做饭，孩子缠着，绊手绊脚，她就把满脸鼻涕的娃娃抱过来，逗他玩半天。

她和那个赶单套车接她到所的老车倌王栓很谈得来。王栓没事时常上她屋里来，一聊半天。人们都奇怪：他俩有什么可聊的呢？这两个人有什么共同语言呢？主要是王栓说，她听着。王栓聊他过去的生活，这个所的历史，聊他和工人对这个所的干部和科研人员的评价。"早稻田"、"俊哥儿李"、"王咋唬"，包括她自己的外号"沈三元"，都是王栓告诉她的。沈沅听到"早稻田"、"俊哥儿李"，哈哈大笑了半天。

王栓走了，沈沅屋里好长时间还留着他身上带来的马汗的酸味。她一点也不讨厌这种气味。

稻子收割了，羊羔子抓了秋膘了，葡萄下了窖了，雪下来了。雪化了，茵陈蒿在乌黑的地里绿了，羊角葱露了嘴了，稻田的冻土翻了，葡萄出了窖了，母羊接了春羔了，育苗了，插秧了。沈沅在这个农科所生活了快一年了。


她不得不和他们接触的，还有一些人。一个是胡支书，一个是王作祜。胡支书是支部书记，王作祜是她们党小组的组长。

胡支书是个专职的支书。多少年来干部、工人，都称之为胡支书。他整天无所事事，想干点什么就干点什么。夏锄的时候，他高兴起来，会扛着大锄来锄两趟高粱；扬场的时候，扬几锨；下了西瓜、果子，他去过磅；春节包饺子，各人自己动手，他会系了个白围裙很热心地去分肉馅，分白面。他也可以什么都不干，和一个和他关系很亲密的老工人、老伙伴，在树林子里砍土坷垃，你追我躲，嘴里还笑着，骂着："我操你妈！"一玩半天，像两个孩子。他的本职工作，是给工人们开会讲话。他不读书，不看报，说起话来没有准稿子。可以由国际形势讲到秋收要颗粒归仓，然后对一个爱披着衣服到处走的工人训斥半天："这是什么样子！你给我把两个袖子捅上！"此人身材瘦削，嗓音奇高。他有个口头语："如论无何"。不知道为什么，他总把"无论如何"说成"如论无何"，而且很爱说这句话。在他的高亢刺耳，语无伦次的讲话中，总要出现无数次"如论无何"。

　　他在所里威信很高，因为他可以盖一个图章就把一个工人送进劳改队。这一年里，经他的手，已经送了两个。一个因为打架，一个是查出了历史问题——参加过一贯道。这两个工人的家属还在所里劳动，拖着两个孩子。

　　他是个酒仙，顿顿饭离不开酒。这所里有一个酒厂。每天出酒之后，就看见他端着两壶新出淋的原汁烧酒，一手一壶，一壶四两，从酒厂走向他的宿舍，徜徉而过，旁若无人。

胡支书的得力助手是王作祜。

王作祜有两件本事，一是打扑克，一是做文章。

他是个百分大王，所向无敌。他的屋里随时都摆着一张空桌、四把椅子。拉开抽屉就是扑克牌和记分用的白纸、铅笔。每天晚上都能凑一桌，烟茶自备，一直打到十一二点。

他是所里的笔杆子，人称"一秘"。年轻的科技人员的语文一般都不太通顺。他是在中学时就靠搞宣传、编板报起家的，笔下很快。因此，所里的总结、报告、介绍经验的稿子，多半由他起草。

他尤其擅长于写批判稿。不管给他一个什么题目，他从胡支书屋里抱了一堆报纸，东翻翻，西找找，不到两个小时，就能写出一篇文情并茂的批判发言。

所里有一个老木匠，说了一句怪话。有人问他一个月挣多少钱，他说："咳，挣一壶醋钱。"有人反映给支部，王作祜认为这是反党言论，建议开大会批判。王作祜作了长篇发言，引经据典，慷慨激昂。会开完了，老木匠回到宿舍，说："王作祜咋唬点啥咧？"王咋唬的名字，就是这么来的。

沈沅忽然被打成了右派。

究竟是因为什么呢？

因为她在整风的时候，在党内的会议上提了意见，批评了领导？

因为她提出所领导对科研人员不够关心，张老需要一个资料柜，就是不给，他的大量资料都堆在地下？

因为她提出对送去劳改的两个工人都处理过重，这样下去，是会使党脱离群众的？

因为她提出群众对胡支书从酒厂灌酒，公私不分，有反映？

因为她提出一个管农业的书记向所里要了一块韭菜皮①，铺在他的院子里，这值不了多少钱，但是传开了很不好听，工人说："这不真成了刮地皮了？"

也许什么都不为，就因为她在这个农业科学研究所。研究所，顾名思义，是知识分子成堆的地方，怎么也得抓出一两个右派，才能完成"指标"。经过领导上研究，认为派她当右派合适。

_____

① 韭菜是宿根生长。连根铲起一块土皮，移在别处，即可源源收割。这块土皮，就叫"韭菜皮"。

主要的问题，据以定性的主要根据，是她的一篇日记。

这是一篇七年以前写的日记。

她的父亲半生漂泊在异国的海上，他一直想有一小片自己的土地。他把历年攒下的钱寄回国，托沈沅的舅舅买了一点田，还盖了一座一楼一底的房子。他想晚年回家乡住几年，然后就埋在这块土地上，有一个坟头，坟头立一块小小的石碑，让后人知道他曾经辛苦了一辈子。一九五一年土改。土改的工作队长是个从东北南下的干部，对侨乡情况不太了解；又因为当地干部想征用他那座房子，把他划成了地主。沈沅那年还在读高中。她不相信他的被海风吹得脸色紫黑，五个脚趾一般齐的父亲是地主，就在日记里写下了她的困惑与不满。

问题本来已经解决了。在农大入党的时候，农大党组织为了核实她的家庭出身，曾经两次到她的家乡外调，认为她的父亲最多能划一个小土地出租者，她的成份没有问题，批准了她的入党要求。她对自己当时的困惑和不满也作了检查，认为是立场不稳，和党离心离德。

没想到……

这些天，有的干部和工人就觉得所里的空气有点不大对。胡支书屋里坐了一屋子人在开会，屋门从里面倒插着。王作祜晚上不打牌了，他屋里的灯十二点以后还亮着。党团员和积极分子的脸上都异样的紧张而严肃。他们知道，要出什么事了。

一个早上，安静平和的农科所变了样。居于全所中心的种籽仓库外面的墙上贴满了大字报："击退反党分子沈沅的猖狂进攻"，"不许沈沅污蔑党的领导"，"一个阶级异己分子的自供状——沈沅日记摘抄"，"一定要把农科所的一面白旗拔掉"，"剥下沈沅清高纯洁的外衣"，"铲除蒋介石反攻大陆的社会基础"。有文字，还有漫画。有一张漫画，画着一个少女向蒋介石低头屈膝。这个少女竟然只穿了乳罩和三角裤衩！这是王作祜的手笔。

沈沅一点思想准备都没有。她一早起来，要到稻田去。一看这么多大字报，她懵了。她硬着头皮把这些大字报看下去。她脸色煞白，带着一种奇怪的微笑。有两个女工迎面看见她，吓了一跳。她们小声说："坏了！她要疯！"看到那张戴着乳罩穿三角裤衩的漫画，她眼前一黑，几乎栽倒。一只大手从后面扶住了她。她定了定神，听见一个声音："真不像话！"那是王栓。她觉得干哕，恶心，头晕。她摇摇晃晃地走向自己的宿舍。

她对于运动的突出的感觉是：莫名其妙。她也参加过几次政治运动，但是整到自己的头上，这还是第一次。她坐在会场里，听着、记着别人的批判发言，她始终觉得这不是真事，这是荒唐的，不可能的，她会忽然想起《格列佛游记》，想起大人国、小人国。

发言是各式各样的，大家分题作文。王作祐带着强烈的仇恨，用炸弹一样的语言和充满戏剧性的姿态大喊大叫。有一些发言把一些不相干的小事和一些本人平时没有觉察到的个人恩怨拉扯成了很长的一篇，而且都说成是严重的政治问题、世界观问题、立场问题。屠格涅夫、列宾和她的白脸盆都受到牵连，连她的长相、走路的姿势都受到批判。

写了无数次检查，听了无数次批判，在毫无自卫能力的情况下，忍受着各种离奇而难堪的侮辱，沈沅的精神完全垮了。她的神经麻木了。她听着那些锋利尖刻的语言，会不明白那是什么意思。她的脑子会出现一片空白，一点思想都没有，像是曝了光的底片。她有时一动不动地坐着，像一块石头。她不再觉得痛苦，只是非常的疲倦。她想：怎么都行，定一个什么罪名，给一个什么处分都行，只求快一点，快一点过去，不要再开会，不要再写检查。

总算，一个高亢尖厉的声音宣布："批判大会暂时开到这里。"

沈沅回到屋里，用一盆冷水洗了洗头，躺下来，立刻就睡着了。她睡得非常实在，连一个梦都没有。她好像消失了。什么也不知道。太阳偏西了，她不知道。卸了套、饮过水的骡马从她的窗外郭答郭答地走过，她不知道。晚归的麻雀在她的檐前吱喳吵闹着回窠了，她不知道。天黑了，她不知道。

她蒙蒙眬眬闻到一阵一阵马汗的酸味，感觉到床前坐着一个人。她拉开床头的灯，床前坐着王栓，泪流满面。

沈沅每天下班都到井边去洗脸，王栓也每天这时去饮马。马饮着水，得一会，他们就站着闲聊。马饮完了，王栓牵着马，沈沅端着一盆明天早上用的水，一同往回走（沈沅的宿舍离马号很近）。自从挨了批斗，她就改在天黑人静之后才去洗脸，因为那张恶劣的漫画就贴在井边的墙上。过了两天，沈沅发现她的门外有一个木桶，里面有半桶清水。她用了。第二天，水桶提走了。不到傍晚，水桶又送来了。她知道，这是王栓。她想：一个"粗人"，感情却是这样的细！

现在，王栓泪流满面地坐在她的面前。她觉得心里热烘烘的。

"我来看看你。你睡着了，睡得好实在！你受委屈了！他们为什么要这样整你，折磨你？听见他们说的那些话，我的心疼。他们欺负人！你不要难过。你要好好的。俺们，庄户人，知道什么是谷子，什么是秕子。俺们心里有杆秤。他们不要你，俺们要你！你要好好的，一定要好好的！你看你两眼塌成个啥样了！要好好的！你的光阴多得很，你要好好的。你还要做很多事，你要好好的！"

沈沅的眼泪流下来了。她一边流泪，一边点头。

"我走了。"

沈沅站起来送他。王栓走了两步，又停住，回头。

"你不要想死。千万不要想走那条路。"

沈沅点点头。

"你答应我。"

"我答应你，王栓，我不死。"

王栓走后，沈沅躺在床上，眼泪不断地涌出来。她听见自己的眼泪大滴大滴地落在枕头上，叭哒——叭哒……


沈沅的结论下来了，定为一般右派，就在本所劳动。

她很镇定，甚至觉得轻松。她觉得这没有什么。就像一个人从水里的踏石上过河，原来怕湿了鞋袜；后来掉在河里，衣裤全湿了，觉得也不过就是这样，心里反而踏实了。

只有一次，她在火车站的墙上看到一条大标语：把"地富反坏右"列在一起，她才觉得心里很不好受。国庆节前夕，胡支书特地通知她这两天不要进城，她的心往下一沉。

她跟周围人的关系变了。

在路上碰到所里的人，她都是把头一低。

在地里干活休息时，她一个人远远地坐着。原来爱跟她挤在一起的女工故意找话跟她说，她只是简单地回答一两个字。收工的时候，她都是晚走一会，不和这些女工一同走进所里的大门。

她到稻田去拔草，看见早稻田站在一个小木板桥上。这是必经之路，她只好走过去。早稻田只对她说了一句话："沈沅，要注意身体。"她没有说话，点了点头。早稻田走了，沈沅望着他的背影，在心里说："谢谢您!"

她看见俊哥儿李的女儿在渠沿上玩，知道褚大姐来了。收工的时候，褚大姐在离所门很远的路边等着沈沅，一把抓住她的手："你为什么不来看我？"沈沅只是凄然一笑，摇摇头。——"你要什么书？我给你寄来。"沈沅想了一想，说："不要。"

但是她每天好像过得挺好。她喜欢干活。在田野里，晒着太阳，吹着风，呼吸着带着青草和庄稼的气味的空气，她觉得很舒畅。她使劲地干活，累得满脸通红，全身是汗，以至使跟她一块干活的女工喊叫起来："沈沅!沈沅!你干什么!"她这才醒悟过来："哦!"把手脚放慢一些。

她还能看书，每天晚上，走过她的窗前，都可以看到她坐在临窗的小桌上看书，精神很集中，脸上极其平静。

过了三年。

这三年真是热闹。

五八、五九，搞了两年大跃进。深翻地，翻到一丈二。用贵重的农药培养出二尺七寸长的大黄瓜，装在一个特制的玻璃匣子里，用福尔马林泡着。把两穗"大粒白"葡萄"靠接"起来当做一串，给葡萄注射葡萄糖。把牛的精子给母猪授上，希望能下一个麒麟一样的东西，——牛大的猪。"卫星"上天，"大王"升帐，敢想敢干，敲锣打鼓，天天像过年。

后来又闹了一阵"超声波"。什么东西都"超"一下。农、林、牧、副、渔，只要一"超"，就会奇迹一样地增长起来。"超"得鸡飞狗跳，小猪仔的鬃毛直竖，山丁子小树苗前仰后合。

胡支书、王咋呼忙得很，报喜，介绍经验，开展览会……

最后是大家都来研究代食品，研究小球藻和人造肉，因为大家都挨了饿了。

只有早稻田还是每天一早到稻田，俊哥儿李还是经常下乡，沈沅还是劳动、看书。

一九六一年夏天，调来一位新所长（原来的所长是个长期病号，很少到所里来），姓赵。所里很多工人都知道他。他在抗日战争期间是一个武工队长，常在这一带活动。老人们都说他"低头有计"，传诵着关于他的一些传奇性的故事。他的左太阳穴有一块圆形的伤疤，一咬东西就闪闪发亮。这是当年的枪伤。他在抗日战争时期就是县委一级的干部，现在还是县委一级。原因是：一贯右倾，犯了几次错误。

他是骑了一辆自己装了马达的自行车来上任的，还不失当年武工队长的风度。他来之后，所里就添了一种新的声音。只要听见马达突突的声音，人们就知道赵所长奔什么方向去了。

他一来，就下地干活。在大田、果园、菜园、苗圃，都干了几天。他一边干活，工人一边拿眼睛瞄着他。结论是："赵所长的农活——啧啧啧！"他跟工人在一起，说说笑笑，不分彼此。工人跟他也无拘无束，无话不谈。工人们背后议论："新来的赵所长，这人——不赖！"王栓说："敢是！这人心里没假。他的心是一块阳泉炭，划根火柴就能点着。烧完了是一堆白灰。"

干了差不多一个月的活，他把所里历年的总结，重要的会议记录都找来，关起门来看了十几天，校出了不少错字。

然后，到科研人员的家里挨门拜访。

访问了俊哥儿李。

"老褚的事，要解决。老是鹊桥相会，那怎么行！我们想把她的研究项目接过来。这个项目，我们地区需要。农大肯交给我们最好。不行的话，我们搞一套设备。我了解了一下，地区还有这个钱。等我和地委研究一下。"

看见老李屋里摆了好些凳子，知道他那些攻谷子低产关的农民朋友要来，老赵就留下来听了半天他们的座谈会。中午，他捧了一个串门大碗，盛了一碗高粱米饭，夹了几个腌辣椒和大家一同吃了饭。饭后，他问："他们的饭钱是怎么算的？"老李说："他们是我请来的客人。"——"这怎么行！"他转身就跑到总务处："这钱以后由公家报。出在什么项目里，你们研究！"

访问了早稻田。

"张老，张老！我来看看您，不打搅吗？"

"欢迎，欢迎！不打搅，不打搅！"

"我来拜师了。"

"不敢当！如果有什么关于水稻的普通的问题……"

"水稻我也想学。我是想来向您学日语。抗日战争时期，因为工作需要，我学了点日语，——那时要经常跟鬼子

300

打交道嘛，现在几乎全忘光了。我想拾起来，就来找您这位早稻田了!"

"我不是早稻田毕业的。"

赵所长把"早稻田"的来由告诉早稻田，这位老科学家第一次知道他有这样一个外号，他哈哈大笑：

"我乐于接受这个外号。我认为这是对我个人工作的很高的评价。"

赵所长问张老工作中有什么困难，什么要求。

"我需要一个助手。"

"您看谁合适？"

"沈沅。"

"还需要什么？——需要一个柜子。"

"对！您看看我的这些资料!"

"柜子，马上可以解决，半个小时之内就给您送来。沈沅的问题，等我了解一下。"

"这里有一份俄文资料。我的俄文是自修的，恐怕理解得不准确，想请沈沅翻译一下，能吗？"

"交给我!"


沈沅正在菜地里收蔓菁，王栓赶着车下地，远远地就喊：

寂寞和温暖      301

"哎，沈沅!"

沈沅抬起头来。

"叫我？什么事？"

"赵所长叫你上他屋里去一趟。"

"知道啦。"

什么事呢？她微微觉得有点不安。她听见女工们谈论过新来的所长，也知道王栓说这人的心是一块阳泉炭，她有点奇怪，这个人真有这么大的魅力么？

前几天，她从地里回来，迎面碰着这位所长推了自行车出门。赵所长扶着车把，问：

"你是沈沅吗？"

"是的。"

"你怎么这么瘦？"

沈沅心里一酸。好久了，没有人问她胖啦瘦的之类的话了。

"我要进城去。过两天你来找找我。"

说罢，他踩响了自行车的马达，上车走了。

现在，他找她，什么事呢？

沈沅在大渠里慢慢地洗了手，慢慢地往回走。

赵所长不在屋。门开着。一个五六岁的女孩子趴在桌上画小人。

302

孩子听见有人进屋，并不回头，还是继续画小人。

"您是沈阿姨吗？爸爸说：他去接一个电话，请您等一等，他一会儿就回来。您请坐。"

孩子的声音像花瓣。她的有点紧张的心情完全松弛了下来。她看了看新所长的屋子。

墙上挂着一把剑，——一件真正的古代的兵器，不是舞台上和杂技团用的那种镀镍的道具。鲨鱼皮的剑鞘，剑柄和吞口都镂着细花。

一张书桌。桌上有好些书。一套《毛选》、很多农业科技书：作物栽培学、土壤、植保、果树栽培各论、马铃薯晚疫病……两本《古文观止》、一套《唐诗别裁》、一函装在蓝布套里的影印的《楚辞集注》、一本崭新的《日语初阶》。桌角放着一摞杂志，面上盖着一本《农大学报》的抽印本：《京西水稻调查——沈沅》。

一个深深的紫红砂盆，里面养着一块拳头大的上水石，盖着毛茸茸的一层厚厚的绿苔，长出一棵一点点大，只有七八个叶子的虎耳草。紫红的盆，碧绿的苔，墨绿色的虎耳草的圆叶，淡白的叶纹。沈沅不禁失声赞叹：

"真好看！"

"好看吗？——送你！"

"……赵所长，您找我？"

"你这篇《京西水稻调查》，写得不错呀！有材料，有见解，文笔也好。科学论文，也要讲究一点文笔嘛！——文如其人！朴素，准确，清秀。——你这样看着我，是说我这个打仗出身的人不该谈论文章风格吗？"

　　"……您不像个所长。"

　　"所长？所长是什么？——大概是从七品！——这是一篇俄文资料，张老想请你翻译出来。"

　　沈沅接过一本俄文杂志，说：

　　"我现在能做这样的事吗？"

　　"为什么不能？"

　　"好，我今天晚上赶一赶。"

　　"不用赶，你明天不要下地了。"

　　"好。"

　　"从明天起，你不要下地干活了。"

　　"……？"

　　"我这个人，存不住话。告诉你，准备给你摘掉右派的帽子。报告已经写上去了，估计不会有问题。本来可以晚几天告诉你，何必呢？早一天告诉你，让你高兴高兴，不好吗？有的同志，办事总是那么拖拉。他不知道，人家是度日如年呀！——祝贺你！"

　　他伸出手来。沈沅握着他的温暖的手，眼睛湿了。

"谢谢您!"

"谢我干什么? 我们需要人, 我们迫切地需要人! 你是党培养出来的知识分子。种地的, 哪有把自己种出来的好苗锄掉的呢? 没这个道理嘛! 你有什么想法, 什么打算? "

"这事来得太突然了。"

"不突然。事情总要有一个过程。有的过程, 付出的代价太大了! 我这人, 老犯错误。我这些话, 叫别人听见, 大概又是错误。有一些话, 我现在不能跟你讲呀! ——我看, 你先回去一趟。"

"回去? "

"对。回一趟你的老家。"

"我家里没有人了。"

"我知道。"

三个多月前, 沈沅接到舅舅一封信, 说她父亲得了严重的肺气肿, 回国来了, 想看看他的女儿。沈沅拿了信去找胡支书, 问她能不能请假。胡支书说:"……你现在这个情况。好吧, 等我们研究研究。"过了一个星期, 舅舅来了一封电报, 她的父亲已经死了。她拿了电报去向胡支书汇报。胡支书说:

"死了。死了也好嘛! 你可以少背一点包袱。——埋了吗? "

"埋了。"

"埋了就得了。——好好劳动。"

沈沉没有哭，也没有戴孝。白天还是下地干活，晚上一个人坐着。她想看书，看不下去。她觉得非常对不起她的父亲。父亲劳苦了一生，现在，他死了。她觉得父亲的病和死都是她所招致的。她没有把自己这些年的遭遇告诉父亲。但是她觉得他好像知道了，她觉得父亲的晚景和她划成右派有着直接的关系。好几天，她不停地胡思乱想。她觉得她的命不好。她自己也觉得很奇怪，一个年轻的，受过大学教育的共产党员，怎么会相信起命来呢？——人到了无可奈何的时候是很容易想起"命"这个东西来的。

好容易，她的伤痛才渐渐平息。

赵所长怎么会知道她家里已经没有人了呢？

"你还是回去看看。人死了，看看他的坟。我看可以给他立一块石碑。"

"您怎么知道我父亲想在坟头立一块石碑的？"

"你的档案材料里有嘛！你的右派结论里不也写着吗？——'一心为其地主父亲树碑立传'。这都是什么话呢！一个老船工，在海外漂泊多年，这样一点心愿为什么不能满足他呢？我们是无鬼论者，我们并不真的相信泉下有知。但是人总是人嘛，人总有一颗心嘛。共产党员也是

306

人，也有心嘛。共产党员不是没有感情的。无情的人，不是共产党员！——我有点激动了！你大概也知道我为什么激动。本来，你没有直系亲属了，没有探亲假。我可以批准你这次例外的探亲假。如果有人说这不合制度，我负责！你明天把资料翻译出来，——不长。后天就走。我送你。叫王栓套车。"

沈沅哭了。

"哭什么？我们是同志嘛！"

沈沅哭得更厉害了。

"不要这样。你的工作，回来再谈。这盆虎耳草，我替你养着。你回来，就端走。你那屋里，太素了！年轻人，需要一点颜色。"

一只绿豆大的通红的七星瓢虫飞进来，收起它的黑色的膜翅，落在虎耳草墨绿色的圆叶上。赵所长的眼睛一亮，说：

"真美！"


不到假满，沈沅就回来了。

她的工作，和原先一样，还是做早稻田的助手。

很快到年底了。又开一年一度的先进工作者评比会了。赵所长叫沈沅也参加。

寂寞和温暖　　　　　　307

沈沅走进大田作物研究组的大办公室。她已经五年没有走进这间屋子了。俊哥儿李主持会议。他拉着一张椅子，亲切地让沈沅坐下。

"这还是你的那张椅子。"

沈沅坐下，跟所有的人都打了招呼。别人也向她点头致意。王作祜装着低头削铅笔。

在酝酿候选人名单时，一向很少说话的早稻田头一个发言。

"我提一个人。"

"……谁？"

"沈沅。"

大家先是一愣，接着，都笑了。连沈沅自己也笑了。早稻田是很严肃的，他没有笑。

会议进行得很热烈。赵所长靠窗坐着，一面很注意地听着发言，一面好像想着什么事。会议快结束时，下雪了。好雪！赵所长半睐着眼睛，看着窗外大片大片的雪花无声地落在广阔的田野上。他是在赏雪么？

俊哥儿李叫他："赵所长，您讲讲吧！"

早稻田也说："是呀，您有什么指示呀？"

"指示？——没有。我在想：我，能不能附张老的议，投她——沈沅一票。好像不能。刚才张老提出来，大家不是都笑了吗？是呀，我们毕竟都还生活在现实的世界里，还不能摆脱世俗的习惯和观念。那，就等一年吧。"

他念了两句龚定盦的诗：

我劝天公重抖擞，

不拘一格降人才。

接着，又用沉重的声音，念了两句《离骚》：

亦余心之所善兮，

虽九死其犹未悔！

沈沉在心里想：

"你真不像个所长。"

一九八〇年十二月十一日六稿

寂寞和温暖

# 七里茶坊

我在七里茶坊住过几天。

我很喜欢七里茶坊这个地名。这地方在张家口东南七里。当初想必是有一些茶坊的。中国的许多计里的地名，大都是行路人给取的。如三里河、二里沟、三十里铺。七里茶坊大概也是这样。远来的行人到了这里，说："快到了，还有七里，到茶坊里喝一口再走。"送客上路的，到了这里，客人就说："已经送出七里了，请回吧！"主客到茶坊又喝了一壶茶，说了些话，出门一揖，就此分别了。七里茶坊一定萦系过很多人的感情。不过现在却并无一家茶坊。我去找了找，连遗址也无人知道。"茶坊"是古语，在《清明上河图》、《东京梦华录》、《水浒传》里还能见到。现在一般都叫"茶馆"了。可见，这地名的由来已久。

这是一个中国北方的普通的市镇。有一个供销社，货架上空空的，只有几包火柴，一堆柿饼。两只乌金釉的酒坛子擦得很亮，放在旁边的酒提子却是干的。柜台上放着一盆麦麸子做的大酱。有一个理发店，两张椅子，没有理发的，理发员坐着打瞌睡。一个邮局。一个新华书店，只有几套毛选和一些小册子。路口矗着一面黑板，写着鼓动冬季积肥的快板，文后署名"文化馆宣"，说明这里还有个文化馆。快板里写道："天寒地冻百不咋①，心里装着全天下。"轰轰烈烈的大跃进已经过去，这种豪言壮语已经失去热力。前两天下过一场小雨，雨点在黑板上抽打出一条一条斜道。路很宽，是土路。两旁的住户人家，也都是土墙土顶（这地方风雪大，房顶多是平的）。连路边的树也都带着黄土的颜色。这个长城以外的土色的冬天的市镇，使人产生悲凉的感觉。

除了店铺人家，这里有几家车马大店。我就住在一家车马大店里。

我头一回住这种车马大店。这种店是一看就看出来的，街门都特别宽大，成天敞开着，为的好进出车马。进门是一个很宽大的空院子。院里停着几辆大车，车辕向

---

① "百不咋"是无所谓、没关系的意思。

上，斜立着，像几尊高射炮。靠院墙是一个长长的马槽，几匹马面墙拴在槽头吃料，不停地甩着尾巴。院里照例喂着十多只鸡。因为地上有撒落的黑豆、高粱，草里有稗子，这些母鸡都长得极肥大。有两间房，是住人的。都是大炕。想住单间，可没有。谁又会上车马大店里来住一个单间呢？"碗大炕热"，就成了这类大店招徕顾客的口碑。

我是怎么住到这种大店里来的呢？

我在一个农业科学研究所下放劳动，已经两年了。有一天生产队长找我，说要派几个人到张家口去掏公共厕所，叫我领着他们去。为什么找到我头上呢？说是以前去了两拨人，都闹了意见回来了。我是个下放干部，在工人中还有一点威信，可以管得住他们，云云。究竟为什么，我一直也不太明白。但是我欣然接受了这个任务。

我打好行李，挎包里除了洗漱用具，带了一枝大号的3B烟斗，一袋掺了一半榆树叶的烟草，两本四部丛刊本《分类集注杜工部集》，坐上单套马车，就出发了。

我带去的三个人，一个老刘、一个小王，还有一个老乔，连我四个。

我拿了介绍信去找市公共卫生局的一位"负责同志"。他住在一个粪场子里。一进门，就闻到一股奇特的酸味。我交了介绍信，这位同志问我：

"你带来的人，咋样？"

"咋样？"

"他们，啊，啊，啊……"

他"啊"了半天，还是找不到合适的词句。这位负责同志大概不大认识字。他的意思我其实很明白，他是问他们政治上可靠不可靠。他怕万一我带来的人会在公共厕所的粪池子里放一颗定时炸弹。虽然他也知道这种可能性极小，但还是问一问好。可是他词不达意，说不出这种报纸语言。最后还是用一句不很切题的老百姓话说：

"他们的人性咋样？"

"人性挺好！"

"那好。"

他很放心了，把介绍信夹到一个卷宗里，给我指定了桥东区的几个公厕。事情办完，他送我出"办公室"，顺便带我参观了一下这座粪场。一边堆着好几垛晒好的粪干，平地上还晒着许多薄饼一样的粪片。

"这都是好粪，不掺假。"

"粪还掺假？"

"掺！"

"掺什么？土？"

"哪能掺土！"

"掺什么？"

"酱渣子。"

"酱渣子？"

"酱渣子，味道、颜色跟大粪一个样，也是酸的。"

"粪是酸的？"

"发了酵。"

我于是猛吸了一口气，品味着货真价实、毫不掺假的粪干的独特的、不能代替的、余韵悠长的酸味。

据老乔告诉我，这位负责同志原来包掏公私粪便，手下用了很多人，是一个小财主。后来成了卫生局的工作人员，成了"公家人"，管理公厕。他现在经营的两个粪场，还是很来钱。这人紫棠脸，阔嘴岔，方下巴，眼睛很亮，虽然没有文化，但是看起来很精干。他虽不大长于说"字儿话"，但是当初在指挥粪工、洽谈生意时，所用语言一定是很清楚畅达，很有力量的。

掏公共厕所，实际上不是掏，而是凿。天这么冷，粪池里的粪都冻得实实的，得用冰镩凿开，破成一二尺见方大小不等的冰块，用铁锹起出来，装在单套车上，运到七里茶坊，堆积在街外的空场上。池底总有些没有冻实的稀粪，就刮出来，倒在事先铺好的干土里，像和泥似的和好。一夜工夫，就冻实了。第二天，运走。隔三四天，所里车得

314

空，就派一辆三套大车把积存的粪冰运回所里。

看车把式装车，真有个看头。那么沉的、滑滑溜溜的冰块，照样装得整整齐齐，严严实实，拿绊绳一煞，纹丝不动。走个百八十里，不兴掉下一块。这才真叫"把式"！

"叭——"的一鞭，三套大车走了。我心里是高兴的。我们给所里做了一点事了。我不说我思想改造得如何好，对粪便产生了多深的感情，但是我知道这东西很贵。我并没有做多少，只是在地面上挖一点干土，和粪。为了照顾我，不让我下池子凿冰。老乔呢，说好了他是来玩的，只是招招架架，跑跑颠颠。活，主要是老刘和小王干的。老刘是个使冰镩的行家，小王有的是力气。

这活脏一点，倒不累，还挺自由。

我们住在骡马大店的东房，——正房是掌柜的一家人自己住的。南北相对，各有一铺能睡七八个人的炕，——挤一点，十个人也睡下了。快到春节了，没有别的客人，我们四个人占据了靠北的一张炕，很宽绰。老乔岁数大，睡炕头。小王火力壮，把门靠边。我和老刘睡当间。我那位置很好，靠近电灯，可以看书。两铺炕中间，是一口锅灶。

天一亮，年轻的掌柜就推门进来，点火添水，为我们作饭，——推莜面窝窝。我们带来一口袋莜面，顿顿饭吃莜面，而且都是推窝窝。——莜面吃完了，三套大车会又给我

七里茶坊

们捎来的。小王跳到地下帮掌柜的拉风箱，我们仨就拥着被窝坐着，欣赏他的推窝窝手艺。——这么冷的天，一大清早就让他从内掌柜的热被窝里爬出来为我们作饭，我心里实在有些歉然。不大一会，莜面蒸上了，屋里弥漫着白蒙蒙的蒸汽，很暖和，叫人懒洋洋的。可是热腾腾的窝窝已经端到炕上了。刚出屉的莜面，真香！用蒸莜面的水，洗洗脸，我们就蘸着麦麸子做的大酱吃起来。没有油，没有醋，尤其是没有辣椒！可是你得相信我说的是真话：我一辈子很少吃过这么好吃的东西。那是什么时候呀？——一九六〇年！

我们出工比较晚。天太冷。而且得让过人家上厕所的高潮。八点多了，才赶着单套车到市里去。中午不回来。有时由我掏钱请客，去买一包"高价点心"，找个背风的角落，蹲下来，各人抓了几块嚼一气。老乔、我、小王拿一副老掉了牙的扑克牌接龙、鳖七。老刘在呼呼的风声里居然能把脑袋缩在老羊皮袄里睡一觉，还挺香！下午接着干。四点钟装车，五点多就回到七里茶坊了。

一进门，掌柜的已经拉动风箱，往灶火里添着块煤，为我们作晚饭了。

吃了晚饭，各人干各人的事。老乔看他的《啼笑因缘》。他这本《啼笑因缘》是个古本了，封面封底都没有了，书角都打了卷，当中还有不少缺页。可是他还是戴着老花镜津津有味地看，而且老看不完。小王写信，或是躺着想心事。老刘盘着腿一声不响地坐着。他这样一声不响地坐着，能够坐半天。在所里我就见过他到生产队请一天假，哪儿也不去，什么也不干，就是坐着。我发现不止一个人有这个习惯。一年到头的劳累，坐一天是很大的享受，也是他们迫切的需要。人，有时需要休息。他们不叫休息，就叫"坐一天"。他们去请假的理由，也是"我要坐一天"。中国的农民，对于生活的要求真是太小了。我，就靠在被窝上读杜诗。杜诗读完，就压在枕头底下。这铺炕，炕沿的缝隙跑烟，把我的《杜工部集》的一册的封面熏成了褐黄色，留下一个难忘的、美好的纪念。

有时，就有一句没一句，东拉西扯地瞎聊天。吃着柿饼子，喝着蒸锅水，抽着掺了榆树叶子的烟。这烟是农民用包袱包着私卖的，颜色是灰绿的，劲头很不足，抽烟的人叫它"半口烟"。榆树叶子点着了，发出一种焦糊的，然而分明地辨得出是榆树的气味。这种气味使我多少年后还难于忘却。

小王和老刘都是"合同工"，是所里和公社订了合同，招来的。他们都是柴沟堡的人。

老刘是个老长工，老光棍。他在张家口专区几个县都打过长工，年轻时年年到坝上割莜麦。因为打了多年长工，庄稼活他样样精通。他有过老婆，跑了，因为他养不活她。从此他就不再找女人，对女人很有成见，认为女人是个累赘。他就这样背着一卷行李，——一块毡子、一床"盖窝"（即被）、一个方顶的枕头，到处漂流。看他捆行李的利索劲儿和背行李的姿势，就知道是一个常年出门在外的老长工。他真也是自由自在，也不置什么衣服，有两个钱全喝了。他不大爱说话，但有时也能说一气，在他高兴的时候，或者不高兴的时候。这二年他常发牢骚，原因之一，是喝不到酒。他老是说："这是咋搞的？咋搞的？"——"过去，七里茶坊，啥都有：驴肉、猪头肉、炖牛蹄子、茶鸡蛋……，卖一黑夜。酒！现在！咋搞的！咋搞的！"——"'楼上楼下，电灯电话'！做梦娶媳妇，净慕好事！多会儿？"①他年轻时曾给八路军送过信，带过路。"俺们那阵，有什么好吃的，都给八路军留着！早知这样，哼！……"他说的话常常出了圈，老乔就喝住他："你瞎说点啥！没喝酒，你就醉了！你是想'进去'住几天是怎么的？嘴上没个把门的，亏你活了这么大！"

小王也有些不平之气。他是念过高小的。他给自己编了一口顺口溜："高小毕业生，白费六年工。想去当教员，

---

① 那时农村宣传"共产主义"，都说是"楼上楼下，电灯电话"。慕，是思量、向往的意思。这是很古的语言，元曲中常见。张家口地区保留了很多宋元古语。

318

学生管我叫老兄。想去当会计，珠算又不通！"他现在一个月挣二十九块六毛四，要交社里一部分，刨去吃饭，所剩无几。他才二十五岁，对老刘那样的自由自在的生活并不羡慕。

老乔，所里多数人称之为乔师傅。这是个走南闯北，见多识广，老于世故的工人。他是怀来人。年轻时在天津学修理汽车。抗日战争时跑到大后方，在资源委员会的运输队当了司机，跑仰光、腊戍。抗战胜利后，他回张家口来开车，经常跑坝上各县。后来岁数大了，五十多了，血压高，不想再跑长途，他和农科所的所长是亲戚，所里新调来一辆拖拉机，他就来开拖拉机，顺便修修农业机械。他工资高，没负担。农科所附近一个小镇上有一家饭馆，他是常客。什么贵菜、新鲜菜，饭馆都给他留着。他血压高，还是爱喝酒。饭馆外面有一棵大槐树，夏天一地浓荫。他到休息日，喝了酒，就睡在树荫里。树荫在东，他睡在东面；树荫在西，他睡到西面，围着大树睡一圈！这是前二年的事了。现在，他也很少喝了。因为那个饭馆的酒提潮湿的时候很少了。他在昆明住过，我也在昆明呆过七八年，因此他老愿意找我聊天，抽着榆叶烟在一起怀旧。他是个技工，掏粪不是他的事，但是他自愿报了名。冬天，没什么事，他要来玩两天。来就来吧。

这天，我们收工特别早，下了大雪，好大的雪啊！

这样的天，凡是爱喝酒的都应该喝两盅，可是上哪儿找酒去呢？

吃了莜面，看了一会书，坐了一会，想了一会心事，照例聊天。

像往常一样，总是老乔开头。因为想喝酒，他就谈起云南的酒。市酒、玫瑰重升、开远的杂果酒、杨林肥酒……

"肥酒？酒还有肥瘦？"老刘问。

"蒸酒的时候，上面吊着一大块肥肉，肥油一滴一滴地滴在酒里。这酒是碧绿的。"

"像你们怀来的青梅煮酒？"

"不像。那是烧酒，不是甜酒。"

过了一会，又说："有点像……"

接着，又谈起昆明的吃食。这老乔的记性真好，他可以从华山南路、正义路，一直到金碧路，数出一家一家大小饭馆，又岔到护国路和甬道街，哪一家有什么名菜，说得非常详细。他说到金钱片腿、牛干巴、锅贴乌鱼、过桥米线……

"一碗鸡汤，上面一层油，看起来连热气都没有，可是超过一百度。一盘子鸡片、腰片、肉片，都是生的。往鸡汤里一推，就熟了。"

"那就能熟了？"

"熟了!"

他又谈起汽锅鸡。描写了汽锅是什么样子，锅里不放水，全凭蒸汽把鸡蒸熟了，这鸡怎么嫩，汤怎么鲜……

老刘很注意地听着，可是怎么也想象不出这汽锅是啥样子，这道菜是啥滋味。

后来他又谈到昆明的菌子：牛肝菌、青头菌、鸡㙡①，把鸡㙡夸赞了又夸赞。

"鸡㙡？有咱这儿的口蘑好吃吗？"

"各是各的味儿。"

…………

老乔白话的时候，小王一直似听不听，躺着，张眼看着房顶。忽然，他问我：

"老汪，你一个月挣多少钱？"

我下放的时候，曾经有人劝告过我，最好不要告诉农民自己的工资数目，但是我跟小王认识不止一天了，我不想骗他，便老实说了。小王没有说话，还是张眼躺着。过了好一会，他看着房顶说：

"你也是一个人，我也是一个人，为什么你就挣那

———————————

① 鸡㙡(或棕)是一种菌,长在白蚁窝上,味极腴美。

么多？"

他并没有要我回答，这问题也不好回答。

沉默了一会。

老刘说："怨你爹没供你书①。人家老汪是大学毕业！"

老乔是个人情练达的人，他捉摸出小王为什么这两天老是发呆，为什么会提出这样的问题，说：

"小王，你收到一封什么信，拿出来我看看！"

前天三套大车来拉粪冰的时候，给小王捎来一封寄到所里的信。

事情原来是这样的：小王搞了一个对象。这对象搞得稍为有点离奇：小王有个表姐，嫁到邻村李家。李家有个姑娘，和小王年貌相当，也是高小毕业。这表姐就想给小姑子和表弟撮合撮合，写信来让小王寄张照片去。照片寄到了，李家姑娘看了，不满意。恰好李家姑娘的一个同学陈家姑娘来串门，她看了照片，对小王的表姐说："晓得人家要俺们不要？"表姐跟陈家姑娘要了一张照片，寄给小王，小王满意。后来表姐带了陈家姑娘到农科所来，两人当面相了一相，事情就算定了。农村的婚姻，往往就是这样简单，不像城里人有逛公园、轧马路、看电影、写情书这

---

① "供书"是拿钱供应学生读书的意思。

一套。

陈家姑娘的照片我们都见过，挺好看的，大眼睛，两条大辫子。

小王收到的信是表姐寄来的，催他办事。说人家姑娘一天一天大了，等不起。那意思是说，过了春节，再拖下去，恐怕就要吹。

小王发愁的是：春节他还办不成事！柴沟堡一带办喜事倒不尚铺张，但是一床里面三新的盖窝、一套花直贡呢的棉衣、一身灯芯绒裤袄、绒衣绒裤、皮鞋、球鞋、尼龙袜子……总是要有的。陈家姑娘没有额外提什么要求，只希望要一支金星牌钢笔。这条件提得不俗，小王倒因此很喜欢。小王已经作了长期的储备，可是算来算去还差五六十块钱。

老乔看完信，说：

"就这个事吗？值得把你愁得直眉瞪眼的！叫老汪给你拿二十，我给你拿二十！"

老刘说："我给你拿上十块！现在就给！"说着从红布肚兜里就摸出一张十圆的新票子。

问题解决了，小王高兴了，活泼起来了。

于是接着瞎聊。

从云南的鸡㙡聊到内蒙的口蘑。说到口蘑，老刘可是个专家。黑片蘑、白蘑、鸡腿子、青腿子……

"过了正蓝旗，捡口蘑都是赶了个驴车去。一天能捡一车！"

不知怎么又说到独石口。老刘说他走过的地方没有比独石口再冷的了，那是个风窝。

"独石口我住过，冷！"老乔说，"那年我们在独石口吃了一洞子羊。"

"一洞子羊？"小王很有兴趣了。

"风太大了，公路边有一个涵洞，去避一会风吧。一看，涵洞里白糊糊的，都是羊。不知道是谁的羊，大概是被风赶到这里的，挤在涵洞里，全冻死了。这倒好，这是个天然冷藏库！俺们想吃，就进去拖一只，吃了整整一个冬天！"

老刘说："肥羊肉炖口蘑，那叫香！四家子的莜面，比白面还白。坝上是个好地方。"

话题转到了坝上。老乔、老刘轮流说，我和小王听着。

老乔说：坝上地广人稀，只要收一季莜麦，吃不完。过去山东人到口外打把势卖艺，不收钱。散了场子，拿一个大海碗挨家要莜面，"给！"一给就是一海碗。说坝上没果子。怀来人赶一个小驴车，装一车山里红到坝上，下来时驴车换成了三套大马车，车上满满地装的是莜面。坝上人都豪爽，大方。吃起肉来不是论斤，而是放开肚子吃饱。他说坝上人看见坝下人吃肉，一小碗，都奇怪："这吃个什么劲儿呢？"他说，他们要是看见江苏人、广东人炒菜：几根油菜，两三片肉，就更会奇怪了。他还说坝上女人长得很好看。他说，都说水多的地方女人好看，坝上没水，为什么女人都长得白白净净？那么大的风沙，皮色都很好。他说他在崇礼县看过两姐妹，长得像傅全香。

傅全香是谁，老刘、小王可都不知道。

老刘说：坝上地大，风大，雪大，雹子也大。他说有一年沽源下了一场大雪，西门外的雪跟城墙一般高。也是沽源，有一年下了一场雹子，有一个雹子有马大。

"有马大？那掉在头上不砸死了？"小王不相信有这样大的雹子！

老刘还说，坝上人养鸡，没鸡窝。白天开了门，把鸡放出去。鸡到处吃草籽，到处下蛋。他们也不每天去捡。隔十天半月，挑了一副筐，到处捡蛋，捡满了算。他说坝上的山都是一个一个馒头样的平平的山包。山上没石头。有些山很奇怪，只长一样东西。有一个山叫韭菜山，一山都是韭菜；还有一座芍药山，夏天开了满满一山的芍药花……

老乔、老刘把坝上说得那样好，使小王和我都觉得这是个奇妙的、美丽的天地。

芍药山，满山开了芍药花，这是一种什么景象？

"咱们到韭菜山上掐两把韭菜，拿盐腌腌，明天蘸莜面吃吧。"小王说。

"见你的鬼！这会儿会有韭菜？满山大雪！——把钱收好了！"

聊天虽然有趣，终有意兴阑珊的时候。天已经很黑了，房顶上的雪一定已经堆了四五寸厚了，摊开被窝，我们该睡了。

正在这时，屋门开处，掌柜的领进三个人来。这三个人都反穿着白茬老羊皮袄，齐膝的毡疙瘩。为头是一个大高个儿，五十来岁，长方脸，戴一顶火红的狐皮帽。一个四十来岁，是个矮胖子，脸上有几颗很大的痘疤，戴一顶狗皮帽子。另一个是和小王岁数仿佛的后生，雪白的山羊头的帽子遮齐了眼睛，使他看起来像一个女孩子。——他脸色红润，眼睛太好看了！他们手里都拿着一根六道木二尺多长的短棍。虽然刚才在门外已经拍打了半天，帽子上、身上，还粘着不少雪花。

掌柜的说："给你们作饭？——带着面了吗？"

"带着哩。"

后生解开老羊皮袄，取出一个面口袋。——他把面口袋系在腰带上，怪不道他看起来身上鼓鼓囊囊的。

"推窝窝？"

高个儿把面口袋交给掌柜的：

"不吃莜面！一天吃莜面。你给俺们到老乡家换几个粑粑头吃①。多时不吃粑粑头，想吃个粑粑头。把火弄得旺旺的，烧点水，俺们喝一口。——没酒？"

"没。"

"没咸菜？"

"没。"

"那就甜吃！"②

老刘小声跟我说："是坝上来的。坝上人管窝窝头叫粑粑头。是赶牲口的，——赶牛的。你看他们拿的六道木的棍子。"随即，他和这三个坝上人搭喀起来：

"今天一早从张北动的身？"

"是。——这天气！"

"就你们仨？"

"还有仨。"

"那仨呢？"

---

① 他们说"粑粑头"，"粑粑"作入声。
② 张家口一带不说"淡"，说"甜"。

"在十多里外，两头牛掉进雪窟窿里了。他们仨在往上弄。俺们把其余的牛先送到食品公司屠宰场，到店里等他们。"

"这样天气，你们还往下送牛？"

"没法子。快过年了。过年，怎么也得叫坝下人吃上一口肉！"

不大一会，掌柜的搞了粑粑头来了，还弄了几个腌蔓菁来。他们把粑粑头放在火里烧了一会，水开了，把烧焦的粑粑头拍打拍打，就吃喝起来。

我们的酱碗里还有一点酱，老乔就给他们送过去。

"你们那里今年年景咋样？"

"好！"高个儿回答得斩钉截铁。显然这是反话，因为痘疤脸和后生都噗嗤一声笑了。

"不是说去年你们已经过了'黄河'了？"

"过了！那还不过！"

老乔知道他话里有话，就问：

"也是假的？"

"不假。搞了'标准田'。"

"啥叫'标准田'？"

"把几块地里打的粮算在一起。"

"其余的地？"

"不算产量。"

"坝上过'黄河'？不用什么'科学家'，我就知道，不行！"老刘用了一个很不文雅的字眼说："过'黄河'，过毵的个河吧？"

老乔向我解释："老刘说的是对的。坝上的土层只有五寸，下面全是石头。坝上一向是广种薄收，要求单位面积产量，是主观主义。"

痘疤脸说："就是！俺们和公社的书记说，这产量是虚的。但人家说：有了虚的，就会带来实的。"

后生说："还说这是：以虚带实。"

我还从来没有听说过"以虚带实"是这样的解释的。

高个儿沉重地叹了一口气："这年月！当官的都说谎！"

老刘接口说："当官的说谎，老百姓遭罪！"

老乔把烟口袋递给他们：

"牲畜不错？"

"不错！也经不起胡糟践。头二年，大跃进，大炼钢铁，夜战，把牛牵到地里，杀了，在地头架起了大锅，大块大块地煮烂，大伙儿，吃！那会儿吃了个痛快；这会儿，想去吧！——他们仨咋还不来？去看看。"

高个儿说着把解开的老羊皮袄又系紧了。

七里茶坊

痘疤脸说："我们俩去。你啦①就甭去了。"

"去!"

他们和掌柜的借了两根木杠，把我们车上的缆绳也借去了，拉开门，就走了。

听见后生在门外大声说："雪更大了!"

老刘起来解手，把地下三根六道木的棍子归在一起，上了炕，说：

"他们真辛苦!"

过了一会，又自言自语地说：

"咱们也很辛苦。"

老乔一面钻被窝，一面说：

"中国人都很辛苦啊!"

小王已经睡着了。

"过年，怎么也得叫坝下人吃上一口肉!"我老是想着大个儿的这句话，心里很感动，很久未能入睡。这是一句朴素、美丽的话。

半夜，朦朦眬眬地听到几个人轻手轻脚走进来，我睁开眼，问：

--------

① "你啦"是第二人称的尊称,相当于北京话的"您",大概是"你老人家"的切音。

"牛弄上来了?"

高个儿轻轻地说:

"弄上来了。把你吵醒了!睡吧!"

他们睡在对面的炕上。

第二天,我们起得很晚。醒来时,这六个赶牛的坝上人已经走了。

一九八一年五月十一日写成

# 护秋

生产队派我今天晚上护秋。

"护秋"就是看守大秋作物。老玉米已经熟了，一两天就要掰棒子，防备有人来偷，所以要派人护秋。

这一带原来有偷秋的风气。偷将要成熟的庄稼，不算什么不道德的事。甚至对偷。你偷我家的，我偷你家的。不但不兴打架，还觉得这怪有趣。农业科学研究所地是公家的地，庄稼是公家的庄稼，偷农科所的秋更是合理合法。这几年，地方政府明令禁止这种风气，偷秋的少了。但也还不能禁绝。前年农科所大堤下一亩多地的棒子，一个晚上就被人全掰了。

我提了一根铁锹把上了大堤。这里居高临下，地里有什么动静都能看见。

和我就伴的还是一个朱兴福。他是个专职"下夜"的，不是临时派来护秋的。农科所除了大田，还有菜地、马号、猪舍、种籽仓库、温室，和研究设备，晚上需要有人守夜。这里叫做下夜。朱兴福原来是猪倌，下夜已经有两年了。

这是一个蔫里巴唧的人。不爱说话，说话很慢，含含糊糊。他什么农活都能干，就是动作慢。他吃得不少，也没有什么病，就是没有精神，好像没睡醒。

他媳妇和他截然相反。媳妇叫杨素花（这一带女的叫素花的很多），和朱兴福是一个地方的，都是柴沟堡的。杨素花人高马大，长腿，宽肩，浑身充满弹性，像一个打足了气的轮胎内带，紧绷绷的。两个奶子翘得老高，很硬。她在大食堂做活：压莜面饸饹，揉蒸馒头的面，烙高粱面饼子，炒山药疙瘩……她会唱山西梆子（这一带农民很多会唱山西梆子），《打金砖》、《骂金殿》、《三娘教子》、《牧羊圈》(这些是山西梆子常唱的戏）都能从头至尾唱下来。她的嗓子音色不甜，但是奇响奇高。农科所工人有时唱山西梆子，在外面老远就听见她的像运动场上裁判员吹哨子那样的嗓音。她扮上戏可不怎么好看，那么一匹高头大马，穿上古装，很不协调。她给人整个的印象有点像苏联电影《静静的顿河》里的阿克西尼亚。农科所的青年干部背后就叫她阿克西尼亚。这个外号她自己不知道。

阿克西尼亚去年出了一点事，和所里一个会计乱搞，被朱兴福当场捉住。朱兴福告到支部书记那里（不知道为什么，所里出了这种事情都由支部书记处理）。所领导研究，给会计一个处分，记大过，降一级，调到别的单位。对阿克西尼亚没有怎么样。阿克西尼亚留着会计送她的三双尼龙袜子，一直没有穿。事情就算过去了。

谁都知道杨素花不"戴见"她男人。

朱兴福背着一枝老七九步枪，和我并肩坐在大堤上抽烟，瞎聊。他说话本来不清楚，再加上还有柴沟堡的口音，听起来很费劲。柴沟堡这地方的语言很奇怪，保留一些古音。如"我"读"偓"，"他（她）"读"渠"，跟广东客家话一样。为什么长城以北的山区会保留客家语言呢？

我问他他媳妇为什么不戴见他，他说："晓得为了个毬！"我问他："你为什么总是没精神？你要是干净利索些，她就会心疼你一点。"他忽然显得有了点精神，说他原来挺精神的！他从部队上下来（他当过几年兵），有钱——有复员费。穿得也整齐。他上门相亲的那天，穿了一套崭新的蓝涤卡、解放鞋。新理了发。丈人丈母看了，都挺喜欢，说这个女婿"有人才"。杨素花也挺满意。娶过来两年，后来就……"晓得为了个毬！"

他把烟掐灭了，说：

"老汪，你看着点，俚回去闹渠一槌。"

"闹渠一槌"就是操她一回。

我说："你去吧！"

他进了家，杨素花不叫他闹（这一带女人睡觉都是脱光了的），大声骂他："日你娘！日你娘！"我在老远就听见了。过了一会，听不见声音了。

我在大堤上抽了三根烟，朱兴福背着枪来了。

"闹了？"

"闹了。"

夜很安静。快出伏了，天气很凉快。风吹着玉米叶子刷刷地响。一只鸹鸹悠（鸹鸹悠即猫头鹰）在远处叫，好像一个人在笑。天很蓝。月亮很大。我问朱兴福："今天十五了？"

"十四。"

一九九二年七月二十三日

# 尴尬

农业科学研究是寂寞的事业。作物一年只生长一次。搞一项研究课题，没有三年五载看不出成绩。工作非常单调。每天到田间观察、记录，整理资料，查数据，翻参考书。有了成果，写成学术报告，送到《农业科学通讯》，大都要压很长时间才能发表。发表了，也只是同行看看，不可能产生轰动效应。因此农业科学研究人员老得比较快。刚入所的青年技术员，原来都是胸怀大志，朝气蓬勃的，几年磨下来，就蔫了。有的就找了对象，成家生子，准备终老于斯了。

生活条件倒还好。宿舍、办公室都挺宽敞，设备也还可以。所里有菜园、果园、羊舍、猪舍、养鸡场、鱼塘、蘑菇房，还有一个小酒厂，一个漏粉丝的粉坊。鱼、肉、禽、蛋、蔬菜、水果不缺，白酒、粉丝都比外边便宜。只是精神生活贫乏。农科所在镇外，镇上连一家小电影院都没有。有时请放映队来放电影，都是老片子。晚上，大家都没有什么事。几个青年技术员每天晚上打百分，打到半夜。上了年纪的干部在屋里喝酒。有一个栽培蘑菇的技术员老张，是个手很巧的人，他会织毛衣，各种针法都会，比女同志织得好，他就每天晚上打毛衣。很多女同志身上穿的毛衣，都是他织的。有一个学植保的刚出校门的技术员，一心想改行当电影编剧，每天开夜车写电影剧本。一到216次上行夜车（农科所在一个小火车站旁边）开过之后，农科所就非常安静。谁家的孩子哭，家家都听得见。

只有小魏来的那几天，农科所才热闹起来。小魏是省农科院的技术员。她搞农业科学是走错了门（因为她父亲是农大教授），她应该去演话剧，演电影。小魏长得很漂亮，大眼睛，目光烁烁，脸上表情很丰富，性格健康、开朗。她话很多，说话很快。到处听见她大声说话，哈哈大笑。这女孩子（其实她也不小了，已经结了婚，生过孩子）是一阵小旋风。她爱跳舞，跳得很好。她教青年技术员跳舞，把他们一个一个都拉下了海。他们在大食堂里跳，所里的农业工人，尤其女工，就围在边上看。她拉一个女工下来跳，女工笑着摇摇头，说：“俺们学不会！”

小魏是到所里来抄资料的，她每次来都要住半个月。这半个月，农科所生气勃勃。她一走，就又沉寂下来。

这个所里有几个岁数比较大的高级研究人员——技师。照日本和台湾的说法是"资深"科技人员。

一个是岑春明。他在本地区、本省威信都很高。他是谷子专家，培养出好几个谷子良种，从"冀农一号"到"冀农七号"。谷子是低产作物。他培养的良种都推广了，对整个专区的谷子增产起了很大作用。他一生的志愿是摘掉谷子的"低产作物"的帽子。青年技术员都很尊敬他。他不拿专家的架子，对谁都很亲切、谦虚。有时也和小青年们打打百分，打打乒乓球。照农业工人的说法，他"人缘很好"。他写的论文质量很高，但是明白易懂，不卖弄。他有个外号，叫"俊哥儿"，因为他年轻时长得很漂亮。这外号是农业工人给他起的。现在四十几岁了，也还是很挺拔。他穿衣服总是很整齐，很干净，衬衫领袖都是雪白的。他的头发梳得一丝不乱。冬天也不戴帽子。他的夫人也很漂亮，高高的个儿，衣著高雅，很有风度。他的夫人是研究遗传工程的，这是尖端科学，需要精密仪器，她只能在省院工作，不能调到地区，因为地区没有这样的研究条件。他们两地分居有好几年了。她只能每个月来住三四天。每回岑春明到火车站去接她，他们并肩走在两边长了糖槭树的路上，农业工人就啧啧称赞："啧啧啧！这真是天造地设的一对！"

岑春明会拉小提琴，以前晚上常拉几个曲子。后来提琴的 E 弦断了，他懒得到大城市去配，就搁下了。

另外两个技师是洪思迈和顾艳芬。他们是两口子。

洪思迈说话总是慢条斯理，显得很深刻。他爱在所里的业务会议上作长篇发言。他说的话是报纸刊物上的话，即"雅言"。所里的工人说他说的是"字儿话"。他写的学术报告也很长，引用了许多李森科和巴甫洛夫的原话。他的学问很渊博。他常常在办公室里向青年技术员分析国际形势，评论三门峡水利工程的得失，甚至市里开书法展览会，他也会对"颜柳欧苏"发表一通宏论。他很有优越感。但是青年技术员并不佩服他，甚至对他很讨厌。他是蔬菜专家，蔬菜研究室主任。技术员叫岑春明为老岑，对他却总称之为洪主任。洪主任大跃进时出了很大的风头：培养出三尺长的大黄瓜，装在特制的玻璃盒子里，泡了福尔马林，送到市里、专区、省里展览过。农业工人说："这样大的黄瓜能吃吗？好吃吗！"这些年他的研究课题是"蔬菜排开供应"，要让本市、本地区任何时期都能吃到新鲜蔬菜。青年技术员都认为这是纸上谈兵，没有实际意义。什么时候种什么菜，菜农不知道吗？"头伏萝卜、二伏菜"！因为他知识全面，因此常常代表所里出去开会，到省里，出省，往往一去二十来天、一个月。

顾艳芬是研究马铃薯的，主要是研究马铃薯晚疫病。这几年的研究项目是"马铃薯秋播留种"。她也自以为很有学问。有一次所里搞了一个"超声波展览馆"。布置展览馆的是一个下放在所里劳动的诗人兼画家。布置就绪，请所领导、技术人员来审查。展览馆外面有一块横匾，写着："超声波展览馆"。顾艳芬看了，说"馆"字写得不对。应该是"舍"字边，不是"食"字边。图书馆、博物馆都只能写作"舍"字边，只有饭馆的"馆"字才能写"食"字边。在场多人，都认为她的意见很对，"应该改一改，改一改"。诗人兼画家不想和这群知识分子争辩，只好拿起刷子把"食"字边涂了，改成"舍"字边。诗人兼画家觉得非常憋气。

顾艳芬长得相当难看。个儿很矮。两个朝天鼻孔，嘴很鼓，给人的印象像一只母猴。穿的衣服也不起眼，干部服，不合体。周年穿一双厚胶底的系带的老式黑皮鞋，鞋尖微翘，像两只船。

洪思迈原来结过婚，家里有媳妇。媳妇到所里来过，据工人们说：头是头，脚是脚，很是样儿。他和原来的媳妇离了婚，和顾艳芬结了婚。大家都纳闷，他为什么要跟原来的媳妇离婚，和顾艳芬结婚呢？大家都觉得是顾艳芬追的他。顾艳芬怎么把洪思迈追到手的呢？不便猜测。

她和洪思迈生了两个女儿，前后只差一岁。真没想到顾艳芬会生出这么两个好看的女儿。镇上没有幼儿园，两个孩子就在所里到处玩。下过雨，泥软了，她们坐在阶沿上搓泥球玩，搓了好多，摆了一溜。一边搓，一边念当地小孩子的童谣：

圆圆，

弹弹，

里头住个神仙。

神仙神仙不出来，

两条黄狗拉出来。

拉到那个哪啦？

拉到姑姑洼啦。

姑妈出来骂啦。

骂谁家？

骂王家，

王家不是好人家！

岑春明和洪思迈两家的宿舍紧挨着，在一座小楼上。小楼的二层只他们两家，还有一间是标本室。两家关系很好，很客气。岑春明的夫人来的时候，洪思迈和顾艳芬都要过来说说话。

尴尬

顾艳芬怀孕了!她已经过了四十岁,一般这样的年龄是不会怀孕的,但也不是绝对没有。已经怀了三个月,顾艳芬的肚子很显了,瞒不住了。

洪思迈非常恼火,他找到所长兼党委书记去反映,说:"我患阳痿,已经有两年没有性生活,她怎么会怀孕?"所长请顾艳芬去谈谈。顾艳芬只好承认,孩子是岑春明的。

这件事真是非常尴尬。三个人都是技师,事情不好公开。党委开了会,并由所长亲自到省里找领导研究这个问题。最后这样决定:顾艳芬提前退休,由一个女干部陪她带着两个女儿回家乡去;岑春明调到省农科院,省里前几年就要调他。

顾艳芬在家乡把孩子生下来了。是个男孩。

对于这回事,所里议论纷纷:

"真没有想到。"

"老岑怎么会跟她!"

"发现怀了孕不做人流?还把孩子生下来了。真不可理解!她是怎么想的?"

岑春明到省院还是继续搞谷子良种栽培。他是省劳模,因为他得了肺癌,还坚持研究,到田间观察记录。省电视台还为他拍了专题报导片。

顾艳芬四十几岁就退休,这不合乎干部政策,经省里研

342

究，调她到另一个专区，还是研究马铃薯晚疫病。

洪思迈提升了所长，但是他得了老年痴呆症。他还不到六十，怎么会得了这种病呢？他后来十分健忘，说话颠三倒四，神情呆滞，整天傻坐着。有一次有电话来找他，对方问他是哪一位，他竟然答不出，急忙问旁边的人："我是谁？我是谁？"

一九九二年七月二十七日

尴尬

# 拟故事两篇

## 仓老鼠和老鹰借粮

"仓老鼠和老鹰借粮，——守着的没有，飞着的倒有？"

——《红楼梦》

天长啦，夜短啦，耗子大爷起晚啦！

耗子大爷干嘛哪？耗子大爷穿套裤哪。

来了一个喜鹊，来跟仓老鼠借粮。

喜鹊和在门口玩耍的小老鼠说：

"小胖墩，回去告诉老胖墩：'有粮借两担，转过年来就归还。'"

小老鼠回去跟仓老鼠说："有人借粮。"

"什么人？"

"花喜鹊，尾巴长，娶了媳妇忘了娘。"

"哦！喜鹊。他说什么？"

"小胖墩，回去告诉老胖墩：'有粮借两担，转过年来就归还。'"

"借给他两担！"


天长啦，夜短啦，耗子大爷起晚啦。

耗子大爷干嘛哪？耗子大爷梳胡子哪。

来了个乌鸦，来跟仓老鼠借粮。

乌鸦和在门口玩耍的小老鼠说：

"小尖嘴，回去告诉老尖嘴：'有粮借两担，转过年来就归还。'"

小老鼠回去跟仓老鼠说："有人借粮。"

"什么人？"

"从南来个黑大汉，腰里别着两把扇。走一走，扇一扇，'阿弥陀佛好热的天！'"

"这是什么时候，扇扇？！"

"是乌鸦。"

"他说什么？"

"小尖嘴，回去告诉老尖嘴：'有粮借两担，转过年来就归还。'"

"借给他两担！"


天长啦，夜短啦，耗子大爷起晚啦！

耗子大爷干嘛哪？耗子大爷咕嘟咕嘟抽水烟哪。

来了个老鹰，来跟仓老鼠借粮。

老鹰和在门口玩耍的小老鼠说：

"小猫菜，回去告诉老猫菜：'有粮借两担，转过年来不定归还不归还！'"

小老鼠回去跟仓老鼠说："有人借粮。"

"什么人？"

"钩鼻子，黄眼珠，看人斜着眼，说话尖声尖气。"

"是老鹰！——他说什么？"

"他说：'小猫菜回去告诉老猫菜——'"

"什么'小猫菜'、'老猫菜'！"

"——'有粮借两担'——"

"转过年来？"

"——'不定归还不归还！'"

"不借给他！——转来！"

"……"

"就说我没在家!"

小老鼠出去对老鹰说:

"我爹说他没在家!"


仓老鼠一想:这事完不了,老鹰还会来的。我得想个办法。有了!我跟他哭穷,我去跟他借粮去。

仓老鼠找到了老鹰,说:

"鹰大爷,鹰大爷!天长啦,夜短啦,盆光啦,瓮浅啦。有粮借两担,转过年来两担还四担!"

老鹰一听,气不打一处来:这可真是"仓老鼠跟老鹰借粮,守着的没有,飞着的倒有!"——"好,我借给你,你来!你来!"

仓老鼠往前走了两步。

老鹰一嘴就把仓老鼠叼住,一翅飞到树上,两口就把仓老鼠吞进了肚里。

老鹰问:"你还跟我借粮不?"

仓老鼠在鹰肚子里连忙回答:"不借了!不借了!不借了!"


一九八四年二月

拟故事两篇

347

## 螺蛳姑娘

　　有种田人，家境贫寒。上无父母，终鲜兄弟。薄田一丘，茅屋数椽。孤身一人，艰难度日。日出而作，春耕夏锄。日落回家，自任炊煮。身为男子，不善烧饭。冷灶湿柴，烟熏火燎。往往弄得满脸乌黑，如同灶王。有时怠惰，不愿举火，便以剩饭锅巴，用冷水泡泡，摘取野葱一把，辣椒五颗，稍蘸盐水，大口吞食。顷刻之间，便已果腹。虽然饭食粗粝，但是田野之中，不乏柔软和风，温暖阳光，风吹日晒，体魄健壮，精神充溢，如同牛犊马驹。竹床棉被，倒头便睡。无忧无虑，自得其乐。

　　忽一日，作田既毕，临溪洗脚，见溪底石上，有一螺蛳，螺体硕大，异于常螺，壳有五色，晶莹可爱，怦然心动，如有所遇。便即携归，养于水缸之中。临睡之前，敲石取火，燃点松明，时往照视。心中欢喜，如得宝贝。

　　次日天明，青年男子，仍往田间作务。日之夕矣，牛羊下来。余霞散绮，落日熔金。此种田人，心念螺蛳，急忙回家。到家之后，俯视水缸：螺蛳犹在，五色晶莹。方拟升火煮饭，揭开锅盖，则见饭菜都已端整。米饭半锅，青菜一碗。此种田人，腹中饥饿，不暇细问，取箸便吃。热饭热菜，甘美异常。食毕之后，心生疑念：此等饭菜，何人所做？或是邻居媪婶，怜我孤苦，代为炊煮，便往称谢。邻居皆曰："我们不曾为你煮饭，何用谢为！"此种田人，疑惑不解。

又次日，青年男子，仍往作田。归家之后，又见饭菜端整。油煎豆腐，细嫩焦黄；酱姜一碟，香辣开胃。

又又次日，此种田人，日暮归来，启锁开门，即闻香气。揭锅觑视：米饭之外，兼有腊肉一碗，烧酒一壶。此种田人，饮酒吃肉，陶然醉饱。

心念：果是何人，为我做饭？以何缘由，作此善举？

复后一日，此种田人，提早收工，村中炊烟未起，即已抵达家门。轻手蹑足，于门缝外，向内窥视。见一姑娘，从螺壳中，冉冉而出。肤色微黑，眉目如画。草屋之中，顿生光辉。行动婀娜，柔若无骨。取水濯手，便欲做饭。此种田人，破门而入，三步两步，抢过螺壳；扑向姑娘，长跪不起。螺蛳姑娘，挣逃不脱，含羞弄带，允与成婚。种田人惧姑娘复入螺壳，乃将螺壳藏过。严封密裹，不令人知。

一年之后，螺蛳姑娘，产生一子，眉目酷肖母亲，聪慧异常。一家和美，幸福温馨，如同蜜罐。

唯此男人，初得温饱，不免骄惰。对待螺蛳姑娘，无复曩时敬重，稍生侮慢之心。有时入门放锄，大声喝唤：

"打水洗脚！"凡百家务，垂手不管。唯知戏弄孩儿，打火吸烟。衣来伸手，饭来张口，俨然是一大爷。螺蛳姑娘，性情温淑，并不介意。

一日，此种田人，忽然想起，昔年螺壳，今尚在否？探身取视，晶莹如昔。遂以逗弄婴儿，以箸击壳而歌：

"丁丁丁，你妈是个螺蛳精！

"橐橐橐，这是你妈的螺蛳壳！"

彼时螺蛳姑娘，方在炝锅炒菜，闻此歌声，怫然不悦，抢步入房，夺过螺壳，纵身跳入。倏忽之间，已无踪影。此种田人，悔恨无极。抱儿出门，四面呼喊。山风忽忽，流水潺潺，茫茫大野，迄无应声。

此种田人，既失娇妻，无心作务，田园荒芜，日渐穷困。神情呆滞，面色苍黑。人失所爱，易于速老。

一九八五年四月四日

# 聊斋新义

## 瑞云

瑞云越长越好看了。初一十五，她到灵隐寺烧香，总有一些人盯着她傻看。她长得很白，姑娘媳妇偷偷向她的跟妈打听："她搽的是什么粉？"——"她不搽粉，天生的白嫩。"平常日子，街坊邻居也不大容易见到她，只听见她在小楼上跟师傅学吹箫，拍曲子，念诗。

瑞云过了十四，进十五了。按照院里的规矩，该接客了。养母蔡妈妈上楼来找瑞云。

"姑娘，你大了。是花，都得开。该找一个人梳拢了。"

瑞云在行院中长大，哪有不明白的。她脸上微红了一阵，倒没有怎么太扭捏，爽爽快快地说：

"妈妈说的是。但求妈妈依我一件：钱，由妈妈定；人，要由我自己选。"

"你要选一个什么样的？"

"要一个有情的。"

"有钱的、有势的，好找。有情的，没有。"

"这是我一辈子头一回。哪怕跟这个人过一夜，也就心满意足了。以后，就顾不了许多了。"

蔡妈妈看看这棵摇钱树，寻思了一会，说：

"好。钱由我定，人由你选。不过得有个期限：一年。一年之内，由你。过了一年，由我！今天是三月十四。"

于是瑞云开门见客。

蔡妈妈定例：上楼小坐，十五两；见面赟礼不限。

王孙公子、达官贵人、富商巨贾，纷纷登门求见。瑞云一一接待。赟礼厚的，陪着下一局棋，或当场画一个小条幅、一把扇面。赟礼薄的，敬一杯香茶而已。这些狎客对瑞云各有品评。有的说是清水芙蓉，有的说是未放梨蕊，有的说是一块羊脂玉。一传十，十传百，瑞云身价渐高，成了杭州红极一时的名妓。

余杭贺生，素负才名。家道中落，二十未娶。偶然到西湖闲步，见一画舫，飘然而来。中有美人，低头吹箫。岸上游人，纷纷指点："瑞云！瑞云！"贺生不觉注目。画舫已经远去，贺生还在痴立。回到寓所，茶饭无心。想了一夜，备了一份薄薄的贽礼，往瑞云院中求见。

原来以为瑞云阅人已多，一定不把他这寒酸当一回事。不想一见之后，瑞云款待得很殷勤。亲自涤器烹茶，问长问短。问余杭有什么山水，问他家里都有什么人，问他二十岁了为什么还不娶妻……语声柔细，眉目含情。有时默坐，若有所思。贺生觉得坐得太久了，应该知趣，起身将欲告辞。瑞云拉住他的手，说："我送你一首诗。"诗曰：

何事求浆者，

蓝桥叩晓关。

有心寻玉杵，

端只在人间。

贺生得诗狂喜，还想再说点什么，小丫头来报："客到！"贺生只好仓促别去。

贺生回寓，把诗展读了无数遍。才夹到一本书里，过一会，又抽出来看看。瑞云分明属意于我，可是玉杵向哪里去寻？

过一二日，实在忍不住，备了一份贽礼，又去看瑞云。

听见他的声音，瑞云揭开门帘，把他让进去，说：

"我以为你不来了。"

"想不来，还是来了！"

瑞云很高兴。虽然只见了两面，已经好像很熟了。山南海北，琴棋书画，无所不谈。瑞云从来没有和人说过那么多的话，贺生也很少说话说得这样聪明。不知不觉，炉内香灰堆积，帘外落花渐多。瑞云把座位移近贺生，悄悄地说：

"你能不能想一点办法，在我这里住一夜？"

贺生说："看你两回，于愿已足。肌肤之亲，何敢梦想！"

他知道瑞云和蔡妈妈有成约：人由自选，价由母定。

瑞云说："娶我，我知道你没这个能力。我只是想把女儿身子交给你。以后你再也不来了，山南海北，我老想着你，这也不行么？"

贺生摇头。

两个再没有话了，眼对眼看着。

楼下蔡妈妈大声喊：

"瑞云！"

瑞云站起来，执着贺生的两只手，一双眼泪滴在贺生手背上。

贺生回去，辗转反侧。想要回去变卖家产，以博一宵之欢；又想到更尽分别，各自东西，两下牵挂，更何以堪。想到这里，热念都消。咬咬牙，再不到瑞云院里去。

蔡妈妈催着瑞云择婿。接连几个月，没有中意的。眼看花朝已过，离三月十四没有几天了。

这天，来了一个秀才，坐了一会，站起身来，用一个指头在瑞云额头上按了一按，说："可惜，可惜！"说完就走了。瑞云送客回来，发现额头有一个黑黑的指印。越洗越真。

而且这块黑斑逐渐扩大，几天的功夫，左眼的上下眼皮都黑了。

瑞云不能再见客。蔡妈妈拔了她的簪环首饰，剥了上下衣裙，把她推下楼来，和妈子丫头一块干粗活。瑞云娇养惯了，身子又弱，怎么受得了这个！

贺生听说瑞云遭了奇祸，特地去看看。瑞云蓬着头，正在院里拔草。贺生远远喊了一声："瑞云！"瑞云听出是贺生的声音，急忙躲到一边，脸对着墙壁。贺生连喊了几声，瑞云就是不回头。贺生一头去找到蔡妈妈，说是愿意把瑞云赎出来。瑞云已经是这样，蔡妈妈没有多要身价银子。贺生回余杭，变卖了几亩田产，向蔡妈妈交付了身价。一乘花轿把瑞云抬走了。

到了余杭，拜堂成礼。入了洞房后，瑞云乘贺生关房门的功夫，自己揭了盖头，一口气，噗，噗，把两枝花烛吹灭了。贺生知道瑞云的心思，并不嗔怪。轻轻走拢，挨着瑞云在床沿坐下。

瑞云问："你为什么娶我？"

"以前，我想娶你，不能。现在能把你娶回来了，不好么？"

"我脸上有一块黑。"

"我知道。"

"难看么？"

"难看。"

"你说了实话。"

"看看就会看惯的。"

"你是可怜我么？"

"我疼你。"

"伸开你的手。"

瑞云把手放在贺生的手里。贺生想起那天在院里瑞云和他执手相看，就轻轻抚摸瑞云的手。

瑞云说："你说的是真话。"接着叹了一口气，"我已经不是我了。"

贺生轻轻咬了一下瑞云的手指："你还是你。"

"总不那么齐全了！"

"你不是说过，愿意把身子给我吗？"

"你现在还要吗？"

"要！"

两口儿日子过得很甜。不过瑞云每晚临睡，总把所有灯烛吹灭了。好在贺生已经逐渐对她的全身读得很熟，没灯胜似有灯。

花开花落，春去秋来。一窗细雨，半床明月。少年夫妻，如鱼如水。

贺生真的对瑞云脸上那块黑看惯了。他不觉得有什么难看。似乎瑞云脸上本来就有，应该有。

瑞云还是一直觉得歉然。她有时晨妆照镜，会回头对贺生说：

"我对不起你！"

"不许说这样的话！"

贺生因事到苏州，在虎丘吃茶。隔座是一个秀才，自称姓和，彼此攀谈起来。秀才听出贺生是浙江口音，便问：

"你们杭州，有个名妓瑞云，她现在怎么样了？"

"已经嫁人了。"

"嫁了一个什么样的人？"

"一个和我差不多的人。"

"真能类似阁下，可谓得人！——不过，会有人娶她么？"

　　"为什么没有？"

　　"她脸上——"

　　"有一块黑。是一个什么人用指头在她额头一按，留下的。这个人真不知道安的是什么心肠！——你怎么知道的？"

　　"实不相瞒，你说的这个人，就是在下。"

　　"你为什么要做这种事？"

　　"昔在杭州，也曾一觐芳仪，甚惜其以绝世之姿而流落不偶，故以小术晦其光而保其璞，留待一个有情人。"

　　"你能点上，也能去掉么？"

　　"怎么不能？"

　　"我也不瞒你，娶瑞云的，便是小生。"

　　"好！你别具一双眼睛，能超出世俗媸妍，是个有情人！我这就同你到余杭，还君一个十全佳妇。"

　　到了余杭，秀才叫贺生用铜盆打一盆水，伸出中指，在水面写写画画，说："洗一洗就会好的。好了，须亲自出来一谢医人。"

　　贺生笑说："那当然！"贺生捧盆入内室，瑞云掬水洗面，面上黑斑随手消失。晶莹洁白，一如当年。瑞云照照镜子，不敢相信。反复照视，大叫一声："这是我！这是我！"

夫妻二人，出来道谢。一看，秀才没有了。

这天晚上，瑞云高烧红烛，剔亮银灯。

贺生不像瑞云一样欢喜。明晃晃的灯烛，粉扑扑的嫩脸，他觉得不惯。他若有所失。

瑞云觉得他的爱抚不像平日那样温存，那样真挚。她坐起来，轻轻地问：

"你怎么了？"

一九八七年八月一日　北京

## 黄英

马子才，顺天人。几代都爱菊花。到了子才，更是爱菊如命。听说什么地方有佳种，一定得买到。千里迢迢，不辞辛苦。一天，有金陵客人寄住在马家，看了子才种的菊花，说他有个亲戚，有一二名种，为北方所无。马子才动了心，即刻打点行李，跟这位客人到了金陵。客人想方设法，给他弄到两苗菊花芽。马子才如获至宝，珍重裹藏，捧在手里，骑马北归。半路上，遇见一个少年，赶着一辆精致的轿车。少年眉清目秀，风姿洒落。他好像刚刚喝了酒，酒气中有淡淡的菊花香。一路同行，子才和少年就搭了话。少年听出马子才的北方口音，问他到金陵做什么来了，手里捧着的是什么。子才如实告诉少年，说手里这两苗菊花芽好不容易才弄到，这是难得的名种。少年说：

"种无不佳，培溉在人。人即是花，花即是人。"

马子才似懂非懂，问少年要往哪里去。少年说："姐姐不喜欢金陵，将到河北找个合适的地方住下。"马子才问："找了房子没有？"——"到了再说吧。"子才说："我看你们就甭费事了。我家里还有几间闲房，空着也是空着，你们不如就在我那儿住着，我也好请教怎样'培溉'菊花。"少年说："得跟我姐姐商量商量。"他把车停住，把马子才的意思向姐姐说了。车里的人推开车帘说话。原来是二十来岁的一位美人。说：

"房子不怕窄憋，院子得大一些。"

子才说："我家有两套院子，我住北院，南院归你们。两院之间有个小板门。愿意来坐坐，拍拍门，随时可以请过来。平常尽可落闩下锁，互不相扰。"

"这样很好。"

谈了半日，才互通名姓。少年姓陶，姐姐小字黄英。

两家处得很好。马子才发现，陶家好像不举火。经常是从外面买点烧饼馃子就算一餐，就三天两头请他们过来便饭。这姐弟二人倒也不客气，一请就到。有一天陶对马说："老兄家道也不是怎么富足的，我们老是吃你们，长了，也不是个事。咱们合计合计，我看卖菊花也能谋生。"马子才素来自命清高，听了陶生的话很不以为然，说："这是以东篱为市井，有辱黄花！"陶笑笑，说："自食其力不为贫，贩花为业不为俗。"马子才不再说话。陶生也还常常拍拍板门，过来看看马子才种的菊花。

子才种菊，十分勤苦。风晨雨夜，科头赤足，他又挑剔得很严，残枝劣种，都拔出来丢在地上。他拿了把竹扫帚，打算扫到沟里，让它们顺水漂走。陶生说："别！"他把这些残枝劣种都捡起来，抱到南院。马子才心想：这人并不懂种菊花！

没多久，到了菊花将开的月份，马子才听见南院人声嘈杂，闹闹嚷嚷，简直像是香期庙会：这是咋回事？扒在板门上偷觑：喝！都是来买花的。用车子装的，背着的，抱着的，缕缕不绝。再一看那些花，都是见都没见过的异种。心想：他真的卖起菊花来了。这么多的花，得卖多少钱？此人俗，且贪！交不得！又恨他秘着佳本，不叫自己知道，太不够朋友。于是拍拍板门，想过去说几句不酸不咸的话，叫这小子知道：马子才既不贪财，也不可欺。陶生听见拍门，开开门，拉着子才的手，把他拽了过来。子才一看，荒庭半亩，都已辟为菊畦，除了那几间旧房，没有一块空地，到处都是菊花。多数憋了骨朵，少数已经半开。花头大，颜色好，秆粗，叶壮，比他自己园里种的，强百倍。问："你这些花秧子是哪里淘换来的？"陶生说："你细看看！"子才弯腰细看：似曾相识。原来都是自己拔弃的残枝劣种。于是想好的讥诮的话都忘了，直想问问："你把菊种得这样好，有什么诀窍？"陶生转身进了屋，不大会，搬出一张矮桌，就放在菊畦旁边。又进屋，拿出酒菜，说："我不想富，也不想穷。我不能那样清高。连日卖花，得了一些钱。你来了，今天咱们喝两盅。"陶生酒量大，用大杯。马子才只能小杯陪着。正喝着，听见屋里有人叫："三郎！"是黄英的声音。"少喝点，小心吓着马先生。"陶生答应："知道了。"几杯落肚，马子才问："你说过'种无不佳，培溉在人'，你到底有什法子能把花种成这样？"陶生说：

"人即是花，花即是人。花随人意。人之意即花之意。"

马子才还是不明白。

陶生豪饮，从来没见他大醉过。子才有个姓曾的朋友，酒量极大，没有对手。有一天，曾生来，马子才就让他

362

们较量较量。二位放开量喝，喝得非常痛快。从早晨一直喝到半夜。曾生烂醉如泥，靠在椅子上呼呼大睡。陶生站起，要回去睡觉，出门踩了菊花畦，一交摔倒。马子才说："小心！"一看人没了，只有一堆衣裳落在地上，陶生就地化成一棵菊花，一人高，开着十几朵花，花都有拳大。马子才吓坏了，赶紧去告诉黄英。黄英赶来，把菊花拔起来，放倒在地上，说："怎么醉成这样！"拿起陶生衣裳，把菊花盖住，对马子才说："走，别看！"到了天亮，马子才过去看看，只见陶生卧在菊畦边，睡得正美。

于是子才知道，这姐弟二人都是菊花精。

陶生已经露了形迹，也就不避子才，酒喝得越来越放纵。常常自己下个短帖，约曾生来共饮，二位酒友，成了莫逆。

二月十二，花朝。曾生着两个仆人抬了一坛百花酒，说："今天咱们俩把这坛酒都喝了！"一坛酒快完了，两人都还不太醉。马子才又偷偷往坛里续了几斤白酒。俩人又都喝了。曾生醉得不省人事，由仆人背回去了。陶生卧在地上，又化为菊花。马见惯不惊，就如法炮制，把菊花拔起来，守在旁边，看他怎么再变过来。等了很久，看见菊花叶子越来越憔悴，坏了！赶紧去告诉黄英，黄英一听："啊？！——你杀了我弟弟了！"急急奔过来看，菊花根株已枯。黄英大哭，掐了还有点活气的菊花梗，埋在盆里，携入闺中，每天灌溉。

盆里的花渐渐萌发。九月，开了花，短干粉朵，闻闻，有酒香。浇以酒，则茂。

这个菊种，渐渐传开。种菊人给起了个名字，叫"醉陶"。

一年又一年，黄英也没有什么异状，只是她永远像二十来岁，永远不老。

一九八七年九月十一日　爱荷华

## 蛐蛐

宣德年间，宫里兴起了斗蛐蛐。蛐蛐都是从民间征来的。这玩意陕西本不出。有那么一位华阴县令，想拍拍上官的马屁，进了一只。试斗了一次，不错，贡到宫里。打这儿起，传下旨意，责令华阴县年年往宫里送。县令把这项差事交给里正。里正哪里去弄到蛐蛐？只有花钱买。地方上有一些不务正业的混混，弄到好蛐蛐，养在金丝笼里，价钱抬得很高。有的里正，和衙役勾结在一起，借了这个名目，挨家挨户，按人口摊派。上面要一只蛐蛐，常常害得几户人家倾家荡产。蛐蛐难找，里正难当。

有个叫成名的，是个童生，多年也没有考上秀才。为人很迂，不会讲话。衙役瞧他老实，就把他报充了里正。成名托人情，送蒲包，磕头，作揖，不得脱身。县里接送往来官员，办酒席，敛程仪，要民夫，要马草，都朝里正说话。不到一年的功夫，成名的几亩薄产都赔进去了。一出暑伏，按每年惯例，该征蛐蛐了。成名不敢挨户摊派，自己又实在变卖不出这笔钱。每天烦闷忧愁，唉声叹气，跟老伴说："我想死的心都有。"老伴说："死，管用吗？买不起，自己捉！说不定能把这项差事应付过去。"成名说："是个办法。"于是提了竹筒，拿着蛐蛐罩，破墙根底下，烂砖头堆里，草丛里，石头缝里，到处翻，找。清早出门，半夜回家。鞋磨破了，胚膝盖磨穿了，手上、脸上，叫葛针拉出好些血道道，无济于事。即使捕得三两只，又小又弱，不够分量，不上品。具令限期追比，交不上蛐蛐，二十板子。十多天下来，成名挨了百十板，两条腿脓血淋漓，没有一块好肉了。走都不能走，哪能再捉蛐蛐呢？躺在床上，翻来覆去：除了自尽，别无他法。

迷迷糊糊做了一个梦。梦见一座庙，庙后小山下怪石乱卧，荆棘丛生，有一只"青麻头"伏着。旁边有一只癞蛤蟆，将蹦未蹦。醒来想想：这是什么地方？猛然省悟：这不是村东头的大佛阁么？他小时候逃学，曾到那一带玩过。这梦有准么？那里真会有一只好蛐蛐？管它的！去碰碰运气。于是挣扎起来，拄着拐杖，往村东去。到了大佛阁后，一带都是古坟，顺着古坟走，蹲着伏着一块一块怪石，就跟梦里所见的一样。是这儿？——像！于是在蒿莱草莽之间，轻手轻脚，侧耳细听，凝神细看，听力目力都用尽了，然而听不到蛐蛐叫，看不见蛐蛐影子。忽然，蹦出一只癞蛤蟆。成名一愣，赶紧追！癞蛤蟆钻进了草丛。顺着方向，拨开草丛：一只蛐蛐在荆棘根旁伏着。快扑！蛐蛐跳进了石穴。用尖草撩它，不出来；用随身带着的竹筒里的水灌，这才出来。好模样！蛐蛐蹦，成名追。罩住了！细看看：个头大，尾巴长，青脖子，金翅膀。大叫一声："这可好了！"一阵欢喜，腿上棒伤也似轻松了一些。提着蛐蛐笼，快步回家。举家庆贺，老伴破例给成名打了二两酒。家里有蛐蛐罐，垫上点过了箩的细土，把宝贝养在里面。蛐蛐爱吃什么？栗子、菱角、螃蟹肉。买！净等着到了期限，好见官交差。这可好了：不会再挨板子，剩下的房产田地也能保住了。蛐蛐在罐里叫哩，瞿瞿瞿瞿……

成名有个儿子，小名叫黑子，九岁了，非常淘气。上树掏鸟蛋，下河捉水蛇，飞砖打恶狗，爱捅马蜂窝。性子倔，爱打架。比他大几岁的孩子也都怕他，因为他打起架来拼命，拳打脚踢带牙咬。三天两头，有街坊邻居来告"妈妈状"。成名夫妻，就这么一个儿子，只能老给街坊们赔不是，不忍心重棒打他。成名得了这只救命蛐蛐，再三告诫黑子："不许揭开蛐蛐罐，不许看，千万千万！"

不说还好，说了，黑子还非看看不可。他瞅着父亲不在家，偷偷揭开蛐蛐罐。腾！——蛐蛐蹦出罐外，黑子伸手一扑，用力过猛，蛐蛐大腿折了，肚子破了——死了。黑子知道闯了大祸，哭着告诉妈妈。妈妈一听，脸色煞白："你个孽障！你甭想活了！你爹回来，看他怎么跟你算账！"黑子哭着走了。成名回来，老伴把事情一说，成名掉在冰窟窿里了。半天，说："他在哪儿？"找。到处找遍了，没有。做妈的忽然心里一震：莫非是跳了井了？扶着井栏一看，有个孩子。请街坊帮忙，把黑子捞上来，已经死了。这时候顾不上生气，只觉得悲痛。夫妻二人，傻了一样。傻坐着，你看看我，我看看你，找不到一句话。这天他们家烟筒没冒烟，哪里还有心思吃饭呢。天黑了，把儿子抱起来，准备用一张草席卷卷埋了。摸摸胸口，还有点温和；探探鼻子，还有气。先放到床上再说吧。半夜里，黑子醒过来了，睁开了眼。夫妻二人稍得安慰。只是眼神发呆。睁眼片刻，又合上眼，昏昏沉沉地睡了。

蛐蛐死了，儿子这样。成名瞪着眼睛到天亮。

　　天亮了，忽然听到门外蛐蛐叫，成名跳起来，远远一看，是一只蛐蛐。心里高兴，捉它！蛐蛐叫了一声：嚯，跳走了，跳得很快。追。用手掌一捂，好像什么也没有，空的。手才举起，又分明在，跳得老远。急忙追，折过墙角，不见了。四面看看，蛐蛐伏在墙上。细一看，个头不大，黑红黑红的。成名看它小，瞧不上眼，墙上的小蛐蛐，忽然落在他的袖口上。看看：小虽小，形状特别，像一只土狗子，梅花翅，方脑袋，好像不赖。将就吧。右手轻轻捏住蛐蛐，放在左手掌里，两手相合，带回家里。心想拿它交差，又怕县令看不中，心里没底，就想试着斗一斗，看看行不行。村里有个小伙子，是个玩家，走狗斗鸡，提笼架鸟，样样在行。他养着一只蛐蛐，自名"蟹壳青"，每天找一些少年子弟斗，百战百胜。他把这只"蟹壳青"居为奇货，索价很高，也没人买得起。有人传出来，说成名得了一只蛐蛐，这小伙子就到成家拜访，要看看蛐蛐。一看，捂着嘴笑了：这也叫蛐蛐！于是打开自己的蛐蛐罐，把蛐蛐赶进"过笼"里，放进斗盆。成名一看，这只蛐蛐大得像一只油葫芦，就含糊了，不敢把自己的拿出来。小伙子存心看个笑话，再三说："玩玩嘛，咱又不赌输赢。"成名一想，反正养这么只孬玩意也没啥用，逗个乐！于是把黑蛐蛐也放进斗盆。小蛐蛐趴着不动，蔫哩巴唧，小伙子又大笑。使猪鬃撩拨它的须须，还是不动。小伙子又大笑。撩它，再撩它！黑蛐蛐忽然暴怒，后腿一挺，直窜过来。俩蛐蛐这就斗开了，冲、撞、腾、击，劈里卜碌直响。忽见小蛐蛐跳起来，伸开须须，翘起尾巴，张开大牙，一下子钳住大蛐蛐的脖子。大蛐蛐脖子破了，直流水。小伙子赶紧把自己的蛐蛐装进过笼，说："这小家伙真玩命呀！"小蛐蛐摆动着须须，"矍矍，矍矍"，扬扬得意。成名也没想到。他和小伙子正在端详这只黑红黑红的小蛐蛐，他们家的一只大公鸡斜着眼睛过来，上去就是一嘴。成名大叫了一声："啊呀！"幸好，公鸡没啄着，蛐蛐蹦出了一尺多远。公鸡一啄不中，撒腿紧追。眨眼之间，蛐蛐已经在鸡爪子底下了。成名急得不知怎么好，只是跺脚，再一看，公鸡伸长了脖子乱甩。唔？走近了一看，只见蛐蛐叮在鸡冠上，死死咬住不放。公鸡羽毛扎撒，双脚挣蹦。成名惊喜，把蛐蛐捏起来，放进笼里。

第二天，上堂交差。县太爷一看：这么个小东西，大怒："这，你不是糊弄我吗！"成名细说这只蛐蛐怎么怎么好。县令不信，叫衙役弄几只蛐蛐来试试。果然，都不是对手。又叫抱一只公鸡来，一斗，公鸡也败了。县令盼咐，专人送到巡抚衙门。巡抚大为高兴，打了一只金笼

聊斋新义　　　　　　369

子，又命师爷连夜写了一通奏折，详详细细表叙了黑蛐蛐的能耐，把蛐蛐献进宫中。宫里的有名有姓的蛐蛐多了，都是各省进贡来的。什么"蝴蝶"、"螳螂"、"油利挞"、"青丝额"……黑蛐蛐跟这些"名将"斗了一圈，没有一只，能经得三个回合，全都不死带伤望风而逃。皇上龙颜大悦，下御诏，赐给巡抚名马衣缎。巡抚饮水思源，到了考核的时候，给华阴县评了一个"卓异"，就是说该县令的政绩非比寻常。县令也是个有良心的，想起他的前程都是打成名那儿来的，于是免了成名里正的差役；又嘱咐县学的教谕，让成名进了学，成了秀才，有了功名，不再是童生了；还赏了成名几十两银子，让他把赔累进去的薄产赎回来。成名夫妻，说不尽的欢喜。

只是他们的儿子一直是昏昏沉沉地躺着，不言不语，不吃不喝，不死不活，这可怎么了呢？

树叶黄了，树叶落了，秋深了。

一天夜里，成名夫妻做了一个同样的梦，梦见了他们的儿子黑子。黑子说：

"我是黑子。就是那只黑蛐蛐。蛐蛐是我。我变的。

"我拍死了'青麻头'，闯了祸。我就想：不如我变一只蛐蛐吧。我就变成了一只蛐蛐。

"我爱打架。

"我打架总要打赢。谁我也不怕。

"我一定要打赢。打赢了，爹就可以不当里正，不挨板子。我九岁了，懂事了。

"我跟别的蛐蛐打，我想：我一定要打赢，为了我爹，我妈。我拼命。蛐蛐也怕蛐蛐拼命。它们就都怕。

"我打败了所有的蛐蛐！我很厉害！

"我想变回来。变不回来了。

"那也好。我活了一秋。我赢了。

"明天就是霜降，我的时候到了。

"我走了。你们不要想我。——没用。"

第二天一早，黑子死了。

一个消息从宫里传到省里，省里传到县里：那只黑蛐蛐死了。


一九八七年九月二十日　爱荷华


## 石清虚


邢云飞，爱石头。书桌上，条几上，书架上，柜橱里，多宝□里，到处是石头。这些石头有的是他不惜重价买来的，有的是他登山涉水满世界寻觅来的。每天早晚，他把这些石头挨着个儿看一遍。有时对着一块石头能端详半天。一天，在河里打鱼，觉得有什么东西挂了网，挺沉，他脱了衣服，一个猛子扎下去，一摸，是块石头。抱上来一看，石头不小，直径够一尺，高三尺有余。四面玲珑，峰峦叠秀。高兴极了。带回家来，配了一个紫檀木的座，供在客厅的案上。

一天，天要下雨，邢云飞发现：这块石头出云。石头有很多小窟窿，每个窟窿里都有云，白白的，像一团一团新棉花，袅袅飞动，忽淡忽浓。他左看右看，看呆了。俟后，每到天要下雨，都是这样。这块石头是个稀世之宝！

这就传开了。很多人都来看这块石头。一到阴天，来看的人更多。

邢云飞怕惹事，就把石头移到内室，只留一个檀木座在客厅案上。再有人来要看，就说石头丢了。

一天，有一个老叟敲门，说想看看那块石头。邢云飞说："石头已经丢失很久了。"老叟说："不是在您的客厅里供着吗？"——"您不信？不信就请到客厅看看。"——"好，请！"一跨进客厅，邢云飞愣了：石头果然好好地嵌在檀木座里。咦！

老叟抚摸着石头，说："这是我家的旧物，丢失了很久了，现在还在这里啊。既然叫我看见了，就请赐还给我。"邢云飞哪肯呀："这是我家传了几代的东西，怎么会是你的！"——"是我的。"——"我的！"两个争了半天。老叟笑道："既是你家的，有什么验证？"邢云飞答不上来。老叟说："你说不上来，我可知道。这石头前后共有九十二个窟窿，最大的窟窿里有五个字：'清虚石天供'。"邢云飞细一看，大窟窿里果然有五个字，才小米粒大，使劲看，才能辨出笔划。又数数窟窿，不多不少，九十二。邢云飞没有话说，但就是不给。老叟说："是谁家的东西，应该归谁，怎么能由得你呢？"说完一拱手，走了。邢云飞送到门外，回来，石头没了。大惊，惊疑是老叟带走了，急忙追出来。老叟慢慢地走着，还没走远。赶紧奔上去，拉住老叟的袖子，哀求道："你把石头还我吧！"老叟说："这可是奇怪了，那么大的一块石头，我能攥在手里，揣在袖子里吗？"邢云飞知道这老叟很神，就强拉硬拽，把老叟拽回来，给老叟下了一跪，不起来，直说："您给我吧，给我吧！"老叟说："石头到底是你家的，是我家的？"——"您家的！您家的！——求您割爱，求您割爱！"老叟说："既是这样，那么，石头还在。"邢云飞一扭头，石头还在座里，没挪窝。老叟说：

"天下之宝，当与爱惜之人。这块石头能自己选择一个主人，我也很喜欢。然而，它太急于自现了。出世早，劫运未除，对主人也不利。我本想带走，等过了三年，再赠送给你。既想留下，那你就得减寿三年，这块石头才能随着你一辈子，你愿意吗？"——"愿意！愿意！"老叟于是用两个指头捏了一个窟窿一下，窟窿软得像泥，闭上了。随手闭了三个窟窿，完了，说："石上窟窿，就是你的寿数。"说罢，飘然而去。

有一个权豪之家，听说邢家有一块能出云的石头，就惦记上了。一天派了两个家奴闯到邢家，抢了石头便走。邢云飞追出去，拼命拽住。家奴说石头是他们主人的，邢云飞说："我的！"于是经了官。地方官坐堂问案，说是你们各执一词，都说，有什么验证。家奴说："有！这石头有九十二个窟窿。"——原来这权豪之家早就派了清客，到邢家看过几趟，暗记了窟窿数目。问邢云飞："人家说出验证来了，你还有什么话说！"邢云飞说："回大人，他们说得不对。石头只有八十九个窟窿。有三个窟窿闭了，还有六个指头印。"——"呈上来！"地方当堂验看，邢云飞所说，一字不差，只好把石头断给邢云飞。

邢云飞得了石头回来，用一方古锦把石头包起来，藏在一只铁梨木匣子里。想看看，一定先焚一炷香，然后才开匣子。也怪，石头很沉，别人搬起来很费劲；邢云飞搬起来却是轻而易举。

邢云飞到了八十九岁，自己置办了装裹棺木，抱着石头往棺材里一躺，死了。

一九八七年九月二十一日　爱荷华

## 后记

我想做一点试验，改写《聊斋》故事，使它具有现代意识，这是尝试的第一批。

石能择主，人即是花，这种思想原来就是相当现代的。蒲松龄在那样的时候能有这样的思想，令人惊讶。《石清虚》我几乎没有什么改动。我把《黄英》大大简化了，删去了黄英与马子才结为夫妇的情节，我不喜欢马子才，觉得他俗不可耐。这样一来，主题就直露了，但也干净得多了。我把《蛐蛐》(《促织》)和《瑞云》的大团圆式的喜剧结尾改掉了。《促织》本来是一个具有强烈的揭露性的悲剧，原著却使变成蛐蛐的孩子又复活了，他的父亲也有了功名，发了财，这是一大败笔。这和前面一家人被逼得走投无路的情绪是矛盾的，孩子的变形也就失去使人震动的力量。蒲松龄和自己打了架。迫使作者于不自觉中化愤怒为慰安，于此可见封建统治的酷烈。我这样改，相信是符合蒲老先生的初衷的。《瑞云》的主题原来写的是"不以媸妍易念"。这是道德意识,不是审美意识。瑞云之美,美在性情,美在品质,美在神韵,不仅仅在于肌肤。脸上有一块黑,不是损其全体。(《聊斋》写她"丑状类鬼"很恶劣!)歌德说过:爱一个人,如果不爱她的缺点,不是真正的爱。"情人眼里出西施",是很有道理的。昔人评《聊斋》就有指出"和生多事"的。和生的多事不在在瑞云额上点了一指,而在使其瘢面光洁。我这样一改,立意与《聊斋》就很不相同了。

前年我改编京剧《一捧雪》,确定了一个原则:"小改而大动",即尽量保存传统作品的情节,而在关键的地方加以变动,注入现代意识。

改写原有的传说故事,参以己意,使成新篇,这样的事早就有人做过,比如歌德的《新美露茜娜》。比起歌德来,我的笔下显然是过于拘谨了。

中国的许多带有魔幻色彩的故事,从六朝志怪到《聊斋》,都值得重新处理,从哲学的高度,从审美的视角。

我这只是试验,但不是闲得无聊的消遣。本来想写一二十篇以后再拿出来,《人民文学》索稿,即以付之,为的是听听反应。也许这是找挨骂。

一九八八年一月二十日

# 陆判

朱尔旦，爱做诗，但是天资钝，写不出好句子。人挺豪放，能喝酒。喝了酒，爱跟人打赌。一天晚上，几个做诗写文章的朋友聚在一处，有个姓但的跟朱尔旦说："都说你什么事都敢干，咱们打个赌：你要是能到十王殿去，把左廊下的判官背了来，我们大家凑钱请你一顿！"这地方有一座十王殿，神鬼都是木雕的，跟活的一样。东廊下有一个立判，绿脸红胡子，模样尤其狞恶。十王殿阴森森的，走进去叫人汗毛发紧。晚上更没人敢去。因此，这姓但的想难倒朱尔旦。朱尔旦说："一句话！"站起来就走。不大一会，只听见门外大声喊叫："我把酆宗师请来了！"姓但的说："别听他的！"——"开门哪！"门开处，朱尔旦当真把判官背进来了。他把判官搁在桌案上，敬了判官三大杯酒。大家看见判官矗着，全都坐不住："你，还把他，请回去！"朱尔旦又把一壶酒泼在地上，说了几句祝告的话："门生粗率不文，惊动了您老人家，大宗师谅不见怪。舍下离十王殿不远，没事请过来喝一杯，不要见外。"说罢，背起判官就走。

第二天，他的那些文友，果然凑钱请他喝酒。一直喝到晚上，他已经半醉了，回到家里，觉得还不尽兴，又弄了一壶，挑灯独酌。正喝着，忽然有人掀开帘子进来。一看，是判官！朱尔旦腾地站了起来："噫！我完了！昨天我冒犯了你，你今天来，是不是要给我一斧子？"判官拨开大胡子一笑："非也！昨蒙高义相订，今天夜里得空，敬践达人之约。"朱尔旦一听，非常高兴，拽住判官衣袖，忙说："请坐！请坐！"说着点火坐水，要烫酒。判官说："天道温和，可以冷饮。"——"那好那好！——我去叫家里的弄两碟菜。你宽坐一会。"朱尔旦进里屋跟老婆一说，——他老婆娘家姓周，挺贤慧，"炒两个菜，来了客。"——"半夜里来客？什么客？"——"十王殿的判官。"——"什么？"——"判官。"——"你千万别出去！"朱尔旦说："你甭管！炒菜，炒菜！"——"这会儿，能炒出什么菜？"——"炸花生米！炒鸡蛋！"一会儿的功夫，两碟酒菜炒得了，朱尔旦端出来，重换杯筷，斟了酒："久等了！"——"不妨，我在读你的诗稿。"——"阴间，也兴做诗？"——"阳间有什么，阴间有什么。"——"你看我这诗？"——"不好。"——"是不好！喝酒！——你怎么称呼？"——"我姓陆。"——"台甫？"——"我没名字！"——"没名字？好！——干！"这位陆判官真是海量，接连喝了十大杯。朱尔旦因为喝了一天的酒，不知不觉，醉了。趴在桌案上，呼呼大睡。到天亮，醒了，看看半枝残烛，一个空酒瓶，碟子里还有几颗炸焦了的花生米，两筷子鸡蛋，恍惚了半天："我夜来跟谁喝酒来着？判官，陆判？"自此，陆判隔三两天就来一回，炸花生米，炒鸡蛋下酒。朱尔旦做了诗，都拿给陆判看。陆判看了，都说不好。"我劝你就别做诗了。诗不是谁都能做的。你的诗，平仄对仗都不错，就是缺一点东西——诗意。心中无诗意，笔下如何有好诗？你的诗，还不如炒鸡蛋。"

有一天，朱尔旦醉了，先睡了，陆判还在自斟自饮。朱尔旦醉梦之中觉得肚脏微微发痛，醒过来，只见陆判坐在床前，豁开他的腔子，把肠子肚子都掏了出来，一条一条在整理。朱尔旦大为惊愕，说："咱俩无仇无怨，你怎么杀了我？"陆判笑笑说："别怕别怕，我给你换一颗聪明的心。"说着不紧不慢的，把肠子又塞了回去。问："有干净白布没有？"——"白布？有包脚布！"——"包脚布也凑合。"陆判用裹脚布缚紧了朱尔旦的腰杆，说："完事了！"朱尔旦看看床上，也没有血迹，只觉得小肚子有点发木。看看陆判，把一疙瘩红肉放在茶几上，问："这是啥？"——"这是老兄的旧心。你的诗写不好，是因为心长得不好。你瞧瞧，什么乱七八糟的，窟窿眼都堵死了。适才在阴间拣到一颗，虽不是七窍玲珑，比你原来那颗要强些。你那一颗，我还得带走，好在阴间凑足原数。你躺着，我得去交差。"

朱尔旦睡了一觉，天明，解开包脚布看看，创口已经合缝，只有一道红线。从此，他的诗就写得好些了。他的那些诗友都很奇怪。

朱尔旦写了几首传颂一时的诗，就有点不安份了。一天，他请陆判喝酒，喝得有点醺醺然了，朱尔旦说："漏汤伐胃，受赐已多，尚有一事欲相烦，不知可否？"陆判一听："什么事？"朱尔旦说："心肠可换，这脑袋面孔想来也是能换的。"——"换头？"——"你弟妇，我们家里的，结发多年，怎么说呢，下身也还挺不赖，就是头面不怎么样。四方大脸，塌鼻梁。你能不能给来一刀？"——"换一个？成！容我缓几天，想想办法。"

过了几天，半夜里，来敲门，朱尔旦开门，拿蜡烛一照，见陆判用衣襟裹着一件东西。"啥？"陆判直喘气："你托咐我的事，真不好办。好不容易，算你有运气，我刚刚得了一个挺不错的美人脑袋，还是热乎的！"一手推开房门，见朱尔旦的老婆侧身睡着，睡得正实在，陆判把美人脑袋交给朱尔旦抱着，自己从靴鞡子里抽出一把锋快的匕首，按着朱尔旦老婆的脑袋，切冬瓜似的一刀切了下来，从朱尔旦手里接过美人脑袋，合在朱尔旦老婆脖颈上，看端正了，

380

然后用手四边捋了捋，动作干净利落，真是好手艺！然后，移过枕头，塞在肩下，让脑袋腔子都舒舒服服的斜躺着。说："好了！你把尊夫人原来的脑袋找个僻静地方，刨个坑埋起来。以后再有什么事，我可就不管了。"

第二天，朱尔旦的老婆起来，梳洗照镜。脑袋看看身子："这是谁？"双手摸摸脸蛋："这是我？"

朱尔旦走出来，说了换头的经过，并解开女人的衣领，让女人验看，脖颈上有一圈红线，上下肉色截然不同。红线以上，细皮嫩肉；红线以下，较为粗黑。

吴侍御有个女儿，长得很好看。昨天是上元节，去逛十王殿。有个无赖，看见她长得美，跟捎到了吴家。半夜，越墙到吴家女儿的卧室，想强奸她。吴家女儿抗拒，大声喊叫，无赖一刀把她杀了，把脑袋放在一边，逃了。吴家听见女儿屋里有动静，赶紧去看。一看见女儿尸体，非常惊骇。把女儿尸体用被窝盖住，急忙去备具棺木。这时候，正好陆判下班路过，一看，这个脑袋不错！裹在衣襟里，一顿脚，腾云驾雾，来到了朱尔旦家。

吴家买了棺木，要给女儿成殓。一揭被窝，脑袋没了！

朱尔旦的老婆换了脑袋，也带来了一些别扭。朱尔旦的老婆原来食量颇大，爱吃辛辣葱蒜。可是这个脑袋吃得少，又爱吃清淡东西，喝两口鸡丝雪笋汤就够了，因此就下面的肚子老是不饱。

晚上，这下半身非常热情，可是脖颈上这张雪白粉嫩的脸却十分冷淡。

吴家姑娘爱弄乐器，笙箫管笛，无所不晓。有一天，在西厢房找到一管玉屏洞箫，高兴极了，想吹吹。撮细了樱唇，倒是吹出了音，可是下面的十个指头不会捏眼！

朱尔旦老婆换了脑袋，这事渐渐传开了。

朱尔旦的那些诗朋酒友自然也知道了这件事。大家就要求见见换了脑袋的嫂夫人，尤其是那位姓但的。朱尔旦被他们缠得脱不得身，只得略备酒菜，请他们见见新脸旧夫人。

客人来齐了，朱尔旦请夫人出堂。

大家看了半天，姓但的一躬到地：

"是嫂夫人？"

这张挺好看的脸上的挺好看的眼睛看看他，说："初次见面，您好！"

初次见面？

"你现在贵姓？姓周，还是姓吴？"

"不知道。"

不知道？

"那么你是？"

"我也不知道我是谁。是我，还是不是我。"这张挺好看的面孔上的挺好看的眼睛看看朱尔旦，下面一双挺粗挺黑的手比比划划，问朱尔旦："我是我？还是她？"

朱尔旦想了一会，说：

"你们。"

"我们？"

一九八八年新春

## 双灯

魏家二小，父母双亡，没念过几年书，跟着舅舅卖酒。舅舅开了一座糟坊，就在村口，不大，生意也清淡，顾客不多。糟坊前进，有一些甑子、水桶、酒缸。后面是一个很大的院子，荒荒凉凉，什么也没有，开了一地的野花。后院有一座小楼。楼下是空的，二小住在楼上。每天太阳落了山，关了大门，就剩二小一个人了。他倒不觉得闷。有时反反复复想想小时候的事，背两首还记得的千家诗，或是伏在楼窗口看南山。南山暗蓝暗蓝的，没有一星灯火。南山很深，除了打柴的、采药的，不大有人进去。天边的余光退尽了，南山的影子模糊了，星星一个一个地出齐了，村里有几声狗叫，二小睡了，连灯都不点。一年一年，二小长得像个大人了，模样很清秀。因为家寒，还没有说亲。

一天晚上，二小已经躺下了，听见楼下有脚步声，还似不止一个人。不大会，踢踢踏踏，上了楼梯。二小一骨碌坐起来："谁？"只见两个小丫鬟挑着双灯，已经到了床跟前。后面是一个少年书生，领着一个女郎。到了床前，微微一笑。二小惊得说不出话来。一想：这是狐狸精！腾地一下，汗毛都立起来了，低着头，不敢斜视一眼。书生又笑了笑说："你不要猜疑。我妹妹和你有缘，应该让她和你作伴。"二小看看书生，一身貂皮绸缎，华丽耀眼；看看自己，粗布衣裤，自己直觉得寒碜，不知道说什么好。书生领着丫鬟，丫鬟留下双灯，他们径自走了。

剩下女郎一个人。

二小细细地看了女郎，像画上画的仙女，越看越喜欢，只是自己是个卖酒的，浑身酒糟气，怎么配得上这样的仙女呢？想说两句风流一点的话，一句也说不出，傻了。女郎看看他，说："你不是念'子曰'的，怎么那么书呆子气！我手冷，给我焐焐！"一步走向前，把二小推倒在床上，把手伸在他怀里。焐了一会，二小问："还冷吗？"——"不冷了，我现在身上冷。"二小翻身把她搂了起来。二小从来没有干过这种事。不过这种事是不需人教的。

鸡叫了，两个小丫鬟来，挑起双灯，把女郎引走了。到楼梯口，女郎回头：

"我晚上来。"

"我等你。"

夜长，他们赌猜枚。二小拎了一壶酒，笸箩里装了一堆豆子："我藏你猜，猜对了，我喝一口酒。"他用右手攥了豆子："几颗？"

"三颗。"

摊开手：三颗！

又攥了一把："几颗？"

"十一！"

摊开手，十一颗！

猜了十次，都猜对了，二小喝了好几杯酒。

"这样猜法，你要喝醉了，你没个赢的时候，不如我藏，你猜，这样你还能赢几把。"

这样过了半年。

一天，太阳将落，二小关了大门，到了后院，看见女郎坐在墙头上，这天她打扮得格外标致，水红衫子，白蝶绢裙，鬓边插了一支珍珠偏凤。她招招手："你过来。"把手伸给二小，墙不高，轻轻一拉，二小就过了墙。

"你今天来得早？"

"我要走了，你送送我。"

"要走？为什么要走？"

"缘尽了。"

"什么叫'缘'？"

"缘就是爱。"

"……"

"我喜欢你，我来了。我开始觉得我就要不那么喜欢你了，我就得走。"

"你忍心？"

"我舍不得你，但是我得走。我们，和你们人不一样，不能凑合。"

说着已到村外，那两个小丫鬟挑着双灯等在那里，她们一直走向南山。

到了高处，女郎回头：

"再见了。"

二小呆呆地站着，远远看见双灯一会明，一会灭，越来越远，渐渐看不见了，二小好像掉了魂。

这天夜晚，山上的双灯，村里人都看见了。


一九八八年六月十日

386

# 画壁

有一商队，从长安出发，将往大秦。朱守素，排行第三，有货物十驮，亦附队同行。这十个驮子，装的都是上好的丝绸。"象眼""方胜"花样新鲜；"海榴""石竹"，颜色美丽。如到大秦，可获巨利。驼队到了酒泉，需要休息。那酒泉水好。要把皮囊灌满，让骆驼也喝足了水。

酒泉有一座佛寺，殿宇虽不甚弘大，但是佛像庄严，两壁的画是高手画师手笔，名传远近。朱守素很想去瞻望。他把骆驼、驮子、水囊托咐给同行旅伴，径自往佛寺中来。

寺中长老出门肃客。长老内养丰润，面色微红，眉白如雪，着杏黄褊衫，合十为礼，引导朱守素各处随喜，果然是一座幽雅寺院，画栋雕窗，一尘不到。阶前开两株檐蔔，池边冒几束菖蒲。

进了正殿，朱守素慢慢地去看两边画壁。西壁画鬼子母，不甚动人。东壁画散花天女。花雨缤纷，或飘或落。天女皆衣如出水，带若当风。面目姣好，肌体丰盈。有一垂发少女，拈花微笑，樱唇欲动，眼波将流。朱守素目不转瞬，看了又看，心摇意动，想入非非。忽然觉得自己飘了起来，如同腾云驾雾，落定之后，已在墙上。举目看看，殿阁重重，极其华丽，不似人间。有一老僧在座上说法，围听的人很多。朱守素也杂在人群中听了一会。忽然觉得有人轻轻拉了一下他的衣袖，一回头，正是那个垂发少女。她嫣然一笑，走了。朱守素尾随着她，经过一道曲曲折折的游廊，到了一所精精致致的小屋跟前，朱守素不知这是什么所在，脚下踌躇。少女举起手中花，远远地向他招了招。朱守素紧走了几步，追了上去。一进屋，没有人，上去就把她抱住了。

少女梳理垂发，穿好衣裳，轻轻开门，回头说："不要咳嗽!"关了门。

晚上，轻轻地开了门，又来了。

这样过了两天。女伴们发觉少女神采变异，喊喊喳喳了一阵，一窝蜂似的闯进拈花女的屋子，七手八脚，到处一搜，把朱守素搜了出来。

"哈!肚子里已经有了娃娃，还头发蓬蓬的学了处女样子呀! 不行!"

女伴们捧了簪环首饰，一起说：

"上头!"

少女含羞不语，只好由她们摆布。七手八脚，一会儿就把头给梳上了。一个胖天女说：

"姐姐妹妹们，咱们别老呆着，叫人家不乐意!"——"噢!"天女们一窝蜂又都散了。

朱守素看看女郎，云鬓高簇，凤鬟低垂，比垂发时更为艳丽，转目流眄，光采照人。朱守素把她揽在怀里。她浑身兰花香气。

忽然听到外面皮靴踏地，铿铿作响。女郎神色紧张，说：

"这两天金甲神人巡查得很紧，怕有下界人混入天上。我要去就部随班，供养礼佛。你藏在这个壁橱里，不要出来。"

朱守素呆在壁橱里，壁橱狭小，又黑暗无光，十分气闷。他听听外面，没有声息，就偷偷出来，开门眺望。

朱守素的同伴吃了烧肉胡饼，喝了水，一切准备停当，不见朱守素人影，就都往佛寺中走，问寺中长老，可曾见过这样一个人。长老说："见过见过。"

"他到哪里去了？"

"他去听说法了。"

"在什么地方？"

"不远不远。"

长老用手指弹弹画壁，叫道：

"朱檀越，你怎么去了偌长时间，你的同伴等你很久了！"

大家一看，画上现出朱守素的像，竖起耳朵，好像听见了。

旅伴大声喊道：

"朱三哥，我们要上路了！你的十驮货物如何处置？要不，给你留下？"

朱守素忽然从墙上飘了下来，双眼恍惚，两脚发软。

旅伴齐问：

"你怎么进到画里去了？这是怎么回事？"

朱守素问长老：

"这是怎么回事？"

长老说："幻由心生。心之所想，皆是真实。请看。"

朱守素看看画壁，原来拈花的少女已经高梳云鬓，不再是垂发了。

朱守素目瞪口呆。

"走吧走吧。"旅伴们把朱守素推推拥拥，出了山门。

驼队又上路了。骆驼扬着脑袋，眼睛半睁半闭，样子极其温顺，又似极其高傲，仿佛于人世间事皆不屑一顾。骆驼的柔软的大蹄子踩着砂碛，驼队渐行渐远。

一九八八年六月二十日

# 捕快张三

捕快张三，结婚半年。他好一杯酒，于色上寻常。他经常出外办差，三天五日不回家。媳妇正在年轻，空房难守，就和一个油头光棍勾搭上了。明来暗去，非止一日。街坊邻里，颇有察觉。水井边，大树下，时常有老太太、小媳妇咬耳朵，挤眼睛，点头，戳手，悄悄议论，嚼老婆舌头。闲言碎语，张三也听到了一句半句。心里存着，不露声色。一回，他出外办差，提前回来了一天。天还没有亮，便往家走。没拐进胡同，远远看见一个人影，从自己家门出来。张三紧赶两步，没赶上。张三拍门进屋，媳妇梳头未毕，挽了纂，正在掠鬓，脸上淡淡的。

"回来了？"

"回来了！"

"提早了一天。"

"差事完了。"

"吃什么？"

"先不吃。——我问你，我不在家，你都干什么了？"

"开门，撅火，喂鸡，择菜，坐锅，煮饭，做针线活，和街坊闲磕牙，说会子话，关门，放狗，挡鸡窝……"

"家里没人来过？"

"隔壁李二嫂来替过鞋样子，对门张二婶借过笸箩……"

"没问你这个！我回来的时候，在胡同口仿佛瞧见一个人打咱们家出去，那是谁？"

"你见了鬼了！——吃什么？"

"给我下一碗热汤面，煮两个咸鸡子，烫四两酒。"

媳妇下厨房整治早饭，张三在屋里到处搜寻，看看有什么破绽。翻开被窝，没有什么。一掀枕头，滚出了一枚韭菜叶赤金戒指。张三攥在手里。

媳妇用托盘托了早饭进来。张三说：

"放下。给你看一样东西。"

张三一张手，媳妇浑身就凉了：这个粗心大意的东西！没有什么说的了，扑通一声，跪倒在地：

"我错了。你打吧。"

"打？你给我去死！"

张三从房梁上抽下一根麻绳，交在媳妇手里。

"要我死？"

"去死！"

"那我死得漂漂亮亮的。"

"行！"

"我得打扮打扮，插花戴朵，擦粉抹胭脂，穿上我娘家带来的绣花裙子袄。"

"行！"

"得会子。"

"行！"

媳妇到里屋去打扮，张三在外屋剥开咸鸡子，慢慢喝着酒。四两酒下去了小三两，鸡子吃了一个半，还不见媳妇出来。心想：真麻烦；又一想：也别说，最后一回了，是得好好"刀尺""刀尺"。他忽然成了一个哲学家，举着酒杯，自言自语："你说这人活一辈子，是为了什么呢？"

一会儿，媳妇出来了：喝！眼如秋水，面若桃花，点翠插头，半珠押鬓，银红裙袄粉缎花鞋。到了外屋，眼泪汪汪，向张三拜了三拜。

"你真的要我死呀？"

"别废话，去死！"

"那我就去死啦！"

媳妇进了里屋，听得见她搬了一张机凳，站上去，拴了绳扣，就要挂上了。张三把最后一杯酒一饮而尽，趴叉一声，摔碎了酒杯，大声叫道：

"哈①！回来！一项绿帽子，未必就当真把人压死了！"

---

① 哈音 hāi，读孩第一声。

这天晚上，张三和他媳妇，琴瑟和谐。夫妻两个，恩恩爱爱，过了一辈子。

按：这个故事见于《聊斋》卷九《佟客》后附"异史氏曰"的议论中。故事与《佟客》实无关系。"异史氏"的议论是说古来臣子不能为君父而死，本来是很坚决的，只因为"一转念"误之。议论后引出这故事，实在毫不相干。故事很一般，但在那样的时代，张三能掀掉"绿头巾"的压力，实在是很豁达，非常难得的。蒲松龄述此故事时语气不免调侃，但字里行间，流露同情，于此可窥见聊斋对贞节的看法。聊斋对妇女常持欣赏眼光，多曲谅，少苛求，这一点，是与曹雪芹相近的。

一九八九年七月二十八日


## 同梦

凤阳士人，负笈远游。临行时对妻子说："半年就回来。"年初走的，眼下重阳已经过了。露零白草，叶下空阶。

妻子日夜盼望。

394

白日好过，长夜难熬。

一天晚上，卸罢残妆，摊开薄被躺下了。

月光透过窗纱，摇晃不定。

窗外是官河。夜航船的橹声咿咿呀呀。

士人妻无法入睡。迷迷糊糊，不免想起往日和丈夫枕席亲狎，翻来覆去折饼。

忽然门帷掀开，进来了一个美人。头上珠花乱颤，系一袭绛色披风，笑吟吟地问道：

"姐姐，你是不是想见你家郎君呀？"

士人妻已经站在地上，说：

"想。"

美人说："走!"

美人拉起士人妻就走。

美人走得很快，像飞一样。

（她的披风飘了起来。）

士人妻也走得很快，像飞一样。

她想：我原来能走得这样轻快!

走了很远很远。

去了好大一会。美人伸手一指。

"来了。"

士人妻一看：丈夫来了，骑了一匹白骡子。

士人见了妻子，大惊，急忙下了坐骑，问：

"上哪儿去？"

美人说："要去探望你。"

士人问妻子："这是谁？"

妻子没来得及回答，美人掩口而笑说："先别忙问这问那，娘子奔波不易，郎君骑了一夜牲口，都累了。骡子也乏了。我家不远，先到我家歇歇，明天一早再走，不晚。"

顺手一指，几步以外，就有个村落。

已经在美人家里了。

有个小丫头，趴在廊子上睡着了。

美人推醒小丫头："起来起来，来客了。"

美人说："今夜月亮好，就在外面坐坐。石台、石榻，随便坐。"

士人把骡子在檐前梧桐树上拴好。

大家就坐。

不大会，小丫头捧来一壶酒，各色果子。

美人斟了一杯酒，起立致词：

"鸾凤久乖，圆在今夕，浊醪一觞，敬以为贺。"

士人举杯称谢：

"萍水相逢，打扰不当。"

主客谈笑碰杯，喝了不少酒。

饮酒中间，士人老是注视美人，不停地和她说话。说的都是风月场中调笑言语，把妻子冷落在一边，连一句寒暄的话都没有。

美人眉目含情，和士人应对。话中有意，隐隐约约。

士人妻只好装呆，闷坐一旁，一声不言语。

美人海量，嫌小杯不尽兴，叫取大杯来。

这酒味甜，劲足。

士人说："我不能再喝，不能再喝了。"

"一定要干了这一杯！"

士人乜斜着眼睛，说："你给我唱一支曲儿，我喝！"

美人取过琵琶，定了定弦，唱道：

> 黄昏卸得残妆罢，
>
> 窗外西风冷透纱。
>
> 听蕉声，一阵一阵细雨下，
>
> 何处与人闲磕牙？
>
> 望穿秋水，
>
> 不见还家。
>
> 潸潸泪似麻。
>
> 又是想他，
>
> 又是恨他，
>
> 手拿着红绣鞋儿占鬼卦。

士人妻心想：这是唱谁呢？唱我？唱她？唱一个不知道的人？

她把这支小曲全记住了。清清楚楚，一字不落。

美人的声音很甜。

放下琵琶，她举起大杯，一饮而尽。

她的酒上来了。脸上红扑扑的，眼睛水汪汪的。

"我喝多了，醉了，少陪了。"

她歪歪倒倒地进了屋。

士人也跟了进去。

士人妻想叫住他，门已经关了，插上了。

"这算怎么回事？"

半天，也不见出来。

小丫头伏在廊子上，又睡着了。

月亮明晃晃的。

"我在这儿呆着干什么？我走！"

可是她不认识路，又是夜里。

士人妻的心头猫抓的一样。

她想去看看。

走近窗户，听到里面还没有完事。

美人娇声浪气，声音含含糊糊。

丈夫气喘吁吁，还不时咳嗽，跟往常和自己在一起时一样。

士人妻气得双手直抖。

心想：我不如跳河死了得了！

正要走，见兄弟三郎骑一匹枣红马来了。

"你怎么在这儿？"

"你快来，你姐夫正和一个女人做坏事哪！"

"在哪儿？"

"屋里。"

三郎一听，里面还在唧唧哝哝说话。

三郎大怒，捡了块石头，用力扔向窗户。

窗棂折了几根。

只听里边女人的声音："可了不得啦，郎君的脑袋破了！"

士人妻大哭：

"我想不到你把他杀了，怎么办呢？"

三郎瞪着眼睛说：

"你叫我来，才出得一口恶气，又护汉子，怨兄弟，我不能听你支使。我走！"

士人妻拽住三郎衣袖：

"你上哪儿去？你带我走！"

"去你的！"

三郎一甩袖子，走了。

士人妻摔了个大跟头。她惊醒了。

"啊，是个梦!"

第二天，士人果然回来了，骑了一匹白骡子。士人妻很奇怪，问:

"你骑的是白骡子?"

士人说:"这问得才怪，你不是看见了吗?"

士人拴好骡子。

洗脸，喝茶。

士人说:"我昨天晚上做了一个梦。"

"一个什么样的梦?"

士人从头至尾述说了一遍。

士人妻说:"我也做了一个梦，和你的一样，我们俩做了同一个梦!"

正说着，兄弟三郎骑了一匹枣红马来了。

"我昨晚上做梦，姐夫回来了，你果然回来了!——你没事?"

"有人扔了块大石头，正砸在我脑袋上。所幸是在梦里，没事!"

"扔石头的是我!"

三人做了一个梦!

士人妻想：怎么这么巧呀？若说是梦，白骡子、枣红马，又都是实实在在的。这是怎么回事呢？那个披绛色披风的美人又是谁呢？

正在痴呆呆的想，窗外官河里有船扬帆驶过，船上有人弹琵琶唱曲，声音甜甜的，很熟。推开窗户一看，船已过去，一角绛色披风被风吹得搭在舱外飘飘扬扬了：

> 黄昏卸得残妆罢，
>
> 窗外西风冷透纱。
>
> ……………

附记：此据《凤阳士人》改写。说是"新义"，实不新，我只是把结尾改了一下。

一九八九年八月二日

## 虎二题

### 老虎吃错人

山西赵城有一位老奶奶，穷得什么都没有。同族本家，都很富足，但从来不给她一点赒济，只靠一个独养儿子到山里打点柴，换点盐米，勉强度日。一天，老奶奶的独儿子到山里打柴，被老虎吃了。老奶奶进山哭了三天，哭得非常凄惨。

老虎在洞里听见老奶奶哭，知道这是它吃的那人的老母亲，老虎非常后悔。老虎心想：老虎吃人，本来不错。老虎嘛，天生是要吃人的。如果吃的是坏人——强人，恶人，专门整人的人，那就更好。可是这回吃的是一个穷老奶奶的儿子，真是不应该。我吃了她儿子，她还怎么活呀？老奶奶哭得呼天抢地，老虎听得也直掉泪。

老奶奶哭了三天，愣了一会，说："不行！我得告它去！"

老奶奶到了县大堂，高喊："冤枉！"

县官升堂，问老奶奶："告什么人？"

"告老虎！"

"告老虎？"

老奶奶把老虎怎么吃了她的独儿子，哭诉了一遍。这位县官脾气倒挺好，笑笑地对老奶奶说："我是县官，治理一方，我可管不了老虎呀！"

"你不管老虎，只管黄鼠狼？"

衙役们一齐吼叫：

"喊！不要胡说！"

衙役们要把老奶奶轰下堂，老奶奶死活不走，拍着县大堂的方砖地，又哭又闹。县官叫她闹得没有办法，只好说："好好好，我答应你，去捉这只老虎。"这老奶奶还挺懂衙门里的规矩，非要老爷发下火签拘票不可。县官只好填了拘票，掣出一支火签。可是，叫谁去呀？衙役们你看看我，我看看你，并无一人应声。有一个衙役外号二百五，做事缺心眼，还爱喝酒，这天喝得半醉了，站出来说："我去！"二百五当堂接了火签拘票，老奶奶才走。县官退堂，不提。

二百五回家睡了一觉，酒醒了，一摸枕头旁边的火签拘票："唔？我又干了什么缺心眼的事了？"二百五的心思，原想做一出假戏，把老奶奶糊弄走，好给老爷解围，没想到这火签拘票是动真格的官法，开不得玩笑的。拘票上批明了比限日期，过期拘不到案犯，是要挨板子的。无奈，只好求老爷派几名猎户陪他一块进山，日夜在山谷里猫着，希望随便捕捉一只老虎，就可以搪塞过去。不想过了一个月，也没捉到一根老虎毛。二百五不知挨了多少板子，屁股都打烂了，只好到东门外岳庙去给东岳大帝烧香跪拜，求东岳大帝庇佑，一边说，一边哭。哭拜完了，转过身，看见一只老虎从外面走了进来。二百五怕老虎吃他，直往后退。咳，老虎进来，往门当中一蹲，一动不动，不像要吃人的样子。二百五乍着胆子，问："是是是你吃了老奶奶奶奶的儿儿儿子吗？"老虎点点头。"是你吃了老奶奶的儿子，你就低下脑袋，让我套上铁链，跟我一起去见官。"老虎果然把脑袋低了下来。二百五抖出铁链，给老虎套上，牵着老虎到了县衙。

县官对老虎说："杀人偿命，律有明文。你是老虎，我不能判你个斩立决、绞监候。不过，你吃了老奶奶的独儿子，叫她怎么生活呢？这么着吧，你如果能当老奶奶的儿子，负责赡养老人，我就判你个无罪释放。"老虎点点头。县官叫二百五给它松了铁链，老虎举起前爪冲县官拜了一拜，走了。

老奶奶听说县官把老虎放了，气得一夜睡不着。天亮开门，看见门外躺着一头死鹿。老奶奶把鹿皮鹿肉鹿角卖了，得了不少钱。从此，隔个三五天，老虎就给老奶奶送来一头狍子、一头獐子、一头麂子。老奶奶知道老虎都是天不亮送野物来，就开门等着它。日子长了，就熟了。有时老虎来了，老奶奶就对老虎说："儿你累了，躺下歇会吧。"老虎就在房檐下躺下。人在屋里躺着，虎在屋外躺着，相安无事。

街坊邻居知道老奶奶家躺着老虎，都不敢进来，只有二百五敢来。他和老虎混得很熟，二百五跟它说点什么，老虎能懂。老虎心里想什么，动动爪子，摇摇尾巴，二百五也能明白。

老奶奶攒了不少钱，都放在一口白木箱子里。老奶奶对老虎说："这钱是你挣的！"老虎笑了，点点头。

老奶奶死了。

二百五来了，老虎也来了。

老虎指指那口白木箱，示意二百五抱着。二百五不知道要他去干什么。老虎咬着他的衣角，走到一家棺材铺，指指。二百五明白了，它要给老娘买口棺材。二百五照办了。老虎又咬着二百五的衣角，二百五跟着它走。走到一家泥瓦匠门前，老虎又指指。二百五明白了，它要给老娘修一座坟。二百五也照办了。

老虎对二百五拱拱前爪，进山了。

箱子里还剩不少钱，二百五不知道怎么处置，除了给自己买一瓶汾酒，喝了，其余的就原数封存在老奶奶的屋里。

老奶奶安葬时倒很风光，同族本家：小叔子、大伯子、八侄儿、九外甥披麻戴孝，到坟墓前致哀尽礼。致哀尽礼之后，就乱打了起来。原来他们之来，是知道老奶奶留下不少钱，来议论如何瓜分的。瓜分不均，于是动武。

正在打得难解难分，听得"呜——嗥"一声，全都吓得四散奔逃：老虎来了。老虎对这些小叔子、大伯子、八侄儿、九外甥，每一个都尽到了礼数，平均对待，在每个人小腿上咬了一口。

剩下的钱做什么用处呢？二百五问老虎。老虎咬着他的衣角，到了一家银匠铺，指指柜橱里挂着的长命锁。

"你，要，打，一，副，长，命，锁？"

老虎点点头。

"锁上鏨什么字？——'长命百岁'？"

老虎摇摇头。

"那么，'永锡遐昌'？"

老虎摇摇头。

"那鏨什么字？"

老虎比划了半天，二百五可作了难，左思右想，豁然明白了，问老虎：

"给你鏨四个字：'专吃坏人'？"

老虎连连点头。

银匠照式做好。二百五给老虎戴上。

呜喝一声，老虎回山了。

从此，凡是自己觉得是坏人的人，都不敢进这座山。

## 人变老虎

太原向杲，不好学文，而好习武，为人仗义，爱打抱不平。和哥哥向晟感情很好。向晟是个柔弱书生。但因为有这样一个弟弟，在地方上也没人敢欺负他。

向晟和一个妓女相好。这个妓女名叫波斯，长得甭提多好看了。向晟想娶波斯，波斯也愿嫁向晟，只是因为波斯的养母要的银子太多，两人未能如愿。一年二年，波斯的养母年纪也大了，想要从良，要从良，得把波斯先嫁出去。有个庄公子，有钱有势，不但在太原，在整个山西也没人敢惹他。庄公子一向也喜欢波斯，愿意纳她为妾。养母跟波斯商量。波斯说："既是想一同跳出火坑，就该一夫一妻地过个正经日子。这就是离了地狱进天堂了。若是做一房妾，那跟当妓女也差不了一萝卜皮，我不愿意。"——"那你的意思？"——"您要是还疼我，肯随我的意，那我嫁向晟！"养母说："行！我把身价银子往下压压。"养母把信儿透给向晟，向晟竭尽家产，把波斯聘了回来。新婚旧好，恩爱非常。

庄公子听说波斯嫁了向晟，大发雷霆。一来，他喜欢波斯；二来，一个穷书生夺了他看中的人，他庄公子的面子往哪搁？一天，庄公子骑着高头大马，带领一帮家丁，出城行猎。家丁一手拿着笛竽吹管，一手提着马棒——驱赶行人给公子让路。浩浩荡荡，好不威风。将出城门，迎面碰见向晟。庄公子破口大骂：

"向晟，你胆敢娶了波斯，你问过我吗？"

"我愿娶，她愿嫁，与别人无干。"

"你小子配吗？"

"我家世世代代，清清白白，咋不配？"

"你小子还敢犟嘴！"

喝令家丁："给我打！"

家丁举起马棒，把向晟打得头破血流，鼻青脸肿。抬回家来，只剩一口气。

向呆听到信，赶奔到哥哥家里，向晟已经断气，新嫂子波斯伏在尸首上大哭。

向呆写了状子，告庄公子。县署府衙，节节上告。不想县尊府尹全都受了庄家的贿赂，告他不倒。

向呆跪倒在向晟灵前，说："哥哥，兄弟对不起你！"

波斯在一旁，说：

"这仇，咱们就这么咽下去了？你平时行侠仗义的，怎么竟这样没有能耐！我要是男子汉，我就拿把刀宰了他！"向呆眼珠子转了几转，一跺脚，说："嫂子，你等着！我要是不把这小子的脑袋切下来，我就再不见你的面！"

向呆揣了一把蘸了见血封喉的毒药的匕首，每天藏伏在山路旁边的葛针棵里，等着庄公子。一天两天，他的行迹渐渐被人识破。庄公子于是每次出来，都多带家丁护卫，又请了几位出名的武师当保镖，照样耀武扬威，出城打猎。而且每到林莽丛杂之处，还要大声叫阵：

"向呆，你想杀我，有种的，你出来!"

向呆肺都气炸了。但是，无计可施。他还是每天埋伏，等待机会。

一天，山里下了暴雨，还夹着冰雹，打得向呆透不过气来。不远有一破破烂烂的山神庙，向呆到庙里暂避。一进门，看见神庙后的墙上画着一只吊睛白额猛虎，向呆发狠大叫：

"我要是能变成老虎就好了!"

"我要是能变成老虎就好了!"

"我要是能变成老虎就好了!"

喊着喊着，他觉得身上长出毛来，再一看，已经变成一只老虎。向呆心中大喜。

过不两天，庄公子又进山打猎。向呆趴在山洞里，等庄公子的人马走近，突然蹿了出来，扑了上去，一口把庄公子的脑袋咬下来，咔嚓咔嚓，嚼得粉碎，然后"呜嗥"一声，穿山越涧而去，倏忽之间，已无踪影。

向呆报了仇，觉得非常痛快，在山里蹦蹦跳跳，倒也自在逍遥。但是他想起家中还有老婆孩子，我成了老虎，他们咋过呀？而且他非常想喝一碗醋。他心想：不行，我还得变回去，我还得变回去，我还得变回去。想着想着，他觉得身上的毛一根一根全都掉了。再一看，他已经变成一个人了，他还是向呆。只是做了几天老虎，非常累，浑身没有一点力气。

向呆摇摇晃晃，扶墙摸壁，回到自己家里。进了门，到柜橱里搬出醋缸子，咕嘟咕嘟喝了一气，然后往床上一躺。

家里人正奇怪，他失踪了好多天，上哪儿去了？问他，他说不出话，只摆摆手，接着就呼呼大睡。

一连睡了三天。

波斯听说兄弟回来了，特地来看看，并告诉他，庄公子脑袋被一只老虎咬掉了。向呆叫家里人关上门，悄悄地说："老虎是我。我变的。千万不敢说出去！可不敢①！"

日子久了，向呆有个小儿子，跟他的小伙伴们说："庄公子的脑袋是我爸爸咬掉的。"

庄公子的老太爷知道了，写了一张状子，到县衙告向呆，说向呆变成老虎，咬掉他儿子的脑袋。县官阅状，觉得过于荒诞，不予受理。

一九九一年十月十二日

————————

① 山西话"不敢"是不能的意思。

410

# 樟柳神

（出《夜雨秋灯录》）

 

张大眼是个催租隶。这天，把租催齐了，要进城去完秋赋。这时正是秋老虎天气，为了赶早凉，起了个五更。懵懵懂懂，行了一气。到了一处，叫做秋稼湾，太阳上来了，张大眼觉得热起来。看了看，路旁有一户人家，茅草屋，门关着，看样子，这家主人还在酣睡未起。门外，搭着个豆花棚，为的是遮阴。豆花棚奄拉过来，接上了几棵半大柳树。下面有一条石凳，干干净净的。一摸，潮乎乎的，露水还没干。掏出布手巾来擦了擦。

"歇会儿罢!"

张大眼心想：这会城门刚开，进城的，出城的，人多，等乱劲儿过去了，再说。好在离城也不远了。

"抽袋烟!"

嚓嚓嚓,打亮火石,点着火绒,咝——吸了一口,"嗨!好烟!"

张大眼正在品烟,听到有唱歌的声音。声音挺细,跟一只小秋蝈蝈似的。听听,唱的是什么?

> 郎在东来妾在西,
>
> 少小两个不相离。
>
> 自从接了媒红订,
>
> 朝朝相遇把头低。
>
> 低头莫碰豆花架,
>
> 一碰露水湿郎衣。

唔?

张大眼听得真真的,有腔有字。是怎么回事?

张大眼四处这么一找:是一个小小婴儿,两寸来长,眉清目秀、唇红齿白,穿一个红兜兜,光着屁股,笑嘻嘻的,在豆花穗上一趔一趔地跳。张大眼再一看,原来这小人的颈子上拴着一根头发丝,头发丝扣在豆花棚缝里的芦苇秆上,他跑不了,只能一趔一趔地跳。张大眼心想:这是个樟柳神!他看看路边的茅屋:一定有个会法术的人在屋里睡觉,昨天晚上把樟柳神拴在这儿,让他吃露水。张大眼听人说过樟柳神,这一定就是!他听说过,樟柳神能未卜先知，有什么事将要发生，他早就料到。捉住他，可以消灾免祸。于是张大眼掐断了头发丝，把樟柳神藏在袖子里，让他在手腕上呆着。

可樟柳神不肯老实呆着，老是一蹦一蹦的。张大眼就把他取出来，放在斗笠里，戴在头上。这一下，樟柳神安生了，不蹦了，只是小声地说话：

"张大眼，

好大胆，

捉住咱，

一千铜钱三十板。"

张大眼想：这才是没影子的事！钱粮如数催齐，我身无过犯，会挨三十板？不理他！他把斗笠按了按，低着头噜噜噜噜往城里走。

不想刚进城，听得一声大喝：

"拿下！"

张大眼瞪着两只大眼。

原来这天是初一，县官王老爷出城到东岳庙行香，张大眼早晨起冒了，懵里懵懂，一头撞在喝道的锣夫的身上，把锣夫撞了个仰八交，哐当一声，锣也甩出去老远。王老爷推开轿帘，问道："什么人？"衙役们七手八脚把张大眼摁倒在地。张大眼不知咋的，一句话也回不出来，只是不停地喘气，大汗珠子直往下掉。"看他神色慌张，必定不是好人。来！打他三十板！"衙役褪下张大眼的裤子，张大眼趴在大街上，哈哈大笑。"你笑什么？打你屁股，你不怕疼，还笑？"张大眼说："我早知道今天要挨三十个板子。"——"你怎么知道？"张大眼于是把他怎么催租，怎么路过秋稼湾，怎么在豆花棚上看到一个樟柳神，樟柳神是怎么怎么说的，一五一十，说了个备细。

"你有樟柳神？"

"有。"

"呈上来！"

县太爷把樟柳神放在轿子里的伏手板上，樟柳神直跟他点头招手，笑嘻嘻的。

"樟柳神归我了。来，赏他——你叫什么？"

"张大眼。"

"赏张大眼一千铜钱！"

"禀老爷，樟柳神爱在斗笠里呆着。"

"那成，我让他呆在我的红缨大帽里。——起轿！"

"喳！"

王老爷得了樟柳神，心想："这可好了，我以后审案子，不管多么疑难，只要问他，是非曲直，一断便知。我一向有些糊涂，从今以后，清如水，明如镜，这锦绣前程么，是稳拿把掐的了!"

于是每次升堂，都在大帽里藏着樟柳神。不想樟柳神一声不言语。

王老爷退堂，问樟柳神：

"你怎么不说话？"

樟柳神说：

"老爷去审案，

按律秉公断。

问我樟柳神，

要你做什么？——吃饭？"

当县官的，最关心的是官场的浮沉升降，乃至变法维新，国家大事。王老爷对自己的进退行止，拿不定主意，就请问樟柳神。樟柳神说：

"大事我了然，

就是不说破。

问我为什么，

我也怕惹祸。"

"你是神，你还怕惹祸？"

"瞧你说的!神就不怕惹祸？神有神的难处。"

樟柳神倒也不闲着，随时向王老爷报一些事。

一早起来，说：

"清早起来雾漫漫,

黑鸡下了个白鸡蛋。"

到了前半晌,说:

"黄牛角,

水牛角,

牛打架,

角碰角。"

到快中午了,说:

"一个面铺面冲南,

三个老头来吃面。

一个老头吃半斤,

三个老头吃斤半。"

到了夜晚,王老爷困得不得了,摘下了大帽,歪靠在榻

上,迷迷糊糊睡着了,听见樟柳神在大帽里又说又唱:

"唧唧唧,啾啾啾,

老鼠来偷油。

乒乒乓乓——噗,

吱溜!"

王老爷一激灵,醒了。

"乒乒乓乓?"

"猫来了,猫追老鼠。"

"噗？"

"猫追老鼠，碰倒了油瓶，——噗!"

"吱溜？"

"老鼠跑了。"

樟柳神老是在王老爷耳朵根底下说这些少盐没醋的淡话，没完没了，弄得王老爷实在烦得不行，就从大帽下面把他捏出来，摔到窗外。

不想，一会儿就又听到帽子底下一趔一趔地蹦。老爷掀开大帽子：

"你怎么又回来啦？"

"请神容易送神难。"

"你是不是要跟着我一辈子？"

"那没错!"


## 附记

宣鼎，号瘦梅，安徽天长人，生活于同光间，曾在我的故乡高邮住过，在北市口开一家书铺，兼卖画。我的祖父曾收得他的一幅条山。《夜雨秋灯录》是他的主要的笔记小说。也许因为他是高邮隔湖邻县的文人，又在高邮住过，所以高邮人不少看过他的这本书。《夜雨秋灯录》的思想平庸，文笔也很酸腐，只有这篇《樟柳神》却很可喜，樟柳神所唱的小曲尤其清新有韵致。于是想起把这篇东西用语体文重写一遍。前面一部分基本上是按原文翻译，结尾则以己意改作。这样的改变可能使意思过于浅露、少蕴藉了。

一九九一年六月三十日

# 明白官

(出《聊斋志异》)

《聊斋志异·郭安》记的是真人真事，不是鬼狐故事，没有任何夸张想象，艺术加工。

孙五粒有个男佣人。——孙五粒原名孙秭，后改名柏龄，字五粒。孙之獬之子，孙琰龄之兄，明崇祯六年举人，清顺治三年进士。历任工科、刑科给事中，礼部都给事中，太仆寺少卿，迁鸿胪寺卿，转通政使司左通政使。孙家一门显宦，又是淄川人，和蒲松龄是小同乡。在淄川，一提起孙五粒，是没有人不知道的，因此蒲松龄对他无须介绍。但是外地的后代的人就不知孙五粒是谁了，所以不得不噜苏几句。——这个男佣人独宿一室，恍恍惚惚被人摄了去。到了一处宫殿，一看，上面坐的是阎罗王。阎罗看了看这男佣人，说："错了！要拿的不是此人。"于是下令把他送回去。回来后，这男佣人害怕得不得了，不敢再一个人住在这间屋子里，就换了个地方，住到别处去了。

另外一个佣人，叫郭安，正没有地方住，一看这儿有空屋子空床，"行！这儿不错！"就睡下了。大概是带了几杯酒，一睡，睡得很实。

又一个佣人，叫李禄。这李禄和那被阎王错勾过的男佣人一向有仇，早就想把这小子宰了。这天晚上，拿了一把快刀，到了空屋里，一看，门没有闩，一摸，没错！咔嚓一刀！谁知道杀的不是仇人，是郭安。

郭安的父亲知道儿子被人杀了，告到当官。

当时的知县是陈其善。

陈其善是辽东人，贡士。顺治四年任淄川县知县。顺治九年，调进京，为拾遗。那么陈其善审理此案当在顺治四—九年之间，即一六四七—一六五二，距现在差不多三百三十年。

陈其善升堂。

原告被告上堂，陈其善对双方各问了几句话。李禄供认不讳，是他杀了郭安。陈其善沉吟了一会，说："你不是存心杀他，是误杀。没事了，下去吧。"郭安的父亲不干了，哭着喊着："就这样了结啦？我的儿子就白死啦？我这多半辈子就这一个儿子，他死了，我靠谁呀？"——"哦，你没有儿子了？这么办，叫李禄当你的儿子。"郭安的父亲说："我干嘛要他当我的儿子呀？——我不要，不要！"——"不要不行！退堂！"

蒲松龄说：这事儿奇不奇在孙五粒的男佣人见鬼，而奇在陈其善的断案。

（汪曾祺按：孙五粒这时想必不在淄川老家。要不然，家里奴仆之间出了这样的事，他总得过问过问。）

济南府西部有一个县，有一个人杀了人，被杀的那人的老婆告到县里。县太爷大怒，出签拿人，把凶犯拘到，拍桌大骂："人家好好的夫妻，你咋竟然叫人家守了寡了呢！现在，就把你配了她，叫你老婆也守寡！"提起硃笔，就把这两人判成了夫妻。

济南府西县令是进士出身。蒲松龄曰："此等明决，皆是甲榜所为，他途不能也。"——这样的英明的判决，只有进士出身的官才作得出，非"正途"出身的县长，是没有这个水平的。

不过，陈其善是贡生，不算"正途"，他判案子也这个样子。蒲松龄最后赞叹道："何途无才！"不论由什么途径而做了官的，哪儿没有人才呀！

一九九一年七月四日

# 牛飞

（据《聊斋志异》）

　　彭二挣买了一头黄牛。牛挺健壮，彭二挣越看越喜欢。夜里，彭二挣做了个梦，梦见牛长翅膀飞了。他觉得这梦不好，要找人详这个梦。

　　村里有仁老头，有学问，有经验，凡事无所不知，人称"三老"。彭二挣找到三老，三老正在丝瓜架底下抽烟说古。三老是：甲、乙、丙。

　　彭二挣说了他做了这样一个梦。

　　甲说："牛怎么会飞呢？这是不可能的事！"

　　乙说："这也难说。比如说，你那牛要是得了瘟，死了，或者它跑了，被人偷了，你那买牛的钱不是白扔了？这不就是飞了？"

丙是思想最深刻的半大老头，他没十分注意听彭二挣说他的梦，只是慢悠悠地说："啊，你有一头牛？……"

彭二挣越想越嘀咕，决定把牛卖了。他把牛牵到牛市上，豁着赔了本，贱价卖了。卖牛得的钱，包在手巾里，怕丢了，把手巾缠在胳臂上，往回走。

走到半路，看见路旁豆棵里有一只鹰，正在吃一只兔子，已经吃了一半，剩下半只，这鹰正在用钩子嘴叼兔子内脏吃，吃得津津有味。彭二挣轻手轻脚走过去，一伸手，把鹰抓住了。这鹰很乖驯，瞪着两只黄眼珠子，看着彭二挣，既不鸲人，也没有怎么挣蹦。彭二挣心想：这鹰要是卖了，能得不少钱，这可是飞来的外财。他把胳臂上的手巾解下来，用手巾一头把鹰腿拴紧，架在左胳臂上，手巾、钱，还在胳臂上缠着。怕鹰挣开手巾扣，便老是用右手把着鹰。没想到，飞来一只牛虻，在二挣颈子后面猛叮了一口，彭二挣伸右手拍牛虻，拍了一手血。就在这功夫，鹰带着手巾飞了。

彭二挣耷拉着脑袋往回走，在丝瓜棚下又遇见了三老，他把事情的经过，前前后后，跟三老一说。

三老甲说："谁让你相信梦！你要不信梦，就没事。"

乙说："这是天意。不过，虽然这是注定了的，但也是咎由自取。你要是不贪图外财，不捉那只鹰，鹰怎么会飞了呢？牛不会飞，而鹰会飞。鹰之飞，即牛之飞也。"

半大老头丙曰：

"世上本无所谓牛不牛，自然也即无所谓飞不飞。无所谓，无所谓。"

一九九一年七月八日

附录：

# 《矮纸集》初版本目录

题记

鸡鸭名家

异秉

受戒

岁寒三友

大淖记事

晚饭花

鉴赏家

---

* 《矮纸集》，长江文艺出版社，一九九六年三月第一版第一次印刷。

八千岁

陈小手

故人往事

黄开榜的一家

小姨娘

仁慧

露水

卖眼镜的宝应人

辜家豆腐店的女儿

兽医

熟藕

侯银匠

水蛇腰


老鲁

鸡毛

职业

日规


星期天

# 编后记

《矮纸集》初版于一九九六年三月，依作品写到的地域背景，即作者生活过的地方分为五辑，共三十六篇，"写高邮的二十篇，写昆明的四篇，写上海的一篇，写北京的八篇，写张家口的三篇"。

遵照不重复收录的原则，重编此集增删较多。

《菰蒲深处》已收的《受戒》等篇删去，补入《鹿井丹泉》、《小孃孃》等以高邮为背景的小说共八篇。

写昆明的四篇里，《老鲁》、《职业》已入他集，故不再收录。

以上海为背景的《星期天》收在《晚饭花集》中，本书亦删去。

写北京的篇目，略有删减，又补入了以京剧团为背景的数篇，主要是"当代野人"系列。

写张家口的一辑，补入《羊舍的夜晚》等篇。《羊舍的夜晚》发表于《人民文学》时题为"羊舍一夕"，后来收入集子《羊舍的夜晚》时，篇名及文本皆有改动。《羊舍的夜晚》、《看水》、《王全》，本集以少年儿童出版社一九六二年出版的《羊舍的夜晚》一书作为底本。

最后一辑是新增添的内容。

《聊斋新义》是一个跨度比较大的系列，最初的四篇（《瑞云》、《黄英》、《蛐蛐》、《石清虚》），发表于《人民文学》一九八八年第三期，写作时间在一九八七年八、九月间。据发表时作者写的《后记》，运用现代意识，从哲学的高度，从审美的视角改写《聊斋》故事，这一计划颇有规模，"本来想写一二十篇以后再拿出来，《人民文学》索稿，即以付之，为的是听听反应"。不过，至一九九一年十月写就的《虎二题》，也仅完成十余篇。《聊斋新义》只在北京师范大学出版社出版的《汪曾祺全集》中完整收录，从未单独结集，在一定程度上也因为它一直处于"未完成"状态。

《上海文学》一九九二年第一期发表《汪曾祺新笔记小说三篇》，包括《樟柳神》、《明白官》、《牛飞》，仍是作者改写笔记小说的延续，但这三篇与《聊斋新义》又稍有区别。《樟柳神》取材于《夜雨秋灯录》；《明白官》、《牛飞》

两篇，作者只标注"出《聊斋志异》"或"据《聊斋志异》"，未加"聊斋新义"的副题。另，《拟故事两篇》是写得更早的短篇，也是作者的语言试验，因之一并收录。

李建新

二〇一三年八月二十日